LAISHI DE LU

来时的路

亲历者讲述红色故事

晋西北抗战

贺　龙　等◎著

刘和平　于长城　魏国海◎编

中国文史出版社

图书在版编目（CIP）数据

晋西北抗战 / 贺龙等著；刘和平，于长城，魏国海
编 . -- 北京：中国文史出版社，2024. 12. --（来时的
路：亲历者讲述红色故事 / 朱冬生主编）. -- ISBN
978 - 7 - 5205 - 4914 - 1

Ⅰ. I251

中国国家版本馆 CIP 数据核字第 2024MP5243 号

责任编辑：金　硕

出版发行：中国文史出版社

社　　址：北京市海淀区西八里庄路 69 号　　邮编：100142

电　　话：010 - 81136606/6602/6603/6642（发行部）

传　　真：010 - 81136655

印　　装：廊坊市海涛印刷有限公司

经　　销：全国新华书店

开　　本：700mm × 1000mm　1/16

印　　张：20. 75

字　　数：198 千字

版　　次：2025 年 1 月北京第 1 版

印　　次：2025 年 1 月第 1 次印刷

定　　价：79. 00 元

丛书编委会

总　主　编　　朱冬生

执 行 主 编　　史延胜　金　硕

执行副主编　　吕　鹏　任德才　左厚锋

编　　　者　　庞召力　孙召鹏　丁　伟　杨顺雨

　　　　　　　彭　曾　倪慧慧　冯长青　牛胜启

　　　　　　　冯华安　刘英芳

出版说明

选题缘起

一是贯彻落实习近平总书记提出的"要讲好党的故事、革命的故事、根据地的故事、英雄和烈士的故事，加强革命传统教育、爱国主义教育、青少年思想道德教育，把红色基因传承好，确保红色江山永不变色"重要指示精神，深入挖掘红色资源，丰富精神宝库。"采取青少年喜闻乐见、易于接受的形式"，讲好"四个故事"、加强"三个教育"，以高度的历史自觉培育有理想、有本领、有担当的时代新人。抚今追昔、鉴往知来，不忘初心、牢记使命，始终牢记"我们走得再远都不能忘记来时的路"，让信仰之火熊熊不息。

二是引导人们树立正确的历史观。中国共产党百年非凡奋斗历程为我们留下了丰厚的精神遗产，随着时间的推移，现阶段人们尤其是年青一代对当年那一段血与火的历史已渐感陌生；网络时代媒体传播的多元化，极大丰富了人们的信息资源，但在一定程度上也干扰了人们对历史的正确认知，特别是关于党史和军史，存在不准确甚至不正确的史料传播。本丛书旨在通过收集和整理史料，让历史说话，用史实发言，为人们树立正确历史观提供翔实资料。

三是文史资料再开发的尝试。现存的权威军史资料大都时日已长，为防止宝贵的红色资源湮没在历史尘埃中，迫切需要对其进行深度挖掘、梳理整合，以"亲历、亲见、亲闻"的"三亲"史料的形式，让红色资源以新的体系、新的样态呈现在世人面前，更好地发挥教育功能。

编选原则

一是坚持正确的政治立场。牢牢坚持党性原则，牢牢坚持马克思主义新闻观，牢牢坚持正确舆论导向，牢牢坚持正面宣传为主。

二是主题鲜明。丛书反映了中国共产党团结带领中国人民，以"为有牺牲多壮志，敢教日月换新天"的大无畏气概，书写了中华民族几千年历史上最恢宏的史诗；展现了坚持真理、坚守理想，践行初心、担当使命，不怕牺牲、英勇斗争，对党忠诚、不负人民的伟大建党精神。

三是史料权威。丛书内容来源于《中国人民解放军历史资料丛书》《中国抗日战争军事史料丛书》《中国工农红军长征史料丛书》所收录的文章及老一辈革命家的回忆录等。涉及党内路线斗争的题材概不收入；涉及犯有重大错误的人员的情况只做客观描述，不做评述；理论性较强，不便于一般读者理解的文章慎重选录。

四是注重"三亲"性。所选文章紧扣"亲历、亲见、亲闻"的特点，内容感人至深、思想丰富深刻、语言通俗易懂，为加强红色资源的故事化提供生动范例，做到知识灌输与情感培养并举。

卷册专题划分

一是在纵向上按照中国革命的历史进程，讲述了土地革命战争时期、抗日战争时期、解放战争时期及新中国成立初期的党史和军史故事。

二是在横向上各个历史时期再按区域或按部队序列进行分述。如土地革命战争时期的各地武装起义，按照当年武装起义比较集中的地区，如湘赣、湘鄂西、鄂豫皖、苏浙闽沪、陕甘等分别编辑成册。抗日战争时期，按照八路军第一一五师、第一二○师、第一二九师、新四军、华南抗日游击队、东北抗日联军等分别编辑成册。解放战争时期，按照第一、第二、第三、第四野战军和华北军区部队，以及剿匪斗争、策动国民党军起义投诚等分别编辑成册。后勤工作、军队院校等特殊领域，单独成册。

　　囿于文史资料的自身特点，作者个人身份立场、视野角度不同，一些人撰稿时年事已高、事隔经年，记忆恐有偏差，细节难求完全准确，有意偏重或弱化亦难避免。对此，我们力求维持原貌，体现多说并存，只对一些显而易见的讹误进行了谨慎订正。诚然如此，由于我们能力水平和主客观条件的限制，难免有疏漏之处，恳请广大读者批评指正！

编　者

2024 年 6 月

本 书 提 要

　　1937 年 8 月 25 日，中国工农红军第二方面军，陕北
红军第二十七、第二十八军，独立第一、第二师和赤水警
卫营及红军总部直属队一部，改编为国民革命军第八路军
第一二〇师（以下简称"第一二〇师"）。1937 年 9 月 2
日，第一二〇师在陕西富平县庄里镇举行抗日誓师大会，
主力部队于 9 月 3 日从陕西富平县出征，东渡黄河，开赴
山西抗日前线，北上大青山，东进晋察冀，西卫陕甘宁，
南下湘粤边；跨黄河，越长城；进军管涔，纵马阴山，驰
兵太行，横戈吕梁；建立晋绥抗日根据地，协同晋察冀军
区部队开辟了恒山区，加强了平西区，巩固了冀中区，保
卫了陕甘宁边区，为夺取抗战全面胜利做出了重大贡献。
本书收录的文章主要围绕第一二〇师 1937 年至 1945 年

间，在晋西北地区、冀中地区、陕甘宁边区与日伪军进行游击战争、开辟抗日根据地展开，以重要战役战斗为主，同时涉及部队建设、部队训练、后勤生产和文化生活等方方面面，反映了第一二〇师官兵艰苦卓绝的战斗历程、骁勇善战的战斗意志和大无畏的革命乐观主义精神。

目 录

1

2

晋西北抗战[*]

贺　龙

八路军第一二〇师自 1937 年 9 月开赴山西抗日前线的那一天起，就在晋西北与穷凶极恶的日本帝国主义做无情的斗争，为保卫中国、保卫华北、保卫晋西北而英勇地流血牺牲。

为了坚持晋西北的抗战，在军事上，我们把主力部队和游击部队巧妙地配合起来，积极地打击敌人。

我们派遣宋时轮支队深入雁北，收复了平鲁、右玉，摧毁了伪政权，开展了雁北地区的游击战争。主力则参加忻口战役，配合友军打击敌人。我配合友军作战的部队，是分三路进行的，一路切断崞县之十里铺；一路切断原平、崞县间之白家村；一路夜袭崞县城。

10 月中旬，七一五团在十里铺附近发现敌人的汽车

---

　　* 本文原标题为《依靠群众，夺取胜利——一二〇师在晋西北抗战概述》，收录时做了适当修改。

100 余辆，满载步兵由北向南增援。"打他一个来不及!"大家都这样准备好了。我们当场毁敌汽车 10 余辆，后又烧毁 20 余辆，毙伤敌 100 余人。敌人的坦克车、装甲车又一起奔向我军侧翼，并有数架飞机配合作战。我们一个模范班长，果敢地率领全班战士齐拉手榴弹，击毁敌人的坦克车、装甲车各一辆，同时打退了敌人增援的骑兵。敌随后开来大批增援的汽车，这个班的英勇战士又掩护我军安全地退出了战斗。

为了更密切地配合忻口友军作战，我军曾数次攻占崞县之班村、永兴镇和上下白水，不断切断敌人的交通线。

天险的雁门关，也被我七一六团在 10 月 18 日占领了。我军到达雁门关后，敌由北向南满载步兵的数十辆汽车，正向雁门关开来，该团突然发动袭击，毁伤敌人汽车 20 多辆，毙伤敌 300 余人。此役我军虽有 100 余人的伤亡，但给了敌人一个意想不到的重大打击。

第三天再度占领雁门关，我军分三路：一路占领雁门关，一路往广武镇，一路向太和岭，破坏桥梁道路，一夜彻底破坏桥梁八座，使许多险要的道路一段段地分崩离析了。快到拂晓时，我军迅速收回分散在各处工作了一夜的步兵，集结隐蔽，准备消灭南北两面前来的敌人。拂晓后，南北两面，果然都发现敌人，好像他们是约好了出发时间似的。他们因有第一次痛苦的教训，在离关很远的地方就下车搜索，在空军的掩护下，以乌龟般的速度向前推进，经过一天一夜的时间才到关上，贼胆懦怯，由此可见！经我伏兵痛击，敌死伤数十。

雁门关是敌人唯一的交通线，由于我军曾两次占领，敌人已设置坚固的守备，主要的道路两旁装置了铁丝网，铁丝网上还系着许多响铃。我军为了切断雁门关，使我忻口友军更顺利地抗击敌人，乃增加兵力第三次进攻雁门关。部队摸到雁门关，毁坏雁门关以北桥梁数处。当天关上的天气虽然酷冷，战士的衣裳虽然单薄，甚至有些已经没有了鞋子，打着赤脚，干部战士都很疲劳，但是为了配合友军杀敌，为了中华民族的解放，战士们的英雄气概不但没有丝毫减弱，反而更加斗志昂扬了，一个个精神抖擞，领受指挥员的命令，在那里分外紧张地完成着各种不同的战斗动作。由于敌人的防守周密，我军一时未能得手，但扰乱和疲劳了敌人，使得敌人坐卧不安。

太原失守后，我们协同友军反攻太原，在同蒲路北段积极活动，切断同蒲路，阻敌援军。在保卫徐州，保卫武汉诸战役中，我们都在指定地区积极活动，使敌人不得不分散兵力，对付其背后的游击战争。我们部队的壮大和根据地的巩固，使敌人面临严重的困难。

1938年2月下旬，在粉碎日军首次对我晋西北根据地大举围攻的战役中，开始是敌人长驱直入，连陷五寨、宁武、神地、偏关、河曲、保德等县城，继续向岢岚前进，后来又攻占了岢岚。敌人的铁蹄毫无顾忌地践踏着晋西北的大地，企图以强大的兵力来摧毁晋西北抗日根据地。当时，我们一二〇师的部队正在太原以北，切断同蒲路，配合我军阻敌南下风陵渡及协助友军进攻太原。此任务将完成时，适值敌向晋西北开始大举进攻，我军乃不避艰险，不畏饥寒，兼程赶往迎击进攻的敌人。我们全体指战员英勇地与敌人搏斗，一个月之内连克七城，最后将敌人赶出了阳方口。

1938年12月，我们一二〇师主力一部分开往冀中，一部分仍留在晋西北，继续坚持晋西北的抗战。他们与进攻晋西北的敌人艰苦鏖战，在晋西北广大群众的拥护与帮助之下，和敌人周旋着，把失去的土地从敌人手里夺回来。

一二〇师在抗战过程中，备受艰苦，英勇之至。为人民大众的利益而战斗，建立了很多抗日根据地和抗日政权，广泛地与日军展开各种各样的斗争。日军曾对我抗日根据地采用了所谓"分进合击""突然袭击""铁脚闪击战"和"铁壁合围"等战术，反复进行"扫荡"和"蚕食"，甚至用改变河流、改变地形来限制我们的活动，但均在我军民齐心合力的斗争中失败了。

1942年，党中央号召我们：熬过困难的两年，迎接将来的胜利。并告诉我们要坚持游击战争，要组织民兵到处打敌人、疲劳敌人、消灭敌人。我们已经这样做了，我们八路军、新四军各部队也都这样做了。

1942 年，敌人对我晋西北抗日根据地的基本方针，是采用"蚕食"政策，并配合不断的"扫荡"，企图缩小并消灭我根据地。针对敌人毒辣的政策，我一二〇师各部队在朱德总司令和彭德怀副总司令的领导下，配合晋西北的广大民众、党政机关和山西新军，开展了反"蚕食"、反"扫荡"的艰苦斗争。一年中，与敌进行大小战斗 1212 次，其中我主动攻敌次数为被动应敌次数的三倍半以上，并毙伤敌伪5800 余人（民兵游击小组的战斗未计算在内）。在历次战斗中，我指战员以英勇牺牲的精神，谱写了许多动人故事。如敌"扫荡"我三分区时，我七团六连据守大柏山，1000 余敌军分 11 路向我包围。我六连从晨至晚，给敌人以重大杀伤，我阵地仍屹立不动。战士们的子弹、手榴弹打完了，用石头砸；敌人迫近了，用刺刀肉搏；没有刺刀的则用枪托打，一直坚持到黄昏以后，才安全突围。驰骋于大青山的骑兵支队，在一年三季都要穿棉衣的酷寒地区，在马不能卸鞍、睡不能解衣的环境下，与敌进行残酷斗争，坚守着自己的阵地。我们的战斗英雄吴士正同志（排长），一个人就打死敌人 50 余名，包括军官 2 名，而自己却没有受过一次伤。民兵和游击小组的行动也是很积极的。离石县的游击小组，平均每月作战 10 余次；岚县的游击小组，经常跑出一二十公里，深入到敌人据点附近捉拿汉奸。各县民众积极参加破路、破电线的斗争。1943 年 2 月间，离石县 7 个敌据点之间的电话线，被我彻底破坏 50 余公里，使敌费时一个月才修复起来。

捕捉敌探汉奸，摧毁公开与秘密的维持会、伪政权等，也取得不少成绩。仅一个分区的统计，擒获敌探达300余人，摧毁600多个自然村和40多个行政村的维持会，并在摧毁敌伪组织后，建立了抗日政权。

我们在山地进行反"蚕食"斗争的同时，在平川则展开了武装工作队的活动与对敌的政治攻势。武工队穿着便衣，依靠当地群众的掩护，昼伏夜出地深入到敌人的据点附近及中心地区，进行争取敌伪军、争取敌占区民众的艰苦工作。在这一工作中，我们也取得不少成绩，指战员表现出了英勇牺牲的精神。在某地，我们的武工队员7人，被敌人包围了，便立即拔枪抵抗，直到全部英勇牺牲。

为支持长期斗争，在毛泽东主席和朱德总司令的号召下，我们除作战外，还进行了生产运动。除了最前线的警戒部队外，其余在机动位置的部队及后方机关，全部参加了生产工作。为解决吃饭问题，我们进行了开荒。晋西北荒地虽没有陕甘宁边区那样多，部队也不能全部参加生产，但我们一个旅也有开数千亩地的。在陕甘宁边区的三五九旅，1943年开荒突破10万亩以上，创造了惊人的业绩。为解决穿衣问题，我们发动群众自己纺纱织布，并大批养羊，做到冬季的皮衣能够基本自给。弹药的来源，除依靠缴获敌人的以外，我们自己开设工厂，翻造子弹，自造手榴弹、地雷，并且成绩不错。我们还组织采药队，用中药来代替西药。虽然几年来得不到国民政府的任何接济，但是，仍解决了坚持抗战的各种物资困难，并改善了部队的生活，减轻了群众的负担，同时又帮助了群众的生产工作。

晋西北抗日根据地[*]

王 震

1937 年 9 月 3 日，我们一二〇师主力肩负党的重任和民族的希望，从陕西省富平地区出发，9 月 8 日渡过黄河，13 日到达山西省侯马，17 日到达榆次。这时，正值日军 3 个师团沿平绥路东段分三路向南进攻，并于 13 日、14 日先后占领大同、广灵、蔚县，企图通过平型关、雁门关，直取太原。在日军的猖狂进攻下，平绥路沿线国民党军纷纷向南撤退，战线已南移到察南和晋北。根据中央军委决定，全师北上，集结于太原以北之忻县待命，准备转至晋西北管涔山地区作战，并向大同、绥远地区发展游击战争，创立敌后游击根据地。

此时，晋北的国民党军已退至雁门关、平型关一线。为配合友军固守平型关、雁门关及内长城各隘口，尽可能保住

---

* 本文原标题为《一二〇师与晋西北抗日根据地》，收录时做了适当修改。

太原，争取华北局势之持久，八路军总部决定，一一五师主力向平型关疾进，准备给进犯之敌以打击，我们一二〇师驰援雁门关。于是，师部率三五八旅于9月28日到达神池县地区集结，我们三五九旅开到五台地区活动。

当师主力到达神池地区时，大同之敌已相继占领左云、右玉、平鲁、朔县、阳方口和宁武等地。另一路则逼近雁门关，晋北形势十分危急。师部立即命令三五八旅七一六团团长宋时轮同志率领该团第二营组成宋时轮支队（简称宋支队）星夜赶赴雁北地区开展敌后游击战争。

宋支队于9月29日到达雁北，10月1日攻占平鲁县的井坪镇，4日收复平鲁县城。此时，由大同南犯之日军主力绕过雁门关，从应县茹越口突破长城防线，并先后攻占了繁峙、代县、崞县与原平地区。10月10日逼近忻口，准备攻夺忻口，直取太原。国民党军为保卫太原，在这里集结重兵，由卫立煌任前敌总指挥，组织忻口会战。为配合忻口防御作战，阻止日军对太原的进攻，八路军总部命令一二〇师主力在忻口、原平线以西及崞县周围地区袭击敌之侧翼。同时，周恩来、任弼时等同志当面指示我，率三五九旅速回晋西北，参加保卫忻口的防御战。

10月10日，三五八旅逼近崞县县城，12日攻占崞县以北的十里铺。14日，七一五团袭占南北大常村，并攻入永兴村，击毁敌坦克、装甲车各1辆，毙伤敌100余人。宋支队于10日在南辛庄伏击敌汽车运输队，歼敌200余人，击毁汽车 18 辆，炸毁道路桥梁，截断了怀仁至朔县间的交通。在宁武地区活动的游击部队连续袭扰宁武，迫敌于 13 日夜突围逃走，我军收复宁武。

10 月 16 日，三五八旅向忻口西北大牛店方向出击，以钳制敌军对忻口阵地的进攻。这时我三五九旅也由五台、平山地区到达忻口以西。根据师部的命令，当即同三五八旅夹击大牛店之敌，歼敌一部，迟滞了敌人对忻口的进攻。随后，我三五九旅和三五八旅七一六团挺进至雁门关、崞县地区，截断敌军后方交通线，阻击敌之后续部队，进行了一系列的战斗。

10 月 18 日，七一六团在团长贺炳炎、政委廖汉生指挥下，于雁门关以南之石墙沟设伏，歼敌一部，毁伤敌汽车20 多辆，取得了一二〇师首战雁门关的胜利。

10 月 23 日，七一七团（团长刘转远、政委晏福生）在阳明堡西南之王董堡伏击敌运输汽车队，歼敌 20 余人。

10 月 24 日，在忻口以西活动的七一五团，在北岗上村歼敌骑兵 1 个中队。

在这段时间内，我们一二〇师各部队先后收复了宁武、阳方口、平鲁、井坪等城镇，并三度占领雁门关，切断了南下进攻忻口之日军的后方主要运输线，给日军的援兵和补给等方面造成很大困难，大大削弱了日军的进攻力量。同时，参加忻口防御战的国民党军广大官兵也进行了坚决抵抗，使忻口防御战坚持了 20 余日。但是，由于日军沿正太路西进时，娘子关地区的国民党军激战不支而退，娘子关、平定、寿阳县等地相继失陷，忻口地区的国民党军也于11月2日弃守，于是11月8日日军占领太原。

11月12日，毛主席指出："在华北，以国民党为主体的正规战争已经结束，以共产党为主体的游击战争进入主要地位。"并说："共产党和八路军决心坚持华北的游击战争，用以捍卫全国，钳制日寇向中原和西北的进攻。"

根据党中央和毛主席指示，八路军立即实施战略展开，分兵发动群众，创建抗日根据地。我们一二〇师以管涔山脉为依托，开始了创建晋西北抗日根据地的斗争。

11月，全师实行战略展开，分兵进行全面建设根据地的工作。除宋支队继续在雁北地区工作外，三五九旅在雁门关、崞县、忻县以西地区展开，三五八旅在忻县至太原以西、汾离公路以北地区展开，深入发动群众，宣传《抗日救国十大纲领》，提高人民的抗战热情，恢复和建立党的组织，建立抗日民主政权，组织游击队和抗战团体。至1938年1月，县以下的共产党组织均建立起来了，普遍成立了群众性的工、农、青、妇、儿童等组织。同时，通过游击战，使人民武装得到了很大发展。到1937年底，晋西北14个县，游击队和脱产民兵发展到11万余人。一二〇师也由东渡时的8000余人发展到25万余人，2个旅各辖3个团，每团辖3个营。

1938年3月，敌人乘我后方空虚，占领我宁武、神池、问曲、偏关、保德、五寨、岢岚等7座县城。日军的明显企图在于围攻我晋西北根据地，逼迫我军渡过黄河。师领导决心发起"收复七城战役"，打破日军的狂妄计划，为巩固晋西北抗日根据地而战斗。

"收复七城战役"的决心已定，采取什么打法呢？3月6日，毛主席来电，指示我师应集中主力打击敌人一路，以打破敌人的进攻计划，巩固晋西北根据地。

当时选择的第一个进攻点是岢岚县城。我率三五九旅2个团从同浦路急行军，于3月7日赶到岢岚，把敌人紧紧地压缩在岢岚城内。

3月8日，我主持召开了旅作战会议，决定控制岚漪河，断绝城里的水源，使敌骑兵和马匹陷于绝境。然后以围困袭扰的手段，迫敌撤出岢岚，在运动中把他消灭。同时，立即派部队堵塞了流向城里的叉渠，并把各部队的工事向前推进，以便袭击抢水的敌人。这样围了敌人三天三夜，每天都要打死一些敌人及其军马。

3月10日下午3点，敌人弃城向北逃窜，这条路是我们有意给他留下的。敌人一跑，我们立即变成"敌逃我追"的姿态，猛追不舍。惊慌的敌人逃至岢岚与五寨之间的三井镇附近时，被三五八旅拦住去路，吓得缩进镇内，赶修工事，企图固守待援。当我三五九旅追到三井镇时，天已经黑了，只见镇内到处是火光，敌人正在架锅做饭，烤火取暖。这正是"敌疲我打"的好时机，也是发挥我军夜战近战特长的好时机。我下令强攻，疲惫不堪而又立足未稳的敌人，被我军勇猛骤然攻击，一下就乱了。我们的战士一个个跃身冲入镇内，和敌人展开了逐街逐巷的肉搏战，杀得日军鬼哭狼嚎，死伤过半。最后剩下300余人，龟缩在镇北的几座坚固房子里，负隅顽抗。次日拂晓，我军继续勇猛冲杀，眼看歼灭战快要胜利了，不料赵承绶部的那两门炮突然向三井镇盲目射击，妨碍了我们的最后攻击，敌人趁机突出重围，朝五寨方向逃去。此次战斗，共毙伤敌300余人，俘敌28人。

11日，我三五九旅跟踪追击由三井镇逃跑之敌直到五寨城下。三井残敌会同五寨敌军共有1000余人，据城固守。怎样解决这部分敌人？我们仍然运用收复岢岚的经验，用少数部队围困和袭扰五寨城，把主力放在机动位置，待机打击来援之敌。果然，3月17日下午，在义井镇附近的虎北村，我三五八旅和三五九旅主力拦住了由神池来增援五寨的敌人，激战6小时，歼敌400余人，其余狼狈溃逃，我跟踪至义井镇。这一仗不仅扩展了反攻战役的战果，而且大大震撼了被分割围困的敌人，吓得孤守在保德、河曲、偏关、五寨四个县的日军，于20日、21日同时弃城逃窜，四座县城遂被我军收复。当保德敌人会合三岔堡之敌向神池撤退时，在田家洼被我三五九旅截击后，窜往义井镇。3月22日，敌乘夜向神池撤退，正碰上三五八旅在凤凰山下的伏击部队，他们向敌拦腰猛冲，歼敌300余人，其余敌人逃向神池。我们又追至神池城边，敌人不敢再据守县城，仓皇逃往朔县，神池也被我收复。

　　至此，日军侵占我晋西北的七座县城，只剩下宁武了。宁武县城处于宁武关口，是同蒲路北段的一个重要车站，也是大同至太原公路的一个咽喉要地。日军在城内留驻精兵1500余人，企图长期固守，以控制同蒲路。这时我军取得连克六城的战果，士气正旺，攻势正猛，岂能让敌人在我根据地里钉上这颗毒钉子！根据贺师长的命令，我们仍然采用围点打援的办法，以少数部队和游击队牢牢围住县城，以三五八旅、三五九旅主力分布在同蒲路东西两侧，形成"二虎拦路"的阵势，切断宁武至阳方口的交通要道，专门等敌人就范。3月31日，阳方口之敌步、骑兵共600余人，在飞机掩护下向南进犯，企图接应宁武之敌突围。当该敌逃至石湖河与麻峪附近时，遭我三五八旅和三五九旅一部夹击，敌抢占有利地形顽抗。战斗一打响，宁武城内之敌以为援兵已到，乘机出城反扑，企图向我三五九旅侧后进攻。此时三五八旅七一五团主动出击，协同三五九旅夹击该敌，激战竟日，我歼敌300余名，敌千田联队长亦被击伤。黄昏时，宁武之敌退守城内，石湖河之敌回窜阳方口。困守宁武之敌看着死守不成，求援又无望，遂于4月1日晚弃城向北逃窜。我军展开猛烈攻击，沿途斩获颇多。残敌终于与阳方口敌人会合，逃往朔县，我当即收复宁武县城。

　　至此，日军侵占我晋西北的七座县城全部收复，敌人企图扼杀我晋西北抗日根据地于摇篮中的阴谋被彻底粉碎。此战消灭敌 1500 余人，缴获山炮 1 门、汽车 14 辆、步机枪 200 多支（挺）。

1938 年春，日军在占领华北五省的重要城镇和交通要道之后，把战略进攻的主要方向指向中原，企图夺取徐州、武汉，迫使国民党投降，以达到迅速结束侵华战争的目的。5 月 19 日，国民党军放弃徐州，日军打通了津浦线，随即调集主要兵力沿陇海路西进。

由于日军侵华战线延长，兵力不足的弱点日益暴露。我们一二○师根据毛主席的指示，当即向广大敌占区战略展开，深入敌后开展游击战争，开辟与扩大抗日根据地。

在晋西北根据地内，以七一四团、警备第六团、独立一团、独立二团、独立第六支队等部组成新三五八旅，坚持晋西北的游击斗争。

在晋西北的东北面，将三五八旅第七一六团、警备第六团、师骑兵营等部，先后开到朔县以北怀仁以西地区，与当地的第六支队配合，接替宋支队，继续坚持雁北地区的斗争。

在晋西北东面，师组织了第二、第三独立支队，在忻县、崞县地区开展斗争。

为使晋西北根据地向绥远方向发展，由李井泉、姚喆、武新宇等同志率领大青山支队，于 1938 年 8 月向绥远挺进，开辟了大青山游击根据地。

在巩固与发展晋西北根据地的同时，我们还根据中央和军委的部署，积极向晋察冀和北平地区发展。

根据中央和总部的指示，宋支队于 5 月初由雁北地区出发，25 日到达河北省宛平县以西的杜家庄，与晋察冀军区的邓华支队合编为八路军第四纵队。随后，该纵队深入到冀东蓟县一带，开辟冀东抗日根据地。1938 年底，该支队拨归晋察冀军区建制，为坚持晋察冀根据地而斗争。

根据中央军委的决定，由贺龙师长、关向应政委率领师直属队及三五八旅主力、独立第一支队等挺进冀中，执行巩固冀中、帮助八路军第三纵队和扩大自己的三项任务。1938 年 12 月 22 日由岚县出发，于 1939 年 1 月 26 日到达河北省河间县城西北的惠伯口，与冀中军区会合。经过八个月的战斗和扩军，一二〇师在冀中的部队，由开始的 6300 余人，扩大为 21 万余人，圆满完成了中央军委赋予的三项任务。

1938 年 5 月下旬，我三五九旅奉命开赴恒山地区，在晋察冀军区指挥下全旅在蔚县、广灵、浑源、灵丘地区开展游击战争，开辟桑干河两岸的抗日根据地。

敌后游击战争的广泛开展，抗日根据地的不断扩大，严重威胁了敌人的后方。因此，日军在华北集中兵力 5 万余人，从 9 月 21 日开始，由平汉、正太、同蒲路沿线分 25 路向晋察冀边区北岳区进行大举围攻。

为粉碎敌人的围攻，聂荣臻同志主持召开了分区司令员、政委会议，讨论制订了统一的作战计划。我也参加了这次会议。晋察冀根据地的广大军民进行了充分的战斗准备。我三五九旅负责钳制北路及西路敌人的任务，不断以夜战、伏击战打击敌人。

9月25日，北路由广灵出发的敌人步骑兵共4000余人，在飞机掩护下，分三路向灵丘进攻。我七一八团在团长陈宗尧、政委刘子奇率领下，在广灵、灵丘间的直峪、冯家湾、聂家沟、宴子村等地区，节节阻击该敌，经六昼夜激战，共毙伤敌800余人，缴山炮1门，我军也伤亡200余人。

10月5日，东路敌军进占阜平县城。晋察冀军区命令第七一七团进到阜平城郊，配合晋察冀军区第一、第三分区主力，积极寻机打击敌人。经两夜一天激战，收复阜平县城，毙伤敌300余人，缴获汽车12辆及大批军用物资。

我军收复阜平县城后，日军北路总指挥官独立第二混成旅团长常冈宽治少将自蔚县抵广灵。我判断该敌必将去灵丘，即命令七一九团及七一七团九连埋伏于灵丘以南10公里的张家湾、邵家庄地区，七一九团团长贺庆积、代理政委谭文邦率部迅速完成了设伏准备。同时，令七一八团埋伏于灵丘以北10公里的黄台寺、贾庄地区。28日上午，常冈宽治率日军300余人，乘汽车10多辆，由广灵出发，10点进入邵家庄以南我之伏击圈。经1小时激战，将敌大部歼灭，我军缴获山炮1门、轻重机枪7挺、步枪50多支，烧毁汽车5辆。11点左右，广灵敌四五百人乘汽车10余辆，在轰炸机掩护下赶来增援，行至张家湾，遭我七一九团三营阻击。我杀伤敌一部，完成阻击任务后，主动撤出战斗。同日，七一八团在黄台寺、贾庄地区，伏击了自灵丘北犯之敌，毙伤敌200余人，烧毁汽车5辆，缴步马枪30余支。

敌人遭我不断打击后，企图在我根据地内占领几个城镇扎下据点，留一部分兵力修筑工事固守，主力逐渐向平汉线调动，准备大举围攻我冀中区。晋察冀军区于11月2日指示各部，乘敌转移兵力之际，向敌发动反击。我三五九旅奉命配合晋察冀军区杨成武率领的第一支队，收复河北省涞源县和山西省灵丘县，并与平西挺进纵队连成一片，向北打开更大的局面。自11月上旬起，我三五九旅3个团分别集结于涞源、蔚县、广灵、灵丘之间的公路沿线，不断伏击向北调动之敌。

为了加强对敌反击的力量，贺龙师长令三五八旅张宗逊旅长率第七一四、第七一六团，也于10月底进到五台以南寨里村、中庄村地区集结待机。

11月2日晚，驻五台县城之敌第一〇九师团第一三五联队蚋野大队700余人袭击我高洪口。三五八旅首长判断该敌孤军深入，到达高洪口后，可能在3日晚或4日晨返回五台县城，决定抓住战机，消灭该敌。旅部遂率七一六团于3日下午经过25公里的急行军，以预期遭遇的充分战斗准备，进到五台县城与高洪口间的滑石片两侧高地设伏。令七一四团以急行军赶到滑石片西北的南院村地区，准备打击五台县城可能来援之敌。七一六团进入阵地不久，敌人果然来了。经终夜激烈战斗，毙伤日军 500 余人，俘敌 20 余人，缴获大小炮 6 门，轻重机枪 30 挺，步枪 300 余支，电台 1 部，战马 100 匹及其他大批军用品。

1939 年 5 月 9 日，日军第三、第九混成旅团各一部 5000 余人，由五台、繁峙、沙河镇、大营镇等地分四路出动，企图合击我驻阜平以西龙泉关地区的军区领导机关。聂荣臻同志把我叫去开会，他说，要趁敌人疲惫之际，彻底把他消灭。随即命令我七一七团向龙泉关方向转移，靠拢军区领导机关，阻击由五台、豆村向东出动之敌，令第二军分区四团及六大队向豆村、台怀方向游击，迟滞敌人的行动，由我旅部率七一八团等部打击大营镇的敌人。5 月 10 日，由大营镇南进之敌 1000 余人，遭我旅连续打击，辗转于五台地区。我从军区开完会议，于 5 月 12 日赶到七一八团驻地青羊口。我们研究判断，日军经我连续打击，可能经上下细腰涧以南的楼房底向大营镇逃窜，遂决心在楼房底地区消灭该敌。我们命令七一八团三营与该敌保持不断接触，监视敌人的行动。14 日晨，该敌大部到达下细腰涧，与我七一七团仅一山之隔。我七一七团迅速抢占山梁，阻击敌之去路。此时旅主力已从南面包围了敌人，攻占了下细腰涧附近高地，与七一七团形成南北夹击之势，将敌 700 余人压缩在山沟内。经七八次冲击后，于夜晚发起总攻，战斗至 15 日结束，毙伤敌 500 余人，俘敌 10 余人，缴九二式步兵炮 2 门，山炮3门，轻重机枪22挺，步马枪300余支。

我三五九旅在晋察冀军区首长的指挥和二分区部队的配合下，粉碎了敌人的四路围攻，并取得了上下细腰涧歼灭战的胜利。

神兵巧伏雁门关

贺炳炎

1937 年 10 月，我八路军一二〇师挺进到同蒲铁路北段的宁武、神池、朔县一带，在敌后发动群众，开展游击战争。

残暴的日军，在这一带施行了极其野蛮的屠杀。复仇的火焰在部队里炽烈地燃烧着。一天，我正在翻着各连的求战书，忽然接到师部通知，要我们七一六团的领导干部去受领任务。我和廖汉生政委急忙驱马，奔向师部驻地。

贺龙师长和关向应政委正围着地图研究情况，一见我们，关政委便关切地问："到达这一带，部队情绪怎么样？"我们说："看到敌人的暴行，同志们都非常气愤，总盼着有机会狠狠收拾他们一下！"贺师长一听放声大笑起来，连连说："很好很好，要收拾敌人，机会有的是！"他叫我们靠近地图，指着一块密密层层的山区说："准备把你们调到这里去。"我俯身一看：一个长长的红箭头，正指向历史上著名的隘口——雁门关。

贺师长分析当前情况时谈道："忻口战役正在进行，敌人每天从大同经雁门关，不断地给前线输送弹药。这是敌人一条重要的运输线，但他们很嚣张，自以为那一带已是后方，警戒相当疏忽，我们要利用敌人的弱点，到那一带发动群众，寻找机会，给敌人一个打击！"接着，关政委也给了我们许多指示。最后，贺师长又再三叮咛我们："现在打的是日本侵略军，不是国民党的反动军队了，在战术思想上要扭得快，一定要遵循毛主席规定的山地游击战的作战原则，到达目的地后，要紧密联系群众，搞好侦察工作。"领受了任务，我们怀着兴奋的心情返回驻地。

听说去打仗，谁不高兴？部队立即向雁门关方向疾进。一路上，到处可以看到敌军的残暴景象：许多村镇被夷成了瓦砾，无数同胞遭到了屠杀，仅宁武一个县城，就被杀害了不知多少；差不多家家的菜窖都成了活埋人的土坑；所有的水井，都堆塞着被刺刀挑死的男人、小孩和被奸淫后复遭杀害的妇女们的尸体……血债要用血来还！战士们眼睛都红了，行军不愿休息，驻下不想吃饭，队伍披星戴月，日夜兼程地向雁门关方向赶去。

经过三天的急行军，部队到达雁门关西南十多里的老窝村。驻下以后，果然发现敌人的汽车不时从雁门关上驶过，南面还时而传来隆隆的炮声。我们立即派出人员沿公路进行侦察。同时，我们立即组织了工作队，四处寻找群众进行宣传，同时派出部队帮助群众秋收。第二天，我带一个连正在一片莜麦地里收割，一个60多岁的老大爷颤巍巍地朝我们走来，我走过去问："老乡，你有什么心事?"老人家长吁了一口气，揉着泪湿的眼睛说："你们哪知道啊！国民党的兵只知道抢老百姓的东西，见了鬼子，就像老鼠看见了猫一样，跑得比谁都快。鬼子来到这儿又烧又杀，你们要不来，老百姓可真没有活路啦！"

八路军的名声，风似的传开了。逃到各地的群众陆续回来，他们自动给侦察员带路，帮助我们搜集情报，公路上有一点儿汽车动静，他们也跑来向我们报告。短短几天，我们不但摸清了雁门关一带的地形，连敌人汽车过往的规律也掌握了。

10月16日，群众送来情报：大同敌人集结了300多辆汽车，满载武器弹药，有经雁门关南开忻口的迹象。这些日子，每隔四五天就有敌人的车队通过，看来情报可靠。我们立即召开连以上干部会，进行动员。会上，廖政委问大家："怎么样? 你们说打不打?"廖政委刚刚说完，三营营长王祥发霍地站起来说："我发表意见。我永远也忘不了敌人在宁武犯下的滔天罪行！十一连连部驻的那个院，一家八口人，被杀了七口，一个不满三岁的小孩，也被刺刀活活戳死，现在只剩下一个被打得半死不活的老大娘，她眼泪都哭干了，拉着我们，要我们报仇。这是她一家的仇，也是全中国人民的仇！"他越说越气愤，百倍激昂地说："要叫敌人以血还血！为死难的同胞报仇！这是我的决心，也是我们全营同志的决心！"十一连政治指导员胡觉三同志也站起来说："我代表全连同志，请求上级把最艰巨的任务交给我们。我们一定把雁门关变成日本侵略军的鬼门关！"会场上严肃紧张，干部们纷纷表达决心，争着要当突击队。最后，廖政委说："是的，我们一定要为死难的同胞报仇！要把敌人血洗宁武的罪行，作为向部队进行战斗动员的材料，在全团掀起复仇的怒潮。"

第二天拂晓，我和廖政委带着干部去看地形。到了黑石头沟，爬上山顶一看：一条弯弯曲曲的公路，从雁门关盘旋而下，在石头沟这里由西向东绕了一个大圈；公路西面是悬崖绝壁，北面是一段陡坡；顺公路向南不远有一座石拱桥。这真是一个很理想的设伏地形！

18日鸡叫头遍时，部队沿着崎岖小道，插入了黑石头沟。黎明前的黑夜分外沉寂，只有南面偶尔传来几声炮响。进入阵地之后，一切准备妥当，单等着敌人的大队汽车越山而来。

我虽然经过了多次战斗，但是像这样严阵以待地等候日本法西斯军队还是第一次。我心里有些紧张，为了防止出现差错，我决定再到阵地上检查一下。

战士们看见我，都显出几分神秘的笑容。这时我发现有几个文书、炊事员也上来了，便惊奇地向他们问道："怎么你们也上来了？"他们调皮地回答我："打鬼子人人有责。

团长，这是第一次和日寇交手，不参加，心里不好受！"有的说："老大哥在平型关给鬼子吃了个大苦头，这回也叫他尝尝咱们的厉害！"我想听听他们的决心，故意说："别想得太容易了，要知道这是300辆汽车啊！"战士们一听，纷纷抢着说："甭说300辆，3000辆也别想溜过去！不信打起来看！"见部队情绪这样高昂，准备也很周到，我放心地返回了指挥所。

太阳高高升起，雁门关巍然可见。我站在山顶上用望远镜观察，只见公路上冷冷清清，毫无动静。有的战士不耐烦了，不时抬头张望。我立即通知各营：耐心等待，绝对防止暴露自己。

上午10点左右，北面公路上突然腾起一股尘土，隐约传来"呜呜"的马达声。战士们抑制不住内心的高兴，悄悄地说："来了，来了！"都揭开手榴弹盖，望眼欲穿地瞅着北面的公路。

眼看着长长一列汽车就要进入伏击圈，突然三营送来报告说："南面阳明堡又开来100多辆！"

啊？竟出现了这样的情况！以前曾听说：为了互相警戒，免除后顾之忧，敌人常在这一带南北会车。敌人数量增多，我们战斗增加了困难。但越是这样，敌人越是有恃无恐，只要我们隐蔽得好，部队动作快，这些敌人仍然可以消灭！

我向廖政委说："既然送上门来了，就一起吃掉它！"

"对！"他果断地说，"赶快告诉一营、三营，听统一号令，一块儿消灭！"

两路汽车无忧无虑地开过来了。南来的车队，前面一辆上面坐着十几个鬼子，后面除少数几辆装有伤兵和死尸外，其他全部是空车。北来的车队，引头车上坐着掩护部队，一个腰挎大刀的敌军官，还不时用望远镜四面瞭望。两个车队越走越近，车上的敌人都活跃起来，一个个趾高气扬，"哇里哇啦"地打着招呼。北面车上的敌军官见南面车上拉着死尸，急忙指挥士兵脱帽致哀，然后还扯开喉咙唱起挽歌来。好骄横的家伙！竟敢把这里当作他们的"王道乐土"！我抑制着满腔怒火，待两队汽车全部开入狭窄的黑石头沟，正在并排交错时，立即发出命令："打！"王祥发同志把驳壳枪向前一挥，带着全营的同志向敌人扑去。步枪和轻重机枪一起狂叫，只见两路汽车互相冲撞起来，弹药车被打着了，响成一片，顿时黑石头沟被闹得天翻地覆！

敌人遭到这迅雷不及掩耳的袭击，一个个从车上往下跳，但有的还没跳下来就送了性命。一刹那的混乱之后，敌人整顿了一下，端着枪企图反扑。但没等他们散开，十一连的勇士们便冲上了公路，双方展开了激烈的白刃战，我军战士勇猛地和敌人对刺，有的索性用长征时使过的"鬼头刀"和敌人拼杀。胡觉三同志带领三排刚冲过来，突然看见一个战士被三个敌兵包围，他挥起大刀冲去，一连砍死两个，剩下一个被那个战士刺死。他继续向前冲去，见鬼子兵大部已被消灭，只有少数还在顽抗，忽然发现车下趴着一个，胡觉三同志想抓活的，不料刚一迈步，被那家伙打中前胸，胡觉三同志鼓起全身力量最后喊了一声："同志们！坚决地打，为宁武的老乡们报仇！……"说罢，就光荣地牺牲了。

新仇旧恨，在战士们心头燃烧，他们高喊着"为指导员报仇！"猛扫残敌。

枪声渐渐稀落下来。公路上的火药味浓烈扑鼻，敌兵的尸体横七竖八地躺着，有的被车上的弹药崩得五体分家。

黑石头沟里一片欢呼，战士们怀着兴奋的心情打扫战场，附近的老乡们也乐呵呵地赶来，帮助我们搬运战利品。我巡视着，见一个战士正用铁锹狠狠地砸着汽车，一面砸，一面气呼呼地说："我叫你再跑！我叫你再跑！"我笑着对他说："这么多的汽车，哪砸得完？"廖政委也说："不要砸了，应该炸掉！"响声四起，烟火弥漫，不一会儿敌人的汽车便在雁门关下焚烧起来。

警戒部队报告：敌人增援来了。我们按照预定计划，迅速撤离战场。当我们到达山顶时，远远望见雁门关附近又开来几十辆汽车，一队敌兵正沿着公路搜索。天空出现两架敌机，在黑石头沟上空盘旋，为被燃烧的汽车和"皇军"的尸体"吊丧"。

我军的游击战，到处为敌人安排了坟墓！

雁门关外怒火燃

刘华香　钟辉琨　高克恭

　　1937 年 9 月下旬，根据八路军总部的指示，一二〇师决定组建一个支队挺进雁北，绕攻敌后，开展抗日游击战争。这个支队由第三五八旅七一六团二营组成，团长宋时轮任支队司令员，伍晋南任政治部主任，下辖第五连、第六连、第七连、第八连和机炮连。支队成立后，于 9 月 29 日星夜奔赴雁北，10 月 4 日收复平鲁县城，胜利完成了师首长交给雁北支队的第一步占领井坪、收复平鲁的光荣任务。

　　收复平鲁后，为了摸清大同地区日军的部署与活动情况，支队领导研究决定，由大队长唐家礼、教导员王季龙带领 2 个连队，到大同附近执行侦察任务。其他连队在支队直接领导下，寻机打击敌人。10 月 10 日，在怀仁县南辛庄打了一个漂亮的伏击战。

　　南辛庄位于怀仁、岱岳之间的交通要道上。当时正在进行忻口战役，日军从大同出动车队，日夜不停地向忻口地区运送武器弹药、给养物资，南辛庄是敌军车队南行的必经之地。支队领导根据群众提供的情况和实地侦察，发现南辛庄的地形条件十分有利于我打伏击。公路上有一座大木桥，桥北几里长的路段西侧是二三十米高的土坎子，我军如设伏在土坎后，居高临下，敌车队完全在我火力网内。因此，支队决定在这里设伏，打敌一个措手不及。宋时轮司令员召开会议，进行了战斗部署：第五连、第六连、第八连（七连执行侦察任务未返回）由南到北，在长达四五里路的高坎上一字排开，机炮连在后边山下进行策应和支援。为了更有把握地把敌人车队堵歼在我设伏地段内，战前五连连长杨树元带领一个班潜至大桥，撬掉了桥上的一部分木板，并进行了伪装。这样，敌人前头的汽车一旦上桥便会陷下去，后边的车队必然被堵塞，我设伏部队则可趁机集中火力杀伤敌人。

傍晚时分，一切战前准备工作就绪，等待着敌人车队的到来。果然不出所料，不一会儿，敌上百辆汽车满载着武器弹药朝大桥开了过来。第一辆汽车刚一上大桥便抛了锚，后头的汽车一辆接一辆地堵塞在我伏击圈内。当时敌人既骄横又麻痹，想不到我们会在这儿打伏击，所以车上的敌人毫无战斗准备，见车一停下来，不知前边出了什么事，便纷纷跳下车来，拥挤成堆。这时，我三个连队一起开火，瞬间，汽车着火了，车上的弹药爆炸了，敌人被打得乱作一团。战斗正在胜利发展，谁知天公不作美，随着一声雷鸣电闪，下起了雁北少见的瓢泼大雨。这时敌人的坦克、装甲车又开了上来，为了避免久战不决，我军便主动撤出了战斗。在这次战斗中，宋司令员冲到大桥指挥，他的警卫员就牺牲在大桥上。当部队后撤时，宋司令员还亲自把受重伤的五连班长韩子英背回机炮连驻地。这次战斗，共击毁敌汽车18辆，毙伤日军200余人，同时破坏了公路，炸毁了桥梁，截断了怀仁至朔县的交通，打击了日军的锐气，迟滞了其南侵的力量。

随后，我雁北支队又分路袭击了北辛庄、安营村、周庄、织女泉、口前、尚希庄、马邑、岱岳之敌。每次战斗，都取得了胜利。

10月14日，警备六团1个营和1个骑兵连，在团长孙超群、政治处组织股长兼总支书记贾丕谟带领下，由偏关县北上到达右玉县西山云石堡村，晋绥边工委派右玉县牺牲救国同盟会特派员傅生麟随部队一起返回右玉县。我军随即向右玉县维持会提出进驻右玉县城的要求，双方代表谈判无结果，我部队便于18日强行进驻，解除了伪保安队的武装，缴获步枪200余支、战马50多匹，扣押了伪县长樊瑞伍等人，收复了右玉城。然后警备六团又分兵到平鲁、清水河等地区，发动群众，集中力量开展清剿土匪的斗争。

与此同时，我雁北支队分兵各地，与地方游击队紧密配合，寻机袭击敌人。10月16日，雁北支队2个连，在大（同）怀（仁）左（云）游击队配合下，在山阴县的北周庄附近伏击日军汽车队，毁坏敌汽车13辆，击毙日军30余

30

名。11 月上旬的一天，执行扩军任务的五连，在雁儿崖公路上与日军汽车队相遇，他们在大同游击中队配合下，猛冲猛打，击毙日军 12 名，缴获轻机枪 2 挺、长短枪 20 余支，并烧毁汽车 1 辆。12 月初，雁北支队派出的大怀左地区工作团负责人高克恭，带领 1 个排护送罗迈（李维汉）西渡黄河去陕甘宁边区，归来途中，在偏关县北一个山村，发现一伙日军正在那里沿街追赶、强奸民女。战士们顿时怒火满腔，立即冲进村去和敌人拼杀，在这同时，由女游击队长李林率领的游击队也从村北打了进去，双方密切配合，很快把这伙日军全部歼灭，缴获长短枪十余支。

我雁北支队、警备六团和各地游击队在雁北敌后开展广泛的游击战争，搞得日军厚宫师团惊慌不安。11 月 8 日，日军占领太原。为巩固其后方，确保交通线的安全，配合其对晋南的进攻，于 1938 年 1 月上旬，集中了 2400 多人，分四路对我雁北支队实行大规模"围剿"：一路由岱岳进至吴家窑；一路由左云进至马道头；一路由大同进至高山镇；一路由怀仁进至鹅毛口，会攻我长流水、黑流水、上下山井一带的根据地。我雁北支队及时发现了敌人的企图，便以游击队和自卫军钳制迷惑敌人，主力则突破敌人的包围圈，转移到大同附近活动，使围攻之敌扑了空。这时，我军转移到大同附近的主力部队，袭击敌车站、仓库，破坏道路交通，搞得大同附近之敌十分紧张，于是各路"围剿"之敌纷纷撤退。在敌撤退中，我军又乘机进行了截击。

日军第一次"围剿"失败之后，于 2 月底又集中 3000 余人的兵力，对我雁北支队和游击队进行了第二次围攻。敌人这次仍是兵分四路：一路由朔县而来，经林马口、下面高，进至乱道沟；一路出岱岳经水头进至口前；一路由怀仁、左云而来，在马道头会合后，经向阳寨、毛官屯，进至观音堂、史家屯；另一路由朔县经井坪镇进至平鲁城以东，堵截我军西退。我雁北支队一发现敌人的活动，便立即采取行动，在敌分进而未合击之前，首先分途袭击了东来之敌，然后突出包围，转移到敌人侧翼活动，又使围攻之敌扑了空。

日军连遭两次失败仍不死心，不久又纠集伪绥蒙骑兵师及炮兵 1000 余人，从右玉县城及绥远省的香黄地、厂汉营三路出发，对我雁北支队进行第三次围攻。这一次我雁北支队选择有利地形与敌展开决战，在宋司令员指挥下，我全体指战员英勇杀敌，激战一昼夜，将敌全部击退。

雁北支队深入雁北敌后开展独立自主的游击战争，灵活运用游击战术，四处袭击敌人，取得了一个又一个的胜利。到 1938 年 5 月初，7 个多月中，共进行大小战斗 100 余次（包括分派出去的各挺进队的战斗在内），毁坏敌人汽车 390 余辆，毙伤敌人 2000 多名，缴获了大批武器装备，有力地配合了正面战场的防御作战，钳制了敌人对晋南和晋西北的进攻。在战斗中，我雁北支队不断发展壮大，由开始的 5 个连队 900 余人，扩大到 3 个步兵营、1 个骑兵大队、8 个挺进队，共 2000 多人，战斗力也大大提高，对开创西雁北敌后抗日根据地起了重要作用。

1938 年 5 月初，雁北支队根据党中央的指示，挺进平西与晋察冀军区的邓华支队会合，成立了八路军第四纵队，扩大平西抗日根据地，并东进冀东，支援冀东人民武装大起义。雁北支队离开雁北之后，中共晋绥边特委根据斗争形势的需要，决定把在雁北各地活动的第五、第六、第七、第八支队合并，组建为雁北独立支队。支队设支队部和司、政、后机关，成立了警卫连、侦察连、通信连等直属分队，下辖 1 个骑兵营、2 个步兵营，共 1300 多人。独立支队组建基本就绪之后，晋绥边特委即派刘华香专程到岚县向一二〇师贺龙师长、关向应政委做了汇报。一二〇师首长对晋绥边的工作给予很高的评价，正式命名独立支队为"一二〇师独立第六支队"，并任命了第六支队领导人：支队长刘华香，政委姜胜、胡一新（后为陈云凯），政治部主任李传珠。

独立第六支队一诞生，就与敌人进行了激烈的拼杀。特别是骑兵营，是一支铁骑劲旅，转战长城内外，频繁作战，屡建战功。这支铁骑部队，是由原五支队、七支队和八支队的骑兵合编而成的。营长王零余（人称王老虎），原是我党派到国民党军骑兵第二军何柱国部队的地下党员，很有军事素养，骑射拼搏，有智有谋，作战勇敢，是难得的骑兵指挥员。著名归侨女英雄李林任教导员。骑兵营建营不久，奉命护送绥南工作团到长城边二十边村，全程 50 余公里。经过一天急行军到达目的地后，为转移敌人视线，他们又东进袭击50公里外的大同口泉镇以西的长流水敌据点，激战半小时，歼敌大部。稍事休息后，他们又赶回二十边村，随即开往右玉南，途中又袭击了敌人一个火车站。由于这支铁骑驰骋雁北，横扫敌寇，屡建战功，所以日伪曾以5000元重金，换取李林首级。

在抗战中，独立第六支队在长城内外、同蒲、平绥路沿线，钳制了不少侵华日军，作战上千次，消灭敌人数千名，用鲜血保卫了以洪涛山为中心的西雁北抗日根据地。

夜战三井

左 齐

太原失陷后，侵华日军为巩固其后方，策应对晋南的进攻，1938 年 2 月中旬，集中一万余兵力向我晋西北抗日根据地进攻。八路军第一二〇师当即令三五九旅主力北上，阻击向兴县进攻之敌。

当时，我们三五九旅的主要战斗任务是围攻岢岚县城之敌。旅长王震同志是个急性子，一接到战斗任务就浑身来劲，立即指挥全旅于 3 月 7 日，逼近岢岚城下，并迅速夺取了城南、城东高地，控制了城西北的制高点。我军四面包围城池，好像打猎下了围场一样，把敌人紧紧压缩在岢岚城内。

我当时任旅部参谋，在我军对岢岚完成包围后，便随王震旅长一起登上山头察看岢岚地形。岢岚城不算大，但却相当坚固，城墙结实，城门高大。我们俯视城里，只见日军横行霸道，屠戮妇幼，尸遗街巷，到处一派惨象。王震同志愤怒地骂道："野兽！野兽！"

察看地形回来，王旅长当即组织大家研究部署。在大家发表意见之后，王震旅长根据岢岚城易守难攻的特点，果断地决定采取围困袭扰的方法，迫敌出逃，然后在运动中予以歼灭。为了逼敌出城，我们在围困的同时，派出部队堵塞了通向城里的水渠。

一断水源，敌人慌了，忙派出部分士兵打开南门出来饮马，我伏击组乘机将其击毙大半，余敌仓皇牵马缩回城里。隔了一天，日军又以武装掩护出来饮马，哪知我机枪组当即以密集的火力，打得敌人那一匹匹洋马有的倒在水中、有的瘫在坡上，马夫和掩护的日军同他们的马匹一样不死即伤、哀号不息。城里的日军见此情景，盲目地朝山上乱放了一通炮，但都不敢出城门接应。到了夜里，一小股日军又偷偷地从城墙上用绳子溜了下来，用帆布桶往上吊水。哪知我军早已在城墙根下遍布暗哨，敌人下来一个，被我们收拾一个。就这样，我们围困了三天，城内的日军再也支持不住了。10日上午，只见城内乱哄哄的，人喊马嘶，鸡飞狗跳，我们估计，日军可能要破门而逃了。

王旅长站在土窑里，双目凝视着墙上的地图。敌人会往哪里逃呢？我们怎样消灭他们？他不停地来回走动着，思考着，猛地，他拿起红铅笔，在岢岚城右上方的三井镇画了个大圈。

下午，王旅长正准备吃饭，七一七团团长刘转连同志报告："敌人打开北门跑了，我们的部队正在追击。"

"老左，收起地图，走！"一听敌人跑了，王旅长从饭盒里抓起几个山药蛋，边吃边走，还不时地对刘团长说："敌人是骑兵，我们步兵追不上。现在天擦黑了，估计他们跑不了多远，很可能在三井镇驻下。你们立即派出骑兵侦察队，摸准情况。如果敌人在三井镇宿营，我们就夜袭三井，全歼该敌于三井！"

果然不出王旅长所料，敌人在三井镇宿营了。日军在岢岚城被困三天，个个饥渴难挨，不得不在三井稍事休息，以恢复体力。但他们做梦也没想到，刚逃出岢岚"围场"，另一个罗网又罩在他们的头上。

三井，距岢岚县城约50公里，是个坐落在山沟里的小镇，四面一圈土城墙，一条大道贯通镇内南北，村民们大多靠东居住，房屋零乱地散列着，方圆不过一二公里。镇的两边是高高的黄土岗，整个地势好似古罗马斗兽场。

敌人刚刚进驻三井，我们的部队即跑步赶到，并迅速在四围展开。旅指挥部设在镇南一个土堆处，王旅长不顾长途跋涉的疲劳，立即指示部队抓紧时间埋锅做饭，休息整顿。接着他又把团、营各部找来，研究作战部署。

在烛光下，我铺开地图，王旅长指着三井正面，对七一七团三营营长冯光生说："你们营从三井地区参军的人多，地形熟悉，担负正面进攻，从南打进去，向北发展。"冯光生是一员猛将，一听打主攻，高兴得一拍大腿："要得，请旅首长放心，我一定要打好这一仗。"王旅长又令该团一营配合三营从东面打进三井，二营尾随三营，巩固阵地，扩大战果，并令七一八团二营作为预备队。2个营长当场向三营冯营长挑战。王旅长看到部属争强好胜的那个劲头，满意地笑了。我看到这情景，也掩盖不住内心的喜悦。

几个营长一走，王旅长便马上对我说："集合部队，我讲几句话！"半袋烟工夫，队伍雄赳赳地出现在公路上，寒风一阵阵呼啸而过，战士们静静地听着。王旅长的声音盖过了寒风，铜钟般洪亮："同志们，三井的敌人已成落水狗了。他们夹着尾巴逃出了岢岚，但逃不出三井。我们一定要来他个一鼓作气，痛打落水狗！"

话音刚落，队伍里顿时响起阵阵口号："坚决打好这一仗！""坚决歼灭三井之敌！"

天空闪着几颗稀疏的星星，四野黑沉沉，静悄悄。我们的队伍在夜色中迅速包围了三井。

此时，敌人刚在三井稍稍喘了口气，但心头仍然很紧张，天黑了，也不敢睡觉，并派兵把守城门，还在城墙边布了一道防线。只见那高高的土城门上，不时出现望风的敌哨兵，城墙四周 个个黑影在移动。晚上 11 点左右，一阵激烈的手榴弹和枪声打破了三井的寂静，战斗打响了。冯营长率领三营，闪电一般朝南门扑去。敌人从城门上射出子弹，枪口喷出红红的火舌。黑暗中，我们一个战士中弹倒下了，后面的战士奋勇前进，一个个身影敏捷地在敌火力下运动。

"轰轰!"一排手榴弹爆炸了,敌人惨叫着倒下一片。后面的日军见势不妙,慌忙增援。但冯营长带领的突击队已火速冲进了城门,双方在城门相遇,展开激烈争夺,手榴弹炸出团团火花,子弹的曳光在空中划出道道弧线。

我跟王旅长站在南门的烽火台边,全神贯注地观察着战斗的进展。我们借着亮光,看见敌人在街心筑了一个环形防御工事,密集的火力呈扇形从那里扫射出来。王旅长正要指挥部队打掉敌工事,忽听轰轰连声巨响,几发炮弹落在烽火台下,炮弹掀起的泥土溅了王旅长一身。我为他的安全担心,忙伸手去挡他,可王旅长抹了抹脸上的泥土,满不在乎地摇摇手:"没有事,没有事!"说着,又跑到烽火台外面,继续注视战斗的发展。

街上闪动着影影绰绰的手电亮光,那是三营在敌前运动。我们的同志练就了夜战的高强本领,战士们个个都是"夜猫子""夜老虎",借着夜幕的掩护,一会儿卧倒,一会儿跃起,一会儿飞跑,悄悄摸到日军的中心工事近前。敌人只顾朝城门射击,没料想我军已摸到眼前,我们一排手榴弹扔出去,随着爆炸声响,一群日军见了阎王,步枪、机枪和山炮也成了哑巴。前进的道路打开了,我后续部队踏着敌人的尸体蜂拥而上,一部分人夺取了敌人的阵地,一部分人继续向前面穿插,日军赶紧收缩,凭借围墙构成支撑点。我们的战士则沿着房屋的土墙飞速运动,睁大眼睛注视着敌情。一个日军凭借大房子朝外射击,火光暴露了他的位置,我一名大个子战士迅速靠近，突然冲进去，一刺刀扎进了敌人的胸膛。

逃到三井的敌人，总共有五六百人，虽然是残兵败将，但困兽犹斗，仍顽固抵抗。我军采取机动灵活的战法，穷追猛打。在我七一八团三营打开南门的同时，七一八团二营也从西门打了进去，由西往东穿插。我攻进南门与攻进西门的部队互相呼应，对敌构成了一个夹攻的态势。日军见势不妙，步步后退，我们的战士步步紧逼，很快与敌人展开了巷战。敌人逐房逐巷据守，我军逐房逐巷地争夺。西门内一幢大房子里的一股敌人眼看顶不住了，正想分散躲藏，我七一八团二营营长刘源远率领该营悄悄抵近，从窗户里丢进去一颗颗手榴弹，炸得房内敌人呜里哇啦乱叫，我军趁机冲进去全歼了敌人。但刘源远同志却在战斗中光荣牺牲。

战斗越打越激烈。为了及时抢救伤员和打扫战场，七一七团政治处主任刘理明同志，带着政治处的人员也投入了战斗，他在火光中跑来跑去，指挥大家救护伤员，搜集遗弃在街上的枪支、大车、马匹和弹药。敌人仅有的一门山炮被我们夺过来了，战士们忙跑过去要把它推出城，然而炮太重了，几个战士推不动。刘理明同志把一个伤员背出城，又赶忙回来帮助战士们推炮。山炮是敌人的命根子，一股日军见山炮被我们缴获，立即组织了加强班，以猛烈的火力向我推炮的战士射击，企图夺回山炮。子弹织成了雨帘，啾啾地在炮身上飞溅，刘理明不顾生命危险，指挥战士们推着山炮往城外跑。突然一发敌弹击中了刘理明同志，他身子摇晃了一下倒下了，战士们悲痛地将刘理明抱起想把他送出城。这时他用尽最后一丝力气说："别管我，炮要紧！"说完，便永远地闭上了眼睛。战士们含泪背起刘主任的遗体，用力推起山炮呼喊着"为刘主任报仇！"愤怒地消失在夜幕中。

战斗仍在激烈地进行着，王旅长披着一件黑塌塌的老羊皮大衣，在烽火台边走来走去。忽然，一排战士押着一溜举着手的日军走来，我和王旅长一阵欢喜："嗬，抓到俘虏了！"原来，冯光生带人冲到镇中，敌人防御不及，见同伙纷纷触电般地倒地，一个个吓得失魂落魄。就这样，我们抓了十多个俘虏。

夜深了，整个三井的街巷里，不时传出阵阵枪响和手榴弹的爆炸声，以及敌人战马的嘶鸣和日军绝望的呼号声。我七一七团刘团长指挥二营紧跟在三营后尾，边打边搜索，很快插进了镇子。此时，七一七团一营和七一八团二营，也沿着镇上的东街不断地向前攻击。敌人在我四面攻击下，已面临灭顶之灾，慌忙化整为零，分散抵抗，我军则迅速采取小股游动的方法进行攻击。两个小时后，日军已被打死大半。就在这时，一个战士跑来向王旅长报告，说捉住一个日军翻译官。那家伙是东北人，一见王旅长便赔罪讨饶，并哀叹地说："你们八路军真神，日军有马乘骑也没逃脱你们两条腿的追击，命该如此。"

夜已经很深了，镇上已没有一星灯光。王旅长考虑到我们部队新兵多，夜间联络不畅，当晚彻底解决战斗有一定的困难，于是他决定停止攻击，命令各营就地休整，并派部队监视敌人，待拂晓再行聚歼。

第二天雄鸡破晓之时，我军发起了歼灭残敌的攻击。突然，空中飞来数发炮弹落在我们的阵地上，原来是国民党赵承绶部从向家坡打过来的炮，日军残余200多人乘机逃向五寨。赵承绶部的一个炮兵连，本是商定参加这次战役的，但是，由于盲目射击，不仅没有打着敌人，反而帮了敌人的忙。

经过一夜激战，我旅除歼灭日军300余人外，还缴获了一批武器弹药和其他军用物品。第二天，在朦胧的夜色之中，我们的部队又大踏步向五寨县城前进，投入新的战斗。逃往五寨的残敌不敢停留，夹起尾巴逃跑了。我军随即收复了五寨县城。

大青山游击战[*]

李井泉　武新宇　王尚荣　杨植霖

1938 年初，毛主席就提出建立大青山抗日游击根据地的设想，并于 5 月 14 日电示朱（德）、彭（德怀）、贺（龙）、关（向应）、萧（克），明确指出："在平绥路以北沿大青山脉建立游击根据地甚关重要，请你们迅即考虑此事。"根据毛主席的指示，6 月，朱、彭、贺、关、萧即确定开辟大青山抗日游击根据地，接着第一二〇师决定由第三五八旅七一五团和师直骑兵营 1 个连组成大青山支队北上。

随同大青山支队北上的，还有第二战区民族革命战争战地总动员委员会（简称"战动总会"）所属抗日游击第四支队和战动总会晋察绥边区工作委员会的几十名干部。这样，大青山支队、四支队和战动总会工作人员，总共有 2300 多人，于 1938 年 7 月 29 日，在李井泉、姚喆指挥下，开始向

---

* 本文原标题为《大青山抗日游击根据地的开辟和发展》，收录时做了适当修改。

大青山挺进。

10 月初，大青山支队全部到达大青山腹地的绥中地区。为了迅速打开局面，支队领导决定积极开展游击战，尽快打几个胜仗，杀一杀敌人的嚣张气焰，扫除群众心头的阴云，并确定首先攻打陶林县城。

陶林城是个有千余户居民的大集镇，有各种商号 50 多家，是集宁以北最大的贸易集散地。城内驻扎日军 1 个中队、伪军 3 个中队，共 500 余人。大青山支队到大滩后的第三天，七一五团二、三营即从大滩出发，傍晚到达陶林城西南 5 公里处的山地隐蔽，深夜开始攻城。三营十连在营长陈刚的带领下首破北门，攻入县城，很快西门也被攻破。在我猛烈攻击下，伪军被消灭一部，其余四散逃命。狡猾的日军凭借坚固的工事顽抗。这时，驻集宁之敌闻讯乘汽车前来增援，为避免腹背受敌，我军即撤出战斗。这一仗虽未全歼敌人，但给敌人以很大的打击，大大振奋了民心，"八路军打日本鬼子"的消息迅速传遍阴山南北。

接着，我军又奔袭了乌兰花镇。乌兰花镇位于陶林县城西北 50 公里，驻有伪蒙军 1 个加强连，装备全是日式武器，并受驻武川的日军平和中队指挥，镇内还驻扎着四子王旗保安队，共 180 余人。9 月 10 日，我二营、三营和骑兵连在李井泉同志和王尚荣团长率领下，从大滩出发，天黑前到达乌兰花镇，并很快把镇子包围。次日凌晨，我军采取突袭手段，冲入镇内，将伪蒙军和四子王旗保安队全部俘虏，缴获机枪 9 挺，长短枪 80 余支和战马 100 多匹。

陶林和乌兰花之战，使日军极为惊慌，急忙向武川、陶林、乌兰花、百灵庙等地增调兵力，以图加强大青山北麓的布防。我大青山支队得知敌人意图后，决定利用归（绥）武（川）公路之间蜈蚣坝一带的险峻地形，打一场伏击战。

蜈蚣坝坐落在归绥以北 17 公里处，归武公路从这里穿过，公路两侧是悬崖陡壁，地势十分险要。9 月下旬的一天，我支队派二营营长唐金龙率队乘夜包围了蜈蚣坝附近的伪警察小分队，迫使小分队队长给归绥日军打电话，报告有八路军活动，请求派队"搜剿"。而后，我二营将公路上的一座桥梁破坏，又加以伪装，部队设伏在蜈蚣坝周围。次日凌晨，敌人果然派出满载日军的四辆汽车，爬上蜈蚣坝来。第一辆汽车刚开上被破坏伪装的桥梁，便一头栽了下去，后面三辆车顿时拥挤在狭窄的公路上。这时，我埋伏在公路两侧的部队居高临下，向敌人猛烈开火，很快将大部分敌人击毙，残敌纷纷钻到车底下或石头后面顽抗。在嘹亮的冲锋号声中，我军指战员向敌人猛扑过去，一阵白刃格斗，将敌全歼。战斗仅进行了 25 分钟，共消灭日军 80 多人，其中少佐军官一人，缴获机枪 9 挺、掷弹筒 5 具和一批枪支弹药。

为了进一步扩大游击根据地，9 月下旬，支队在武川县井儿沟召开了党政军干部会议，决定由姚喆、武新宇、朱辉照、唐金龙带领大青山支队一营、二营的 3 个连，骑兵连，四支队三连、四连和战动总会部分工作人员，以大滩为中心，坚持和发展绥中的游击战争。一营副营长邹凤山带一营三连和四支队一连及战动总会部分工作人员回师蛮汗山，开辟绥南游击区；李井泉、彭德大、王尚荣、杨植霖、李维中、陈刚、宁德青等同志，率领三营、二营五连、四支队二连、绥蒙游击队（蒙汉游击队改编）及战动总会部分工作人员，挺进绥西，开辟绥西游击区。

会后，各部队便整装出发，西边部队从井儿沟直达武川、萨拉齐、固阳三县交界处的后脑包、官地一带。敌人得知我军主力西进后，便从包头、固阳等地抽调37辆汽车，满载日军向后脑包、官地一带扑来。我军沉着应战，一举歼敌100余人，挺进绥西首战告捷。接着在一个暴风雨的夜晚，王尚荣率队奔袭了归绥、包头之间的陶思浩火车站，消灭日伪军几十名，还活捉了伪镇长。不久，王尚荣带三营3个连，又乘雨夜奔袭了离包头东北45公里处的石拐镇。该镇驻伪蒙古军第四师1个团，我军一枪未放，即将睡梦中的伪团长俘获，仅用半小时就歼敌近100人，缴获长短枪300余支，子弹数万发，战马200余匹，还缴获电台一部。

重返蛮汗山的一营三连、四支队一连及战动总会部分工作人员，在一营副营长邹凤山带领下，在太平寨西北的碾房窑子一带开展群众工作，扩大队伍。

在三个多月的时间里，我大青山支队在战动总会和四支队的协同配合下横扫阴山几百里，在铁路以南建立了以蛮汗山为中心的绥南游击区；在铁路以北，归武公路以东，以大滩一带为中心建立了绥中游击区；在归武公路以西，从归绥到包头西接河套地区建立了绥西游击区。这三大片游击区共包括 18 个市县，构成了大青山抗日游击根据地。

1938 年冬，大青山的气候格外寒冷，对我们这些到大青山不久的抗日战士是严峻的考验。而就在这时，敌人调集日伪军六七千人，以黑石旅团长为总指挥，分别从大同、集宁、归绥、包头一线出动，兵分三路，向我绥南、绥中、绥西游击区发动冬季大"扫荡"，妄图消灭我军，摧毁刚刚开辟的大青山抗日游击根据地。为粉碎日军"扫荡"，我军利用山区的有利地形，运用灵活机动的战术，与敌人展开周旋，伺机歼敌。一星期后，敌人被拖得疲惫不堪，其小股部队不断遭我袭击，损失惨重，不得不结束"扫荡"。这次反"扫荡"，我军共打死打伤日军 400 多人，伪军 300 多人，缴获机枪 12 挺，长短枪 260 支，子弹数万发，战马数十匹，军需物资 80 多驮。

1938 年 12 月 22 日，七一五团主力由团长王尚荣等同志率领，奉命开赴冀中地区，留下相当于 1 个营的兵力和战动总会四支队共七八百人，由李井泉、姚喆、武新宇同志率领，坚持大青山地区的斗争。为了适应斗争的需要，经报请党中央和一二〇师批准，1939 年夏，大青山支队改编为骑兵支队，下编一营、二营、三营。随着骑兵力量的壮大，1940 年 5 月，又扩编为 3 个团。大青山骑兵支队从 1939 年夏组建到 1942 年撤销，在三年多的时间里，驰骋在大青山地区，与日伪军巧妙周旋，积极战斗，英勇杀敌，为开辟和发展大青山抗日游击根据地建立了赫赫的战功，被广大群众誉为"铁骑"。

与此同时，地方抗日武装也在斗争中蓬勃发展，很快成为拥有 700 余人的重要抗日力量。游击战争的开展和武装力量的发展壮大，为建立大青山抗日游击根据地创造了极其重要的条件。

滑石片歼灭战

张宗逊　廖汉生

1938 年 9 月下旬，侵华日军沿平汉、正太、同蒲、平绥诸路，以二十五路兵力路向我晋察冀边区北岳区的五台、阜平、涞源等中心地区大举围攻，妄图分割摧毁我晋察冀抗日根据地。

我三五八旅（欠七一五团）根据一二〇师首长的指示，先是向同蒲路北段出击，积极开展游击战，钳制敌人向北岳区的进攻；继而开赴同蒲路以东，进入晋察冀根据地北岳区，直接参加反围攻作战。

10 月下旬，我三五八旅由山西省忻县同蒲路西侧的鱼龙沟、杨胡村地区转移到五台县城南一带，旅直和七一六团驻寨里村、中庄村，七一四团驻白家庄等地。部队一到，马上在群众协助下封锁了消息，积极侦察敌情，熟悉地形，寻机歼敌。

11 月 2 日，旅部派七一六团刘忠参谋长带一个骑兵排，冒着风雪到五台县城一带侦察，准备相机攻打五台县城的敌人。可是，直到晚上刘参谋长还没有回来，大家都非常焦急。

11月3日中午过后，刘参谋长回来了，他报告说，五台县城日军蚋野大队几百人，昨晚从五台县城出动，向东进犯，经过35公里山地夜行军，今天凌晨偷袭了驻五台县高洪口镇的晋察冀军区二分区五大队，当地军民受到一些损失。三五八旅旅长张宗逊、政治部主任张平化和七一六团团长黄新廷、政委廖汉生当即围着地图，进行细致周密的研究分析，大家判断这股敌人是孤军出动，没带多少给养，又有后顾之忧，必然会迅速退回原来据点；敌人经过整夜长途行军，估计可能要在高洪口镇休息，今晚或明早撤退；按敌人以往的行动规律，将按原路返回。张宗逊听了大家的意见之后，用手指沿着地图上从高洪口到五台县城的大道慢慢移动，最后停在滑石片上，从地图上看出这里山峦起伏，两山之间夹着一条长达数里的山沟，大道从沟底蜿蜒而过，沟深路窄，我军若在此设伏，突然开火，即可陷敌于不利地位。张宗逊说："在这里设伏，击其惰归，歼灭这股敌人是完全有把握的，关键是我们要按时赶到滑石片。"当时敌人距滑石片只有10公里，而我们却要走25公里。因此，关键在一个"快"字，要和敌人抢时间，争取先敌到达，做好伏击准备，起码也要和敌人同时到达，打个预期的遭遇战。因此张宗逊当即决定七一六团进到滑石片两侧设伏，并准备在开进中随时和敌遭遇，坚决歼灭敌人；七一四团急行军到滑石片西北的南院村地区，选择有利地形，负责警戒五台县城方向，防止敌人增援，并准备截击从滑石片漏网向西逃窜的敌人。张宗逊最后加重语气说："大家注意，要快，一个小时以内，部队一定要出发。"

开完会以后，黄新廷和廖汉生立即分头向各营布置任务。大家都清楚，如果我们慢一步，就会失去战机。这时候，各连队已经做好了晚饭，还没有开饭，任务向下一传达，战士们纷纷表示："不吃饭了，打敌人要紧。"下午4点，七一六团各营就先后出发了。从获得情况到部队行动仅用了两个小时。

部队踏着积雪，在当地群众的带领下，抄捷径向滑石片疾进。旅部和七一六团只用四个多小时，就走完25公里山路，晚上9点登上了滑石片以西高地。在朦胧月色中，但见两座高山夹着一条狭长的沟道，弯弯曲曲由东南向西北伸展，沟道宽二三十米，西面是三四米高的陡崖，不易攀登，东面坡度较缓，容易上下。我军只要占据西面有利地形，就可以用火力封锁敌人，使之无法爬上东坡，这里的确是打伏击的好地形。不一会，派出的侦察员跑来报告：敌人来了。我们立刻命令部队按原定的部署展开：三营拦头，迅速占领滑石片西北高地，并以一个排占领大沟东侧高地，卡住沟口，堵住敌人去路；二营设伏在滑石片附近大沟西侧，准备拦腰打击敌人的行军纵队，一营在滑石片东南大沟的西侧隐蔽设伏，和第二营部队相接，待敌人进入我伏击地区，战斗打响后堵击其尾部，旅和团的指挥所设在大沟西面的西天和村附近。

战斗命令刚下达，各连正迅速展开向山下预定地点运动时，远处就传来了皮鞋和马蹄声，敌人进沟了。突然，从一营方向传来了一声枪响。大家一听，坏了，开火过早。过一会，一营的通信员气喘吁吁地跑来报告：一营只插过去2个连队，剩下2个连还没有过去，敌人就上来了。营长请示首长怎么办？黄新廷没有直接回答他，问道："刚才是谁乱开枪？"通信员说："那是敌人放枪壮胆。""原来是这样。"黄新廷对通信员说："告诉你们营长、教导员，没有过去的部队就不要强行通过了。注意隐蔽，把敌人全部放进沟里。三营在前边一打响，你们就堵住敌人的后路，不准放掉一个敌人！"

一营通信员刚走，敌人已经来到山下，为了指挥方便，团指挥所移到三营的阵地。

三营各连队下到陡崖上时，敌人的先头分队十多个人已经过去了，这时九连几十个精壮小伙子组成的突击队猛扑到沟里，用步枪、机枪、手榴弹一起向敌人开火。骄横的日军，做梦也想不到八路军会在这里冒出来，顿时人喊马嘶，乱作一团。过了一会，敌人集中全部骑兵，向九连正面猛冲，企图突出沟口，九连突击队的火力眼看压不住敌人，黄新廷对三营营长王祥发说："往下压！"王祥发把棉衣脱下往地上一甩，挽起衣袖，一手提驳壳枪，一手拿手榴弹，大吼一声："十一连跟我来！"战士们像一阵风似的跟着他扑下去。九连连长曾祥旺也带 2 个排，从侧翼向下压。片刻，山下响起了猛烈的手榴弹爆炸声，在团团闪亮的弹光中，战士们端着刺刀和敌人展开了激烈的白刃格斗，使敌人无法发挥火力优势。王祥发果敢沉着地指挥三营指战员接连打退了敌人的五次冲击。

与此同时，二营在营长蔡九和教导员黄新义带领下，从大沟西侧向下压，和向前涌的敌人遭遇。走在前边的八连连长李家富没等上级号令，就带着全连跑步接近敌人，勇猛冲杀，把敌人拦腰截断。二营其他连队紧跟着从山上插下去，用手榴弹和机枪、步枪火力，向敌人侧翼冲击。五连连长巴尚真和指导员万在明率领全连，硬是在敌人中间突过去，飞速占领了东侧山坡上的一个小庙，控制了制高点，把向东坡上爬的敌人打得滚回沟里。

一营三连在敌人后尾过完之后，也迅速向敌人侧后包围攻击。敌人正面和侧翼被二营、三营打得死伤狼藉，向前冲不出去，又转过头来往回突。这时，一营阵地的枪声越来越密。廖汉生对黄新廷说："得派 1 个连去加强一营。"黄新廷马上说："你在这儿指挥，我去！"刘参谋长在一旁听了，急忙说："我去！"说完立即跑向二营，带上 1 个连奔向一营阵地。

经过两小时激烈战斗，敌人的行军纵队被分割成数段。

大部敌军被迫躲在陡崖下进行垂死挣扎，少数退到沟西北的石沟村几间土屋里困守，根本没有反击能力了。这时，张宗逊来到前沿阵地，对干部战士们说："敌人已经被打乱了，不能让他们有喘气的机会。全团应该立即冲下去，彻底消灭这股敌人！"团指挥所马上向各营传达了总攻击的命令。顿时，嘹亮的冲锋号声四起，战士们端着雪亮的刺刀，喊着"冲呀！""杀呀！"像猛虎下山似的冲入沟底，与敌人展开激烈的搏斗，用刺刀和手榴弹歼灭被分割的敌人。

二营阵地的陡崖下有三户窑洞，一伙敌人被困在洞里，六连连长周绍训领着战士们冲进去，把敌人全部击毙。洞里有敌人没来得及架起的电台，几笼军用信鸽，都成了我们的战利品。

三营一位姓高的排长，率领全排冲向石沟村，快接近村屋时，敌人以机枪拼命扫射，负隅顽抗。高排长领着战士们冒着弹雨冲到土屋跟前，几个战士迅速爬上屋顶，把一束束手榴弹扔到屋里，炸得敌人嗷嗷怪叫。敌人的机枪哑了，没被炸死的敌人再也不敢待在屋里，发狂地往村外跑。三营的其他连队也赶到村前，这些日本溃兵有的被刺死，有的当了俘虏。

七一六团和敌人进行了一夜的格斗，除23名残敌绕到北边的灰窑沟，逃出了伏击圈外，其余敌人全部被歼。

七一四团驻白家庄，距离滑石片西边凤凰山的南院村有50多公里，接到命令后就马上出发。经过一夜急行军，4日拂晓到达南院村附近，正遇从滑石片逃出的几十名敌人路过，团领导立即派 1 个营跟踪追击。这时，由五台县城方向出动的一小股增援滑石片之敌，很快与几十名残敌会合。七一四团马上投入战斗，给这股敌人以迎头痛击，敌人被打得狼狈不堪，扭头就往五台县城逃。七一四团紧紧追击，一直撵到五台城下。

4 日晨，山沟里到处横七竖八地躺着日军的尸体和军马，敌人带的山炮和小炮还完好地驮在马背上未及卸下来，毒瓦斯弹、烟幕弹、残刀断枪和军用给养品扔得遍地皆是，疯狂一时的蚋野大队被消灭了。七一六团的战士们在群众帮助下迅速打扫了战场，高唱着胜利的战歌开往高洪口。七一四团在 4 日夜间袭击了五台县城之后，也赶到高洪口集结。

滑石片伏击战，歼灭敌人第一〇九师团第一三五联队的蚋野大队 500 余人，俘敌 20 余名，缴获山炮 2 门、小炮 4 门、轻重机枪 30 余挺、步马枪 340 余支、战马 100 余匹、电台 1 部，其他军用品甚多。

滑石片伏击战，我七一六团以比敌人稍多的兵力，以劣势的武器歼灭了装备优势的敌人，自己仅伤亡几十人。

11 月 7 日，晋察冀边区反二十五路围攻的战役胜利结束。我旅在高洪口稍事休整以后，于 11 月下旬返回晋西北的静乐、娄烦地区参加新的战斗。

邵家庄伏击战

贺庆积

　　1938 年 10 月 28 日，八路军第一二〇师三五九旅七一九团由兄弟部队配合，在山西省雁北地区的邵家庄打了一次漂亮的伏击战。我当时任七一九团团长。

　　1938 年 10 月，在旅部的统一指挥下，我带领全团到雁北地区活动。上级指示我团，以灵活的游击战对敌人进行袭扰、伏击、牵制，重点破坏其交通运输线，断其"血脉"，利用边区的有利条件，抓住战机主动打击敌人，积小胜为大胜。并要求团的指挥员，按照实际情况，实施灵活的作战指挥。

　　10 月 21 日，雁北敌后工作队的情报称：日军积极调集重兵，筹运武器弹药和军粮，白天在蔚（县）灵（丘）公路上，常有军队的汽车，由北向南行驶，并有飞机掩护，企图多路围攻晋察冀边区。接到这一情报后，我和团里的几位领导同志马上进行了研究，一致认为，必须粉碎敌人对我边区根据地的进攻。根据多次实地勘察，我们了解到广灵—灵丘公路是日军这次围攻我晋察冀边区的必经之路，而张家湾至邵家庄这段公路正好夹在两座大山之间，形成天然的咽喉要道，两侧山上又杂草丛生，便于我隐蔽出击，对打伏击十分有利。于是我们下决心，在邵家庄伏击敌人。

26 日，我们召开了团的军政委员（扩大）会议。会上，我们组织大家认真研究和制定了作战方案，决心对敌连以下小股部队，全部歼灭；对敌三五百人的部队，力争歼其大部；如遇敌联队以上的大部队，则给以突然袭击和重创后即行撤离。会上还对作战部署进行了具体安排。并要求各营迅速做好战前准备，注意保密和封锁消息，于 10 月 27 日下午 4 点准时出发，28 日拂晓前赶到张家湾、邵家庄地区。

当时我军驻在灵丘县以西的王庄堡，离设伏地约有 50 公里，眼看离出发不到一天的时间了，准备工作显得有些紧迫。所以我和团的几位领导同志都抓紧时间深入各营连，参加战前动员和检查准备工作。我团经过一年多的战斗，武器装备虽逐步得到了加强，有了不少挺轻重机枪，还有几门迫击炮，但与日军比起来还差得很多，特别是战士手中的步枪大部分还是旧式的，可部队的士气非常旺盛，干部战士听说要伏击日军，高兴极了。我在连队检查时，就听到干部战士许多鼓舞人心的议论。

一个胡子拉碴的老兵边擦枪边说："别看我这套筒子

枪破，打起来可发发命中，非多敲死几个敌人不可。"接着，他拍了拍枪，又自言自语道："伙计，这下就靠你立功了。"

一个年轻战士抚摸着步枪口上的刺刀风趣地说："可惜子弹太少了，只有十来发，但咱这刺刀也不是吃素的，敌人不投降就让他见阎王。"

一个人称"小参谋"的战士，接过话茬蛮有经验地说："对付敌人嘛，就是要狠，要猛，不要怕，用革命英雄主义压倒'武士道精神'，日本侵略者就会在我们面前丢魂丧胆。"

"哎，你们说日军的汽车是个啥模样？该怎么打法？"说话的是个参军不久的新兵。我感到这个问题很重要，有一定的代表性，就告诉营的干部，抓紧时间向战士们讲讲汽车的构造和要害部位以及打汽车的方法。

就在我们团积极进行战前准备的同时，当地区、乡抗日民主政府，积极配合我们打仗，发动群众开展各项支前活动：有的组织了以民兵为主的担架队；有的帮助各连队蒸馒头、烙饼；有的帮助战士们缝干粮袋；还有许多房东老大娘像送自己儿女出远门似的，煮了鸡蛋往战士衣兜里揣。看到这些动人的情景，更激起了我们抗日救国的责任感。

经过积极努力，战前各项准备工作就绪，全团于 27 日下午 4 点钟准时出发。我们避开大道，在崎岖的山路上急速前进，干部战士个个精神抖擞，身背钢枪、大刀，腰挎手榴弹，脖子上挂着装得满满的干粮袋，打了绑腿，脚上的布鞋还紧紧地系了条布带子，走起路来个个显得那么轻便、利落、敏捷，一双双眼睛闪射着激战前的焦灼神情，显露出军人独有的风采。

夜幕降临，部队为了赶路，晚饭只好边走边吃。在深秋的夜晚，只听见行军的脚步声沙沙地响，战士们低声传着口令，"跟上！""不要跑，沉住气，迈大步跟上！"

部队经过 12 小时的隐蔽行军，于 28 日拂晓前到达预定地区。我们看到，这是一条南北走向的狭长山川，东西两旁是突兀的山峦，中间有百十米宽的丘陵地，层层梯田鳞次栉比，地里的庄稼已经收完，只留下一垄垄的谷茬子。靠近西山脚下有一条砂石路，往南约 500 米处的道路顺着山势有个急弯，一座小山包正好对着这条砂石路，形成一个天然屏障。部队按原定部署迅速展开，在不到 1 公里的狭长山沟里，给敌人缝了个大"口袋"，等待他们来钻。担负主攻的我团一营和七一七团九连，由营长常修芮、教导员彭清云带领，埋伏在西侧山坡和沟下；担负助攻的二营（欠四连），埋伏在东侧山后；担负预备队的三营，在二营南侧山后待命，战斗打响后，跃进至张家湾西北侧之高地，据险扼守，阻击广灵增援之敌，兼打向北突围之敌，二营四连埋伏在预设阵地的南端，堵击向南突围之敌，团指挥所开设在一营后侧的山坡上。

时间就是胜利。部队进入阵地后，立即投入了紧张的临战准备，依托丘陵起伏和杂草丛生的自然地形，构筑简单的隐蔽工事；沟通团指挥所与各营之间的通信联络；靠近广灵方向的 1354 高地和 1412.7 高地，设有两个观察哨，由团部的两名参谋分别负责，主要观察广灵方向的动静；在伏击地域的公路上，由特务连指导员阳焕生同志带领工兵排布设地雷，南端埋的是"自发雷"，即在几捆炸药里安上雷管，上面覆盖一块薄板，再撒上干土和碎石子伪装，人和重物一踩上去，就会自动爆炸；从"自发雷"区延伸到公路北端，埋的是"拉线雷"，即每 100 米左右埋一捆手榴弹，把拉火线接长，伪装好引到山上，见机拉线引爆。我们规定以"雷响为号"，沿各自的进攻出发路线发起攻击。

东方微微露出曙光，沉睡的山峦显出了深蓝色的轮廓。我和团里的几位领导，分别到各山头进行最后一次战前检查，看到战士们经过长途急行军，疲饿异常，有些人脚上打了泡，身上的军衣已被汗水和晨露湿透了，紧紧地贴在身上，在这晚秋的早晨，凉气从脊背往心里渗透着，浑身感到一种潮乎乎的阴冷，因此战士们三三两两依偎在一起，有的已蒙眬入睡。我马上告诉连队干部，要抓紧时间让战士们吃点干粮再休息，肚子里有了食物身上会暖和些，不然仗一打起来就顾不上吃东西了。

时间一分一秒地消逝。等啊，等啊，等到上午 8 点钟了，广灵方向仍然没有动静。我心里犯了嘀咕，诡计多端的敌人时常改变行动计划，过去我们也常有扑空的时候，但愿这次能如愿以偿。快到 10 点了，还不见敌人的踪影。心里越着急，越觉得时间过得慢。作为一名指挥员，越是在这样的时刻越是要镇静，于是我拿起电话要求各营："一定要耐心等待，注意隐蔽，不准乱动，绝对不可暴露目标。"我从指挥所里走出来，趴在高地上用望远镜眺望远方的观察哨。10 点刚过，两个观察哨同时向我团指挥所摆动手中的白色信号旗，这是发现敌人的信号。看到这信号，我们十分高兴，终于把敌人等来了。

不一会儿，远处尘土飞扬，如同升起的烟云，一辆接一辆的汽车由北向南驶来，汽车上插的日本小旗也隐约可见了。敌人真鬼呀！头一辆汽车是搜索车，一路上东放几枪西放几炮，进行火力侦察，害怕中了我们的埋伏。见到这情景，我非常担心部队暴露目标，于是我情不自禁地把目光瞥向一营的阵地，看到战士们埋伏得很好，一个个伏在潮湿的草丛里，伏在坚硬的石头上，一动不动。此时此境，我从心里涌上一股满意之情。

又过了一会，日军的第一辆汽车进到张家湾北侧的山口，忽然停了下来，并从车上下来几个敌人，向一个放羊的老百姓打听附近山上有没有八路军。敌人哪里知道，从老百姓嘴里是打听不到任何消息的。因为我们先遣人员已经做好了群众的工作，群众都积极配合我们打伏击，无论在场院打场，在山上放羊，在家里挑水做饭，都和往常一样，不让敌人看出一点破绽。

日军没有打听到我军的消息，便以为我军真的不在此地活动，于是汽车又加足马力，一辆接一辆地向我们设伏的地段开来。头一辆已经开进了我们设伏的"口袋嘴"，整个敌人车队也尽收眼底，我默默地数着："一辆、两辆、三辆……"一共是13辆，每辆车上乘有二三十人，车顶上都架一挺重机枪。这些骄横的敌人侵犯我晋西北以来，到处烧杀抢掠，残害我同胞，现在该是惩罚他们的时候了。眼见第一辆汽车快驶到布雷区的南端，可"自发雷"还没有响，"是地雷失效啦，还是汽车没轧上？"正当我心里疑惑的时候，突然一声巨响震撼山谷，"自发雷"爆炸了，紧接着"拉线雷"也一个一个地拉响了。顿时，日军头一辆汽车被炸翻了，其他车有的起了火，有的企图掉头逃跑，又被后面的汽车拦腰顶住，整个敌阵乱作一团。而此时，我军阵地上的轻重机枪一起吼叫起来，一排排的手榴弹也投向敌人，整个伏击地段都被我火力控制，敌人插翅也难飞了。这时的日本侵略者，被我们打得可真狼狈极了。有的被炸得血肉横飞，有的被打伤，叽里呱啦乱叫，有的没死没伤，但也被我打得晕头转向，撅着屁股往汽车底下钻。我在指挥所的山头上看到这一切，心里感到非常痛快。敌人已成瓮中之鳖，我军发起冲锋的时机已到，我立即命令司号员吴雄："吹冲锋号！"

　　号音未落，我突击队便在常修芮、彭清云的带领下，一个个像下山的猛虎向敌人冲去。担任助攻的二营也在营长周三秀、教导员王继朝的指挥下，向敌人发起了冲锋。敌人见势不妙，企图依托汽车做掩护，进行火力拦阻。我突击队不顾一切地向敌人猛扑过去，动作慢的敌人还没来得及从汽车底下爬出来，就被我突击队击毙。动作快一点的敌人，从汽车底下钻出来，连刺刀还没有来得及上，就端着个秃枪，呀呀呀地喊叫着，与我突击队员展开了白刃格斗。

我们的突击队越战越勇，他们把复仇的怒火燃烧在刺刀上，勇猛拼杀。苗族战士王有才，一连刺死了几个敌人，刺刀都刺弯了，他身上的衣服也几乎被撕成了布条，仍顽强战斗。从山西崞县入伍的新战士邸明亮，人称邸大个，很机灵，在与敌人拼刺刀前，他先在枪膛里顶上一发子弹，刚好碰上两个敌人同时向他扑来，他摆出刺杀的架势，待敌人靠近时，突然扣动扳机，将右边的敌人击毙，趁左边那个敌人惊慌的瞬间，又将其刺死。这场白刃战，仅进行了30分钟，敌人即大部毙命，一小股残敌窜至西北侧一小高地负隅顽抗。我们一边肃清残敌，一边打扫战场，并准备撤出战斗。

11点左右，忽见设在两个高地的我观察哨又打起了信号：敌人从广灵县出兵增援来了。十余辆汽车载着步、炮兵四五百人，还有一架飞机在空中助战，急匆匆地向邵家庄扑来。然而，他们为时已晚。广灵县敌军出援，早在我们预料之中，在伏击战打响后，我团三营在营长胡政、教导员陈友元的带领下，便从待机地域向北迂回，进入预设阵地。当敌援兵的汽车驶至我预设阵地前，即遭到我三营密集火力的突然阻击，走在前头的两三辆汽车顿时起火，车上的敌人大部分被击毙。敌人在遭我迎头痛击后，恼羞成怒，凭借其兵力和装备的优势，对我三营阵地轮番进行冲击。我三营在敌重兵和强大火力的压制下，全体指战员不畏强敌，依托有利地形，居高临下，顽强地扼守着要路，使敌人始终无法前进。敌人尽管有飞机和大炮，但在敌我相距不过一二百米的情况下，什么威力也发挥不了，白白在我三营阵地前留下了100余具尸体。中午12点左右，三营得知团主力已安全转移，遂即主动撤出战斗。

邵家庄伏击战的胜利，不仅有当地政府和人民群众的大力支持，还得到了兄弟部队七一八团的有力配合。在伏击战尚未打响之前，驻灵丘县日军乘汽车10余辆，北上迎接常冈宽治。我三五九旅首长，为了配合邵家庄伏击战，早把七一八团埋伏在灵丘以北的贾庄附近，当敌人车队行至我军伏击区时，七一八团突然发起攻击，把敌人打得落花流水，歼敌200余人，迫使敌人龟缩灵丘城，有力地保障了我团南侧的安全。

邵家庄伏击战的胜利，沉重地打击了日本侵略军的嚣张气焰，有力地支援了兄弟部队的反围攻作战。当然，胜利来之不易，我们也付出了伤亡100多人的代价，营教导员王继朝、卫生队队长吕攸侯等同志壮烈牺牲，营教导员彭清云、连长李桂莲等同志负了重伤。上级领导对这次战斗的胜利给予很高的评价，晋察冀军区聂荣臻司令员签署了对参战部队的嘉奖令，一二〇师贺龙师长、萧克副师长也发电报表扬了我们团，王震旅长还到医院看望战斗中负伤的同志，并给参战的干部、战士每人发了两块银圆作为奖励。

挺进冀中，四战四捷*

黄新廷　黄新义

曹家庄战斗

1939 年 1 月 26 日，当我们七一六团随师部到达河北省河间县城西的惠伯口，与冀中军区领导机关会合时，敌人先后从平汉、津浦两条线上调集日伪军共 7000 余人，分路向我冀中区的中心地带发动第三次围攻，企图压迫我主力于大城县、任丘县之间的潴龙河两岸地区加以消灭。

为了避敌锋芒，待进一步查明敌情后再寻机歼敌，粉碎敌人的围攻，当即与冀中军区首长研究决定：我师主力和冀中领导机关主动从惠伯口地区向南转移到肃宁县东北的边寨、大小龙关、刘家务地区集结。同时，为了钳制日伪军的行动，以我师第一支队的 1 个营组成独立第一支队，开赴青

---

* 本文节选自《挺进冀中，四战四捷》，收录时做了适当修改。

县、沧县、交河县、饶阳县地区，配合冀中一分区部队活动，并破坏沧县、泊镇间的铁路和公路；以师直警卫营、骑兵营、通信营各一部组成独立第二支队，到河间、任丘、高阳、大城、文安县等地区，配合冀中三分区部队活动，并向独流镇、流河镇方向破坏铁路和公路；此外，又从我们团抽调了参谋长刘忠和3个连，组成独立第三支队，由贺炳炎、余秋里率领，开赴大清河以北之雄县、霸县等地区，配合冀中五分区活动，并积极破坏北平、天津之间的铁路和附近一带的公路。我团主力跟随师部行动，随时准备战斗。

受领任务后，我们心里就琢磨起来，我们这支部队成长于江河湖汉，后来在山区也打过不少仗，但是还缺乏在平原打仗的经验。我们深知，中央军委赋予我们师的任务对于发展冀中抗日有重要意义，慎重初战不仅是军事上的一条重要原则，也是我们要想在冀中站稳脚跟的必要前提。要完成挺进冀中的任务，我们一定要勇敢战斗，不怕牺牲，下最大决心粉碎敌人的第三次围攻。为了打好这一仗，我们认真调查了解各种情况，特别是把敌情、地形搞清楚，研究平原不同于山区的特点，必须学会以村庄为依托作战。特别要注意发扬我军一贯的优良作风，团结群众，尊重友军，拥护抗日政府，严格执行群众纪律，积极宣传群众，搞好军民、军政关系。为此，我们抓紧一切时间，在部队中逐级进行了深入的动员教育和强有力的思想政治工作，全团指战员一致表示，坚决打好来到冀中平原的第一仗，不辜负冀中父老的期望。

1月31日，保定之敌侵占了高阳县城，并向任丘县方向开进；而河间县之敌已占领了任丘县。于是我们团于2月1日转移到河间县以西近10公里的大曹村、良村、曹家庄地区，待机打击由河间县城出扰之敌。我们派出第三营十连在曹家庄占领阵地，向河间方向警戒。2月2日清晨，河间之敌宫崎联队的200余人和伪军一部，携带一门山炮，沿公路向西开进，企图进攻肃宁县。敌人为了迷惑我军，事前故意向老百姓说："明天（3日）才出城打游击。"可是他们的人马刚出城走到三里庄，一个老乡就骑着自行车抄近路飞快地向我们前沿部队报告。

大约2日上午9点，敌人向我十连阵地开火，打一阵炮后就发起了攻击。十连是个有丰富作战经验和很强战斗力的老连队，他们一开始只用单发射击逗引敌人，待敌人接近我前沿时，突然一声喊"打"，一排排手榴弹向敌人飞去，各种枪一起发射，打得敌人晕头转向，乱作一团。我十连指战员就这样依托村庄和临时构筑的阵地，利用开阔地形，充分发扬火力，很快打退了敌人的首次攻击。这时，我们又分析了情况。估计这次敌人出动，并不知道我们主力部队的到来，和我们打了一个遭遇战，是出乎敌人意料的。我们应抓住有利时机，利用敌人的弱点，采取灵活机动的战术，狠狠打击敌人。于是，即令三营其他各连一起进入战斗，固守曹家庄阵地，吸引敌人进攻，以火力大量杀伤敌人，并适时向敌反击；令一营从敌侧后迂回过去，经范家庄向解中堡攻击；二营 1 个连向中堡店攻击，打击敌人后方，威胁敌之退路。10 点左右，我三营全部进至曹家庄，干部们立即勘察地形，选择冲击路线；一营以迅速隐蔽的动作向解中堡运动。到 11 点左右，三营九连和十二连占领了进攻出发地后，立即向曹家庄以南杜中堡以西一片树林坟地之敌发起冲击。敌人在我迅猛打击下，丢下一些尸体，狼狈向后逃窜。与此同时，我一营也以突然勇猛的动作攻占解中堡，并以一部向管中堡方向继续进攻。这时，我二营 1 个连也向曹家庄以北之敌发起冲击，击溃其一部。敌人连遭我军迎头痛击，被迫全部退至中堡店固守待援。为了趁机歼灭该敌，我们当即调整部署，集中三营、一营和二营 1 个连的兵力，在迫击炮和轻重机枪火力掩护下，从南、西、北三面同时向敌发起攻击，激战 3 个小时，敌人又丢下一片尸体，退到村里继续顽抗。下午 3 点，任丘、河间之敌共 400 余人分三路前来增援：北路有骑兵 120 余人，经李子口向范家庄、解中堡进攻；中路为步兵 150 余人，携炮 1 门、汽车 10 余辆，沿公路经管中堡向解中堡进攻；南路敌人 140 余人，携大车 40 余辆，经果子洼、黑马张庄向杜中堡侧击。这时，我们看到一营腹背受敌，马上命令他们迅速转移至杜中堡，又令三营全部集结于曹家庄，继续监视敌人。

增援之敌与中堡店之敌会合后，即以猛烈火力向我军射击，并组织步兵轮番冲击，企图夺取杜中堡和曹家庄以北阵地。战士们坚定沉着地利用村舍中的每一个房角、墙头和沟坎，依托临时构筑的工事，以火力大量杀伤敌人，打退了敌人一次又一次的冲击。到下午5点左右，敌人见多次进攻无效，只好转攻为守，就地构筑防御工事，有的还在老百姓的墙上挖枪眼，似乎准备死守下去。眼看天色渐渐黑下来，这是我们消灭敌人的大好时机，于是一面命令二营向中堡店和解中堡之敌实行强攻，一面派出师加强给我团的独立第一支队一营经黑马张庄向三里庄迂回，切断敌人的退路。晚8点，我团二营向敌发起猛攻。解中堡和中堡店是两个连着的村庄，相距不到二三百米，二营首先攻下解中堡，接着又趁夜暗悄悄地摸进中堡店，隔着墙头把手榴弹扔进敌人据守的院子里，炸得敌人吱哇乱叫。近半夜时，敌人在我打击下实在支持不住了，便开始向河间县城撤退，他们不敢从原路退回，而是从范家庄绕道回去。我二营当即组织追击，到三里庄与独立第一支队一营会合。狡猾的残敌却趁黑夜偷偷地从三里庄以北窜回河间县城。我们又乘胜追击，直冲进县城西门和北门，并占领了一部分街区。敌人坚守城中要点进行顽抗，因黑夜里观察不便，地形也不熟悉，为避免损失，我们便将部队撤出城外。这次战斗，敌人起初还以为我们不过是小小的游击队，炮乱轰一阵以后，步兵端着步枪就向前冲，没想到碰上一支战斗经验丰富的正规部队，着实吃了当头一棒，拼死拼活地打了一天一夜，最后不得不狼狈逃窜。这一仗共毙伤敌150余人，缴获军用物资数十大车。

在战斗过程中，群众踊跃支前，冒着枪林弹雨，主动给我们送情报、抬担架、运粮食，有些人家争着要杀猪慰问部队，有的甚至把自家准备过春节的食品也送到阵地上给战士们吃。良村有个青年刚举行婚礼，长袍礼帽都来不及换下，就和青年们一道赶来，给我们抬担架，我们再三劝他回去，他坚持要留下，并说："让我抬一步也是好的"。

曹家庄之战，是我们一二○师挺进冀中打的第一仗，首战告捷，胜利消息很快传开，乡亲们高兴万分，热烈庆贺。有一位从清朝最高学府出来称为贡生的人，怀着十分崇敬的心情，专门写了一篇文章，热情歌颂我军胜利。村里人还很快集资立了一块纪念碑，把文章刻在碑上，以供后人缅怀。在这次战斗中，我们部队由于初到平原作战，缺乏经验，伤亡也不少，但是看到群众抗日热情那么高，指战员们都深受鼓舞，更加坚定了战斗意志和必胜的信心。有的战士感动地说："人民群众这样信任我们，鼓励我们，我们一定要多打胜仗，报答冀中人民。"

大曹村痛歼敌军

1939 年 2 月 4 日早晨，下了一天一夜的大雪逐渐停了下来。雪后天晴，大地一片洁白，一轮红日出现在东方，格外地光耀夺目。这天我们七一六团正集结于大曹村、刘家町、大王庄地区休整补充，准备待机再战。战士们一大早起来，就纷纷擦拭武器，整理弹药装具，准备迎接新的战斗。

就在这时，我们接到情报说，曹家庄战斗之后，敌人不甘心失败，又从滹沱河北岸各据点调集步兵3000余人和坦克、装甲车、汽车20多辆，分三路出动，企图向我报复。一路由河间经献县向武强进攻；一路由蠡县向饶阳进攻；一路由安国向安平进攻。大约早上7点钟，河间之敌步、骑兵近千人，携山炮5门、迫击炮6门，进至小刘庄，声势比上一次要大得多。敌人一出来，就被我侦察分队发现。为进一步查明敌情，我们遂令二营七连向小刘庄实施火力侦察，同时令该营其他各连和一营立即占领大曹村阵地，准备再歼顽敌，黄新廷也带着几个参谋走出村外，把附近的地形仔细看了一遍，对战斗进行了具体部署。上午8点左右，敌人开始炮击，接着敌步兵向我一营、二营发起进攻。我干部战士不怕牺牲，沉着应战，一连打退敌人四次冲击。穷凶极恶的敌人强攻不成，竟施放起毒气来，一时间阵地上烟雾腾腾，呛得人眼泪鼻涕直往外流。那时我们没有防毒器材，大家连忙用毛巾包上雪捂在鼻子上，继续坚持战斗，固守阵地，顽强地抗击敌人，坚决不让敌人进村。不一会儿，毒气随风吹到我们团指挥所上空，当时我们正在紧张地指挥战斗顾不上防毒，通信员们便拿了湿毛巾捂在我们的嘴上。

等到打退了敌人的冲击，我们才觉得这毛巾有一股臊臭。一问，原来是通信员在毛巾上撒了尿，大家不禁笑了起来。敌人本以为放了毒气就可以放心大胆地攻上来了，没想到我们用顽强的革命精神和土办法顶住了毒气的袭击。被敌人的卑劣行径激怒了的战士们，意志更坚，越战越勇，火力愈加猛烈，进攻的敌人纷纷被打倒在我阵地前沿。接着，敌人一面派出一股部队向我左翼迂回，一面再次向我发起攻击。我们当即以二营从正面、一营从翼侧，在炮火掩护下对敌人发起反冲击。双方短兵相接，真是狭路相逢勇者胜，我们的战士带着长期凝聚在心头的国仇家恨，以大无畏的革命精神猛打猛冲，刺刀、手榴弹一起上，很快又粉碎了敌人的攻击，敌人尸横遍野抱头鼠窜，我们乘胜夺取了阵地。

我们与敌人一直激战到黄昏。天一黑下来，又是我们的世界了。我们除以一营、二营从正面进攻外，又命令三营绕向敌人侧后，准备最后围歼敌人。夜深了，指挥所的电话铃急促地响了起来，贺龙师长下达命令："你们马上反冲锋！"晚上11点，我团各营同时以排山倒海之势向敌发起反冲击，一阵手榴弹扔出之后，再次与敌展开白刃格斗，敌人伤亡惨重，不得不乘夜暗向河间县城溃退，我三营直追到河间县城下又杀伤敌人一部。到次日凌晨2点，胜利结束了战斗。这一仗，我团又歼敌300余人，还打死日军大队长汤田四凯，缴获80多辆大车和一批枪支弹药。

与此同时，贺炳炎、余秋里同志率领的独立第三支队在大清河以北伏击由新城出动之敌，杀伤其一部，将敌击退；独立第二支队乘机收复了任丘县。这样，敌人对我冀中区的第三次围攻就被彻底粉碎了。

冀中人民群众看到我们连续打了两个胜仗，消灭了几百个敌人，心里都高兴万分，纷纷把慰劳品送到部队。有一位老大娘，拄着拐杖提着篮子到处寻找我们，因为不知道我军番号，口口声声只说："要好好慰劳那些穿灰军装的打鬼子的部队。"

由于有了群众的拥护，敌人的一举一动都逃不出我们的耳目，而我们的行动敌人却听不见、看不着。平原地区道路多、村庄密，有些地方一里半里就有村子相连，每个村子往往有一二百户人家，敌人很难知道我们走哪条路，住哪个村，他们的大炮机枪虽多也不容易找准目标。一到了夜晚，敌人便成了聋子瞎子，而我们就像夜老虎出山，把敌人杀得狼狈不堪。至于后方勤务，我们更是处处得到人民群众的支援，而敌人在我坚壁清野的情况下，常常是吃不上喝不上，只有靠抓夫抢粮才能勉强维持。

经过这两仗，我们与冀中人民结下了深厚的战斗情谊，真是军爱民，民拥军，军民一家鱼水亲。"兵民是胜利之本"的道理，在我们每个同志的心里更加明亮，大家对于开展平原游击战也更有了信心。

邢家庄遭遇战

冀中地区土地肥沃，物产丰富，加之该地区迫近北平、天津两大城市和几条主要的铁路、公路，战略地位十分重要，对于我八路军和根据地的存在，敌人如芒刺背，必欲除之而后快。所以，对我冀中根据地第三次围攻被粉碎不久，敌人又先后出动3000人，发起第四次围攻。1939年2月9

日，饶阳县罗屯之敌在占领饶阳县城之后，继续南进至饶阳县的邹村，共有步、骑兵300余人及坦克和装甲汽车数辆，距我仅15公里。同日，献县之敌进占武强县城；安平县之敌进至城南15公里之王村；武邑县、束鹿县和深县等城也都被敌占领。

这时，我七一六团已转移到武强县西北之任家庄、黄甫村地区，一二〇师位于深县的东、西唐旺。以上各路敌人的行动表明，敌有合围我师和冀中军区领导机关的企图。

师首长为了避开敌人的合围，原先打算向沧石路以南转移，后来了解到武强县之敌又南出沧石路，向护驾池前进，武强县城已无敌人，于是决心在原地备战。此时我们师的七一五团（欠1个营），在团长王尚荣、政委朱辉照的带领下，由绥远经过长途行军也来到冀中，刚好于2月8日夜间抵达安平县西南的中央、苦水地区。于是师首长命令他们于10日拂晓前到达东、西黄龙集结待机，准备参加战斗。邢家庄战斗是七一五团打的。战后我们了解了这次战斗的一些具体的情况。

七一五团是一支红军部队，有丰富的作战经验和优良的战斗作风。他们接到贺龙师长的命令后，不顾长途行军的疲劳，于2月9日下午3点由中央、苦水出发，昼夜兼程，急行军50余公里，当夜到达深县的北周堡、周龙化地区。当他们正准备宿营时，又得到群众报告，发现七公里外的邹村、王村都有敌人活动。团首长当时判断，敌可能要继续向深县、武强县前进，这里正是敌人要经过的地方，不宜宿营。为避开敌之锋芒，该团遂继续向东，进至深县的邢家庄、穆家庄。岂料 2 月 10 日拂晓，邹村之敌即出动向黄龙进攻，并占领东、西黄龙。我师部和冀中军区领导机关有暴露于敌的危险。在此情况下，他们做好了自卫的准备。

七一五团各部于 10 日早晨 7 点刚进入指定集结地区，指挥员们正在布置警戒，由邹村出动之敌便与进至七一五团邢家庄之一营迎头相遇，双方触发一场遭遇战斗。开始，敌人依靠猛烈的火力，企图将我军压住。七一五团的勇士们迅速占领村沿，依托房舍建筑物，先行隐蔽，等敌人接近了，便一阵猛打，将冲在前面的敌人全部干掉。这时，团首长命令二营沿沟隐蔽运动至大田庄组织防御，固守村庄，以掩护一营向南转移，并节节抗击敌人。当二营占领大田庄后，一营又连续打退敌人数次冲击，杀伤敌一部，尔后向南转移。于是敌人转向二营进攻，在坦克、装甲车的掩护下发起冲击。二营战士们用集束手榴弹将敌击退，双方形成对峙。这时，邹村之敌竭尽全力向七一五团攻击，王村之敌亦来增援，对我形成半包围之势，并在飞机、坦克的支援下连续发起攻击。我军为了"避其锐气，击其惰归"，在当地群众的帮助下迅速转移阵地。当敌人向我阵地倾泻一阵炮弹之后，见我没有还击，以为已将我阵地摧毁，就壮着胆子发起冲击，结果却扑了个空。当敌人掉回头来的时候，我军从侧后出其不意地冲杀过去，弹雨飞向敌群，杀声震天动地，敌措手不及，乱作一团，以为四面都是八路军，枪也不知道往哪儿放了。我军战士趁机猛扑上去，与敌展开肉搏。敌人一见又是贺龙的部队来了，余悸未消，不敢恋战，不多时便丢下一片尸体，向公路以南逃去。

这次遭遇战斗，打得相当激烈，在师部也能听到密集的枪炮声，师首长几次派人前去联络，均因敌人阻隔未能实现。于是，师首长命令我团前去增援。当我团于下午4点赶到邹家庄时，战斗已经胜利结束。这一回，敌人满以为可以抓住我军高级领导机关，没想到半路上杀出个"程咬金"，被我七一五团打得还手不迭，死伤180余人。我师师部和冀中军区领导机关，在七一五团的掩护下，安全转移到滹沱河以北地区。这样，敌人的第四次围攻一无所获，又以失败而告终。

黑马张庄伏击战

按照师首长的指示，我七一六团于1939年2月11日由武强县西北地区向滹沱河北岸转移，集结于河间西南的窝北镇及其附近地区。河间之敌连受重创，暂时不敢再向我发动进攻，但每天仍派出部分兵力出城骚扰，抓夫抢粮，掠夺群众财物，还逼着老百姓填平村落之间的沟道。一开始他们只是在县城周围一两公里内活动，以后逐渐扩展到三四公里，乃至更远。为了打击敌人气焰，保卫群众利益，师首长决定派我们团到河间附近，并以冀中军区第三十大队配属我团作战，寻机再歼该敌一部。

根据贺龙师长指示，我们加强了侦察工作。我团的侦察参谋胡超林，是一个非常精明的小伙子，在连续半个多月的时间里，他每天带着侦察员化装到河间县城和附近侦察，把敌情摸得一清二楚。河间县之敌，仍是我们的老对手日军第二十七师团宫崎联队的吉田大队，600 余人，有一个配有 3门山炮的炮兵中队和通信、辎重队各一部，另有伪保安队约700 人。河间以东之八里桥有敌 20 余人，沙河桥有敌 80 余人，是河间之敌派出的守桥分队。此外，献县有敌 300 余人，饶阳县有敌 200 余人，也经常在其县城附近活动。但献县至河间的子牙河桥，前些日子已被我军破坏，一直没有修复。由于胡参谋和侦察员们连日细心的侦察，我们已掌握了河间县城内敌人活动的规律，他们总是单日出西门、双日出东门，每天早出午归，来回不走同一条路，骚扰的村庄也不重复。到 2 月 28 日，敌人已走遍了周围的村庄，只剩下黑马张庄还未去过。因此，我们分析，敌人下一个目标很可能就是黑马张庄。根据这个分析，我们定下了在黑马张庄设伏歼敌的决心，并主动向师首长提出建议，很快得到了批准。我们团的几个领导同志一致认为：河间之敌连吃败仗，士气低落，他们离开工事坚固的城防外出活动，正是我们歼敌的大好时机。我因打了胜仗，又经休整补充，战斗力得到恢复，指战员斗志旺盛，求战情绪很高。因此，打好这个伏击战，是比较有把握的，但是在战术上还要小心谨慎。

打伏击，尤其是在平原地区打伏击，要取得成功，一个关键的问题，就是要保守行动秘密，隐蔽作战企图。因此，战前我们又派干部和侦察员，化装去侦察地形和道路，并继续收集情报。同时命令部队加紧做好战斗准备，但对于行动企图一概秘而不宣。到了 2 月 28 日午夜 12 点，全团在窝北镇紧急集合，我们才向营以上干部布置了任务，而对部队则只宣布夜行军的纪律和注意事项，要求随时准备战斗。行军时，不走村庄，也不找老乡当向导，由看过地形的干部带队。行军路线上的路标，也不像往日那样用纸条显示，而是就地用土堆标记，部队通过以后立即将痕迹消除。为了不惊扰群众，规定部队进村时不许敲老乡的门，传达任务和战斗动员都以连、排为单位在室外进行。此外，还提前派出便衣侦察员，到伏击地区封锁消息。天亮以后，政治处的同志挨家挨户地动员老乡，让他们照旧烧火做饭，照旧让烟筒冒烟，照旧上街卖烧饼，但人员只能进村，不许出村。村外则派出我们的侦察人员，化装成老百姓，假装拾粪或干些农活，一方面监视敌人的行动，另一方面也是为了迷惑敌人。因为我们从缴获敌人的文件中得知，如果白天村外静无一人，就会引起敌人怀疑。

3 月 1 日拂晓，部队进入伏击地区。第二、三营隐蔽设伏于黑马张庄；第一营待机于梅家店；第三十大队位于达子房，为预备队。我们打算，如敌人向黑马张庄开进，就把他们放进村里，然后以二、三营在正面堵击，一营和三十大队从左右两翼迂回，将敌包围后一举歼灭。同时，还考虑到敌人也可能不走黑马张庄，而走北面的管中堡或南面的大堤，那样我们就以一营和三十大队侧击敌人，以二营、三营断敌退路，仍可围歼该敌。

早晨 7 点钟，河间之敌吉田大队步兵 200 余人，骑兵 20 余人，带山炮 1 门、重机枪 3 挺，出西门，经堤口村、果于洼，大摇大摆地直奔黑马张庄面来，对我军行动一点也没有察觉。敌人的先头部队步兵六七十人和骑兵 8 人，一直进到距我阵地仅 100 多米处。我三营的重机枪和九连、十连立即向敌猛烈开火，一下子打死打伤 30 多个敌人。其余敌人连忙向村北一个独立家屋窜去，又被我十连杀伤一部。敌人的后续部队随即冲了上来，一部占领了村北的一片坟地，另一部展开向我三营阵地进攻，被我二营、三营的交叉火力击退，也撤向了坟地。为了不让敌人喘息，我七连、八连由村东沿向独立家屋之敌冲击，歼敌 10 余人，残敌也逃至坟地。这时，我们就命令用迫击炮向坟地轰击，掩护七连向该敌冲击。但因敌人占领了有利地形，固守顽抗，七连进攻受阻，于是，我们又令三十大队的二营绕到管中堡去侧击敌人，另由该大队派出一个连向河间佯攻，牵制敌人，以保障主力迅速转移。

上午 11 点半左右，河间之敌出动援兵 150 余人，进至果子洼。我们即令二连迅速占领柳林村，掩护团的侧翼。不久，敌人又向果子洼增援 60 余人。接着，敌人一部向柳林村进攻，一部向黑马张庄进攻，都被我击退。到了下午 2 点多钟，果子洼之敌又增加骑兵 40 余人，并继续向柳林进攻，再次被我一营击退。

这时，我们判断敌已 3 次增援，城外之敌增到 450 多人，城里必然空虚、敌可能要在黄昏前撤回，于是决心把敌人拖住，坚持到黄昏彻底加以歼灭，我们当即调整部署，令一营以 1 个连自柳林由南向北进攻果子洼；同时令三十大队以一部绕过管中堡由北向南，配合我坚持在黑马张庄的二、三营，夹击村北坟地和果子洼之敌；一营其余各连于黄昏后向樊庄运动，截断敌人退路；三十大队另以 1 个营袭击河间县城，并准备消灭城外漏网溃逃之敌。

将近黄昏时，我二、三营首先向村北坟地发起攻击。该敌支持不住，向果子洼逃去。柳林附近之敌也窜回果子洼。我二营派出 2 个连去拦截，敌人大乱，我各部乘机一起向果子洼攻击，敌人死的死、伤的伤，其余纷纷向河间溃逃。我们立即组织追击，直追到河间城下。此时，担任袭击河间的三十大队一部也攻入北关，歼敌一部。到凌晨 3 点，战斗胜利结束，部队撤出城外，战后清点战果，这次伏击共消灭敌 100 余人，缴获轻重机枪 3 挺、步枪 60 余支、子弹 7000 余发，还活捉了 2 名日本兵。遗憾的是担任断敌退路的部队行动不够坚决，致使一部分敌人逃跑。

战斗中，我们的干部战士奋不顾身，前仆后继，尤其是和敌人近战夜战、拼刺刀手榴弹的硬功夫，更是杀出了我军神威，打得敌人丢盔弃甲溃不成军。八连班长王福海同志，在向村北坟地进攻时，隐蔽到一座坟包前，突然冲了上去，硬从敌人手中把正在发射的一挺歪把子机枪夺了过来，吓得敌人抱头鼠窜。一些刚补充到部队才一个星期的新战士，同样坚决勇敢，在老战士的带领下完成了任务，也锻炼了英勇顽强的战斗作风。

这次伏击成功，一方面是各级指挥员坚定沉着地发挥了指挥艺术，部队严守纪律，主动配合，密切协同；另一方面，也是和人民群众的热情支援分不开的。仗一打响，附近的群众纷纷跑来协助我们，有的帮我们观察敌情，有的救护伤员，掩埋烈士，有的把自家带来的馒头、食品送给战斗在第一线的指战员，有的跑到敌人后面去破坏道路。仅刘家疃一个村子就出动了 100 多名群众。有位老人，把他准备多年的寿材也献出来给我们装殓烈士的遗体。黑马张庄这一仗，再次显示了我军民一致抗日的决心和人民战争的威力。有位群众说："八路军真是神机妙算，一夜之间不知从哪里飞来，一下子就消灭那么多的鬼子"。

威震冀中平原的齐会歼灭战

黄新廷

1939 年 4 月 18 日晚，我七一六团随一二〇师师部由高阳县庄头地区向东转移。经过两个晚上的夜行军，20 日拂晓前到达河间县东北的卧佛堂、大小朱村地区，向先期到达相邻地区的我师独一旅靠拢。此时全师 2 个旅 7 个团，还有冀中军区第二十七大队在这个地区会合，准备进行整训，并待机作战。我团驻小庄、任村、齐会村，是全师西翼的屏障。

4 月 20 日，日军第二十七师团的吉田大队 800 余人，伪军数十人，分乘汽车 50 余辆，携山炮 2 门，随带满载弹药、给养的大车 80 余辆，浩浩荡荡，由沧州开到河间县城。

吉田大队开到河间，是跟随我军行踪而来的。但他的情报不甚准确，以为我军在该地区不过 2000 左右的兵力，他决定出兵"扫荡"，打我一个措手不及，但不知我是万余人的大军集结。仅这一点，吉田就要倒大霉了，吉田也明白我们是著名的贺龙指挥下的主力，预测将是一场激战，所以出发之前，令部下尽量多带弹药，各种炮弹、枪弹、手榴弹、掷弹筒满满装了几十辆大车，仅山炮炮弹就带了420多发，这在当时，就日军"扫荡"作战来说，也是一个很大的数量，连他的士兵也惊讶："'扫荡'作战中，就数这次携带的弹药多得出奇！"

4月22日下午，吉田大队带着长长的大车队，出河间县城西门，转而向北行进，傍晚到达河间城北二十里铺。

师首长当即下了决心：抓住有利战机，隐蔽待机，实行外线速决的进攻战，歼灭吉田大队。接着又进一步分析了敌人的攻击方向，是由西向东，还是由北向南？师首长判断：向东的可能性较大。因为向东距我领导机关驻地路线最短，同时可得到西北方向任丘、北面吕公堡、南面沙河桥、东北方向大城等敌的策应配合，对我形成四面围攻的态势。七一六团摆在全师的最西面，敌人如果向东进犯，七一六团则首当其冲。根据以上分析判断，师首长做了周密的部署：以七一六团正面交战，视战斗发展情况，以主力断敌退路，尔后合围攻歼；以少量兵力警戒各据点之敌，阻敌增援，保证主力攻歼的成功。

我赶回团里，令3个营都要连夜备战，以做到有备无患，万无一失，并令各营立即组织指挥员现地勘察地形，选择阵地和进攻路线。我和政委金如柏、副政委黄新义、参谋长王绍南、政治处主任颜金生等研究了情况、任务和打法，重点研究了齐会村的战斗。

冀中抗日根据地创建以来，齐会逐渐成为中心村庄，群众基础很好，人民群众抗日热情高涨，积极支援八路军。齐会，据说历史上曾有三条河流在此处汇合，古河道虽然早已干涸，但总的来看，在平原上仍不失为一个地形较复杂、易守难攻的好战场。该村有400多户人家，是一个比较大的村庄，村内有一条南北街，街两旁是许多小巷和房屋，有一定纵深，利于我布兵作战；村东南有大水塘，水比较深，是我布防的天然障碍物；大水塘上有一座小石桥，为进出的通道，利于我阻击敌人；村沿有一些零星房屋可作为前哨阵地，利于我防守。

我团驻齐会村的三营，前身是红二方面军第六师十六团，老底子是洪湖赤卫队，经历过长征，可以说是身经百战，战功卓著，战斗力很强。指战员大多数是老红军，骁勇善战，营长王祥发经验丰富、沉着老练，由他指挥作战，可说是主将得人。

我们决定：把固守齐会的重任交给三营，一营相机使用，随时准备支援三营的防守作战，二营为预备队。我们先用1个营对付吉田大队的全部兵力，留2个营在关键时刻加入战斗，可以始终保持主动的地位。决定白天固守，黄昏后一营、二营从外线进攻，三营伺机反击，里外夹攻，大量歼灭敌人的有生力量，为师主力合围全歼该敌创造条件。

22日午夜12点，吉田带着大队人马悄悄出发，贸然东进。23 日拂晓前从丰截河村渡过了古阳河，路上搜索了几个村子，没有发现八路军的踪迹，上午 9 点占领了南北大齐、北齐曹村一线。于是放开胆子，督领人马直奔齐会。敌人从三十里铺一出动，我便衣侦察就跟踪报告了。我们当即把团指挥所移到小店村南杨家坟，我们心中都很敬佩：贺龙师长所料不差，敌人果然向东来了。

我们站在麦地里，用望远镜瞭望着。不久，镜筒里出现了敌人的身影，我立即打电话命令三营准备迎击敌人。一会儿，敌炮兵在一座砖瓦窑附近部署发射阵地，步兵分三路展开成战斗队形，从西边掩杀过来。

敌人离齐会约 800 米时停止了前进。突然"轰"的一声，一发炮弹的爆炸声打破了激战前的寂静，这是敌人的火力侦察。王营长告诉战士："不要开枪，等敌人靠近了再打。"中路敌人 4 个步枪中队、1 个机枪中队，左路和右路各 1 个步枪中队，看到村子里没有什么动静，就大着胆子，弯着腰，向齐会搜索前进。敌人越逼越近、狰狞的面目看得清清楚楚，战士们屏住呼吸，紧握着武器，等候着开火的命令。当敌人进入我火力射程之内时，王营长一声令下："打！"霎时间机枪、步枪、手榴弹一起开火，前面的敌人哀号着倒下了一片。

枪声一响，吉田明白村里八路军不少，当即命令炮兵猛烈射击，两门山炮一起发射，村子里腾起阵阵烟雾。随着炮火延伸，敌再次发起攻击，在重机枪拼命射击掩护下，端着刺刀的日军从西、北、南三面向齐会猛攻过来。三营利用村沿的有利地形和工事顽强抗击，战士们不慌不忙，等敌人靠近了，又是一顿排子枪、手榴弹，连续打退了敌人三次冲锋。

三次猛攻未逞，吉田气急败坏，命令施放毒气。我们曾受过敌人毒气的袭击，早有防毒的准备，三营指战员们立即把大蒜嚼烂，塞在鼻孔里，再用湿毛巾把口鼻捂严。为保证机枪火力，共产党员纷纷把水壶送给机枪班备用，自己忍着毒气的强烈刺激，流眼泪，打喷嚏，有的呼吸困难，仍奋不顾身地坚持在阵地上。

吉田估计毒气已经奏效，再次组织兵力发起冲锋。哪知我军早有防备，毒气奈何我不得。敌人一上来，我机枪响得更欢，手榴弹投得更猛，敌人一个接一个倒了下去。吉田督队继续猛攻。战士们跳出工事，同敌人展开白刃格斗，一时刀光闪闪，喊杀声震天，九连连长曾祥望大吼一声，从敌人军官手中夺过一把战刀，一口气砍死三个日军。

三营在村沿战斗中消灭了不少敌人，但自己伤亡也不小，而且弹药也不足了。营长王祥发按预定方案，指挥各连撤进村子，转移到房子里、屋顶上，逐街逐巷、逐房逐屋地同敌人展开争夺战，他们早已把各家房子打通，把长板子、梯子架在屋顶，把许多砖瓦房改造成了坚固的堡垒，使敌人每占领一堵墙、一间房，都要付出很大的代价。

吉田一看巷战中部下死伤惨重，而进展却很缓慢，便使出了更毒辣的手段：放火烧房子，妄图以火攻把我三营置之死地或逐出村外。火苗借着风势，越烧越猛，齐会村霎时间浓烟滚滚，火光冲天。三营指战员沉着镇定，迅速组成防火组、战斗组，战斗组连续抗击敌人，防火组则奋力灭火。当敌人以烟做掩护逼近房屋时，我房顶上的监视员一声令下，手榴弹冰雹似的投向敌群，炸得敌人血肉横飞，尸体狼藉。但终因火势过大，房子一间一间跟着倒塌，一些街巷被敌人占领。

我站在杨家坟区观察战场，指挥战斗，流弹不时从身边掠过，枪声、爆炸声、喊杀声不绝于耳，突然见村子里烟火冲天，判定敌人是放火烧房。估计三营吃紧，是一营加入战斗的时机了。于是告诉参谋长：命令在敌人侧背待命的一营跑步上来增援，从东北方向实施进攻，造成反包围的态势，协助三营稳定齐会的防御。

一营接令后立即展开成战斗队形，从东北方向猛烈向敌进击。吉田果然凶猛顽强，他不怕两面受敌，以部分兵力、火力转入防御，抗击一营的进攻，仍以主力向三营猛攻，企图一举拿下齐会。由于大白天在平原上进攻，敌火力远胜我火力，一营将村外敌人消灭一部，将其余敌人压缩到村沿以后，敌依托房屋和工事顽强抵抗，一营进攻受阻。于是出现了这样的态势：敌人包围着村子，我们又夹击着敌人，双方形成阵地对峙，一营虽未能突进村内与三营会合，但杀伤了不少敌人，消耗了敌人的有生力量，牵制了敌人一部分兵力火力，减轻了三营的压力，对三营是个强有力的支援。

三营撤到东南角以后，阵地就剩下几座大院了，这几个大套院都是砖房，比较坚固。

贺师长始终关注着齐会村的战斗，我们随时将主要情况向他报告，及时得到了他的指示。正当齐会烟火冲天，战斗最吃紧的时候，贺师长又来电话询问情况，糟糕的是三营的电话线断了，村内情况不明，我们几次派人联络，均中途伤亡。贺师长得悉后，即令七一五团派1个连务必突进村内查明情况、支援战斗。七一五团派七连沿道沟隐蔽前进，以突然勇猛的动作，从东南方向向敌人冲去，三营九连连长曾祥望见此情景喜出望外，立即派排长张化林带战士前去接应。张化林指挥战士一顿猛打，吸引了敌人的火力，七连乘势一个猛冲，打开了缺口，冲进了村内，与我团三营会合。敌随即组织反扑，封锁了七连打开的缺口。

增加了生力军，三营如虎添翼，士气更加高涨。为了守住最后的阵地，王祥发登上屋顶观察战场，只见村东南水塘的那座小石桥上，敌人设置了重机枪阵地，扼住了我进出的唯一通道，同时与西北角上的炮兵阵地构成了火力联系，对我造成严重威胁。王营长决心夺回小石桥，以求打破敌人的包围，相机恢复同团的交通联络。

这时，十连杨连长站了出来，要求亲自带领六班前往夺回小石桥。营长说："好！注意动作要隐蔽、勇猛、突然，我组织火力掩护你们！"杨连长率六班匍匐前进，我重机枪一阵怒吼，把墙头上敌人的歪把子机枪打成了哑巴。杨连长和战士们乘机跃起，迅速接近了水塘前一片四五十米的开阔地。杨连长叫战士们拧开手榴弹的盖子，紧紧握在手中，自己也掏出了盒子枪，把子弹顶上了膛，并对战士们说："过了这片开阔地，就到桥头了。我们一定要把小石桥夺回来！同志们，拼吧！受伤不要紧，白求恩大夫就在我们后边！"

四五十米的开阔地，多少险阻啊！敌人的炮弹、枪弹不断地往那里倾泻。我掩护火力也不示弱，猛烈向敌射击。就在这密集的弹雨中，杨连长和战士们分头跃进，子弹噗噗地钻进他们身旁的泥土，有的战士挂了花，有的就在这块开阔地上牺牲了。但剩下的同志仍一往无前，利用敌炮火间隙，匍匐、翻滚、跃进，终于通过了这片开阔地，接近了桥头，把手榴弹一排排甩了过去，桥上的敌人被这猝不及防的猛烈袭击打蒙了。就在敌人惊恐发呆的瞬间，杨连长和战士们已猛扑上去，同敌人扭打起来，以刺刀、枪托将敌消灭，一举夺桥成功。格斗中杨连长腹部受了伤，鲜血把灰布军装染红了一片。

齐会打得正紧的时候，周围据点之敌企图增援吉田大队。贺龙师长早有部署，我阻援部队早已进入阵地以逸待劳。任丘之敌300余人南下，被我预伏在麻家务附近的独二旅五团迎头拦击，被迫向西北方向退走。大城之敌200余人到新广安，被我冀中二十七大队击退。吕公堡只有敌百余人，势单力薄，被我游击队袭击钳制，根本没敢出来。

至下午5点，贺师长判断，援敌已经退去，吉田大队已孤立无援，天一黑可能逃跑，即决心调整部署，调动兵力，断敌退路，围歼该敌。周士第参谋长随即电话告诉我："贺师长正在调整部署包围敌人，各部已开始行动，关键是你们三营要紧紧抓住敌人，不要让敌人逃跑，坚持到晚8点时，你们全团发起反击。"

战斗即将进入第二阶段——围歼敌人的阶段，吉田大队已成瓮中之鳖。我心情十分振奋，即令一营、二营做好进攻的准备，晚8点整准时发起反击。

天，慢慢黑下来，村子里的枪声突然稀疏了。吉田望援兵，援兵不到；想进攻，力量不足；想撤兵，又不大甘心。他的部队士气沮丧，进退两难，举棋不定，如热锅上的蚂蚁。他兽性大发，命令炮兵猛烈发射毒气弹，我团驻地小店和师部驻地大朱村村沿都毒气弥漫。毒气侵来，正在村沿指挥作战的贺师长和司令部人员都中了毒，头晕目眩，呼吸困难。医务人员要抬贺师长进村治疗，贺师长摆摆手，又打了一个手势，要过蘸了水的口罩戴上，稍事休息，又继续坚持指挥。

晚8点整，反击时间到了。我们指挥一营由北向南、二营由西向东，同时突然发起攻击。三营和七一五团七连正在顽强抗击日军的进攻，听到四面枪声不断，知道反击已经开始，非常兴奋，立即反守为攻，趁势向外突击，霎时枪声大作，喊杀声震天。我全团兵力展开反击，攻势锐不可当。打了一整天，还能组织起这样猛烈的反击，实出吉田的意料。敌虽几面挨打，仍依托房屋和村沿工事顽固抵抗。经八小时夜战，我夺回了一些阵地，又杀伤了许多敌人。这时，北半村的敌人已经肃清，群众担架队也跟着进来了，立即把伤员抬出去，送到屯庄交给白求恩医疗队治疗。

24日凌晨4点，我组织各营再次发起猛攻，包围圈越缩越小，将残敌压缩到村西南一些房屋和断墙残壁之间。

面对我包围攻击，敌伤亡惨重，而援兵又无望，吉田感到情况不妙，再不撤兵，难免全军覆没，这才决意利用夜幕做掩护，率残部突围。各股残敌一面抵抗我之围攻，一面派人收容伤员，收集同伴的尸体和遗物装上大车，装不了的，掘坑掩埋，砖瓦窑附近成了敌人的临时墓场。我小分队又乘机袭击收容伤员和收集死尸的日本兵，霎时间这些人又成了伤兵、死人。敌人终于在四面楚歌中做好了突围撤退的准备，信号弹临空，敌随军大车开始移动。接着，吉田集中火力和兵力打开一个缺口，向南逃窜。

我当即令二营猛追尾击，指战员不顾夜战的疲劳，迅猛向敌追去。拂晓，抓住了敌人的后尾，歼其一部。敌边打边退，十分狼狈。我派骑兵通信员告知二营营长蔡久：敌正向马村方向逃跑，要咬住敌人不放，猛追猛打，千万不要让敌人跑掉。二营接令后，以更加迅猛的动作向敌追击。

敌逃向马村，遭到我抢先一步占领该村的七二五团四连的迎头痛击。原来，七一五团在西保车附近设伏，一夜候敌不至，奉命东移南北留路村待机，进至马村附近，正碰上敌人向南突围，遂不等命令，即主动果敢地以四连先敌抢占了马村。

前有堵截，后有追兵，吉田不敢恋战，乃折向东逃窜，企图经找子营村向南留路村方向突围。敌本来是要向南逃回河间的，被我一堵，又被迫向东，这样，它越走就离河间老巢越远了。看来吉田已料到我在其归路上预伏有重兵，不得不采取迂回曲折的退却路线了。不管你吉田有多么狡猾，我团二营和七一五团穷追不舍，并攻占几个小村，自西向东，对敌后卫发起进攻。

敌无可奈何，只得以一部兵力抢占找子营村，以村庄为依托进行抵抗。同时，士兵们一天一夜未得进食，饿得实在难以行军打仗了，不得不稍事停歇搞饭吃。日军一进村，就挨家挨户找吃的，哪知我人民群众早已坚壁清野，不要说吃的，村里连个人影也没有。敌垂头丧气，不得不就地埋锅造饭。此时村内外枪声一片，敌慌慌张张，狼吞虎咽地吞了几口夹生饭，即在吉田督战下以主力向南留路村猛攻。

贺龙师长早已布下天罗地网，哪容敌人逃窜！早在敌人折向东突围时，贺师长已下令埋伏在郭官屯的三团迅速前出抢占南留路村，三团接令后立即跑步前进，到达南留路村时，见先头敌人已进至村西一二百米处，情况万分紧急，战机稍纵即逝，团当即令第一营、二营为第一梯队，迅速抢占村西沿有利地形，坚决击退敌人的先头部队；令第三营为第二梯队，占领村内街巷及坚固房屋，准备与敌进行巷战。

与此同时，七一五团稍做准备，即向盘踞在找子营的敌人进攻，双方展开激战。老乡自动跑来当向导，领着七一五团的精悍分队绕到敌人侧后，利用塄坎、房屋等死角，接近敌人固守的房子和道沟，一顿手榴弹甩过去，炸得敌人鬼哭狼嚎，乱成一团。敌赶忙集合散乱的队伍，还未集合好，即被我打散，敌人再集合，又被打散。我七一五团正面猛攻、侧后突袭，上午 10 点左右，将敌逐出了找子营。敌失去依托，被迫在找子营村东集结兵力，在炮火掩护下，以密集队形拼命向南留路村突围。战至 11 点，敌对南留路村久攻不下，被三团堵住了去路，后面又有七一五团和我团二营的包抄尾击，乃被迫转入防御，占领南留路村与找子营之间的有利地形，进行土工作业，顽抗待援。

贺师长见敌固守待援，即指挥七一五团、二团、三团各一部，再次将敌团团包围。贺师长考虑到周围地形平坦，白天攻击不易奏效，同时需要进一步调整部署，遂决心白天围困，黄昏后发起进攻，只令小分队不断袭击，使敌不得喘息。为防备敌人向南逃窜，又命令我调二营到张曹村设伏，断敌退路，同时令一团、五团向任丘、吕公堡、大城方向警戒，阻敌增援，保证围歼的顺利发展。

黄昏时分，我合围部队发起向心突击，又经半夜围歼，将残敌压缩到南留路村西面张家坟狭小地区，但敌困兽犹斗，突围之心不死。25日凌晨3点，残敌集中兵力火力猛攻张曹村，企图夺路南逃。我团二营早在此等候多时，八连正面抗击，五连向敌右翼侧击，使敌数次猛攻都未能得逞，徒然留下多具尸体。攻张曹攻不动，拂晓，吉田又组织残兵转而向东再攻南留路村。守候在那里的三团再次英勇抗击，连续打退敌人九次冲锋。

25日下午，贺师长等领导同志来到南留路村三团阵地，在亲自观察战场、了解情况以后，贺师长说："打了两天两夜，敌人死的死、伤的伤，剩下的不多了，又无弹药补充，战斗力已极大削弱，全部歼灭敌人的条件已经成熟。"他命令我团、七一五团、二团、三团立即调整组织，补充弹药，从四面接近敌人，进行近迫作业，于黄昏同时向敌发起总攻，最后解决战斗，全歼残敌于张家坟区。

黄昏，我军发起总攻，突然天气骤变，狂风突起，尘土飞扬，遮天蔽日，刮得对面看不清人，无法进行战场观察，同时由于各部动作不够整齐，协同联络不够密切，当攻入张家坟区时，狡诈的吉田已乘隙率残部逃走。我军立即追击，歼其后尾一部。漏网之敌连续困战三天三夜未得休息，已精疲力竭，困倦到极点，半路上一进村就倒头大睡，又被我附近游击队袭击，一些日军在睡梦中稀里糊涂地丧了命。800多人的队伍，最后仅剩下80余人，经沙河桥逃回河间城。

胸前挂着"勋章"显赫一时的精锐之旅吉田大队，东撞西撞，始终未能逃出贺龙师长布下的天罗地网。吉田大队基本上全军覆没，吉田本人不久也被解职调回国内。这一仗，打出了八路军的威风，严重打击了敌人的疯狂气焰。

激战上下细腰涧

刘转连

 1939年春，八路军第一二〇师三五九旅活动在晋察冀抗日根据地的北岳区。当时，我任三五九旅七一七团团长。我们团刚胜利地结束了在河北省蔚县的明铺战斗，就顶着刺骨的寒风，踏着冰冻的雪地，转移到山西省五台县的豆村休整。豆村在台怀镇的西南，是守卫晋察冀边区领导机关的西部前哨，和日军占据的五台县城咫尺相对。我们部队在这里一边整训、一边警戒，时刻准备打击进犯的敌人。

 5月9日，天气格外晴朗，和煦的阳光照在操场上，我和团政委晏福生正在操场上观看劈刺。突然，通信排排长黄念怀急忙跑来报告说，从五台县城出发"扫荡"台怀地区的大股日军，已经和我们侦察连的前哨排接上火了。据悉，这次进行大规模"扫荡"的是日军第一〇九师团和独立混成第三旅团的部队，共5000多人，分别由五台县城、繁峙县城和五台县的耿镇、繁峙县的大营镇出动，分四路气势汹汹地向我们扑来。为了避免在不利的地形上与敌人的主力作战，我们一面将情况报告旅部和晋察冀军区，一面命令部队迅速向台怀镇转移。

从豆村到台怀，有一条陡直的山间小道，道旁的山坡上长满了浓密的青松翠柏。部队在 10 日拂晓前离开豆村，黄昏时到达台怀镇南地势险峻的金岗岭。本来，我们打算用侦察连的骑兵侦察排，不断地与从五台县城出犯的敌人保持接触，杀伤敌人并阻滞其前进，争取时间，掩护团主力撤到金岗岭，再凭借有利地形伏击敌人，出其不意地给敌人以迎头痛击。但是，当我们刚刚到达金岗岭时，突然接到旅部的电报，通知我们说，集结在繁峙据点的日军已经向我们背后偷袭过来，企图前后夹击，围歼我们于台怀地区。旅部命令我们团迅速向晋察冀军区所在地河北省阜平县的龙泉关地区靠拢。

龙泉关在金岗岭的东边，从金岗岭到龙泉关有 50 多公里，有一条大道，顺着山沟直下石嘴村。当时我们考虑这条路易受五台县城、耿镇出来的日军侧击，因此，选择了另一条翻越大岭插向龙泉关的山道。部队上路不多时，东方露出了鱼肚色，忽然碰上一股从侧面插过来的日军。上午 9 点多钟，敌人开始了对我炮火轰击，于是，战斗在五台县的铜钱沟打响了。三营前卫连，一阵手榴弹打开了一条通道，跑步通过了被敌人炮火封锁的山沟。突出去以后，由于敌人兵力多，火力很猛，打开的缺口很快又被封闭，阻止了我团主力前进。情况十分危急。怎么办？我马上派人找来一位老乡，问了一下情况。据老乡介绍，通过东北面的大山，还有一条通向繁峙县神堂堡的小路，可以避开敌人。我当即决定将供给处的运输辎重连改为前卫，顺着老乡指点的羊肠小道，迅速向旅部驻地神堂堡转移。

意外的情况又发生了，此时旅部在神堂堡也受到了另一股日军的侵袭。进攻神堂堡的这股日军正顺着山沟，向铜钱沟扑来，黄昏时候，与我团供给处的辎重连相遇。我担任前卫的辎重连受到敌人山炮的轰击和先头骑兵的袭击，又立刻退回到铜钱沟。这时，我们整个部队被挤在一条狭窄的山沟里。敌人依仗他们优势的兵力和武器，向我团发起了猛烈的攻击，山炮排射，飞机轮番扫射，轰炸我军阵地，眼看日军就要冲进铜钱沟的后沟里来了，我当即命令三营七连连长谭谦禄，带领全连迅速扑下山去，坚决堵住敌人。七连是团里有名的猛虎连，连长谭谦禄体格魁梧、机智勇猛。接受任务后，他带领全连战士，冒着敌人密集的炮火，似猛虎下山，迅速冲出山沟，一阵手榴弹，打乱了敌人前卫部队的阵势。紧接着，各营也迅速展开，抢夺了两侧的高地。一场激战在铜钱沟里展开了。

狡猾的敌人见我们部队全面展开，也立即调整部署，对我进行猛烈的反扑。敌人的飞机轮番轰炸扫射，炮火连续轰击，使整个山沟变成了一片火海。面对敌人的疯狂反扑，我们的战士士气高涨，英勇战斗，一次又一次地把敌人打退。

最后，敌人竟灭绝人性地施放大量毒气。顿时，阵地上升起褐色的烟雾，战士们的眼睛被刺激得直流眼泪，喉咙也被辛辣的气味呛得直咳嗽、作呕，气都喘不过来。正在这个时候，电台台长跑来向我报告：电台与旅部的联络断了。

不利的情况接二连三地出现。怎么办？我和晏政委从地图上看到标明敌人进犯的四个蓝色箭头伸向台怀，我团已处在四面被围的危险境地。此时，我们两人的心情都很沉重。我靠在一块大石头上，默默地思索着。不一会，晏政委走到我的跟前，轻声对我说："从目前的情况看，我们应迅速突出去。""我也这样想。"我一边说着，一边再次摊开地图，反复查看，发现在台怀镇与五台山的东台之间，有一个约3公里的空隙地段。我说："如果趁敌人合围之前，我们从这个地段钻出去，就能使敌人的合围计划扑空。"晏政委十分赞成这个方案，并提出把干部召集来简单开个会，让大家心里都有个底。很快，各营营长和教导员被召集到小松树林旁边。这里，树木已被敌人的炮弹炸得东倒西歪，山风还不时吹来阵阵毒气，呛得大家直咳嗽。我在地上展开地图，分析了情况之后，大家都同意马上突围，但有不少同志却主张从正面突围，向神堂堡靠拢。我谈了与政委商定的方案后，对大家说："敌人的目的，是寻找我主力部队作战，很显然，如果恋战坚守，恰恰便于敌人发扬炮火、飞机的优势，一旦敌人集中主力，压缩了包围圈，将对我们更加不利，从正面突围，不仅主力会遭到重大杀伤，而且供给处的骡马，也必然在突围中受到损失。因此，目前我们在敌人尚未合拢口袋嘴的时候，迅速从空隙中突出去，才是上策。"

"那么，我们从哪个方向走呢?"一营营长忙问。

"台怀! 重返台怀。"我马上回答，并补充说，"敌人既然对我们快要形成合围，那我们就大胆地乘空隙插到敌人的背后去!"听我这么一说，大家的目光不约而同地集中到地图上东台和台怀之间的一条黑线上。还没等大家说话，突然，一排炮弹在我们附近爆炸，炮弹掀起的泥土盖了我们一身，我抖了抖地图上的泥土说："就这样决定了，天一黑，就行动，要保持绝对肃静。"

为了保证全团安全突围，大家散去以后，我叫通信员喊来七连连长谭谦禄，让他带 1 个排，在后面牵制敌人，并设法迷惑敌人，等大部队突出了口子，再撤出来。机敏的谭谦禄马上领会了我的意图，笑着说："团长，请放心，我懂了，是给敌人唱空城计。"说完，忙跑去集合部队。

替我们带路的老乡，是一个 60 岁开外的老人，他在五台山打了一辈子柴，熟悉每一条山路，他告诉我们有一条地图上找不到的路，可绕过台怀镇，直通北台岭。这条路虽然非常难走，但却十分隐蔽。

夜幕降临了，我们团的大队人马像一条长龙，在老樵夫的引导下，踏上了蜿蜒崎岖的山道。那是一个昏沉沉的黑夜，抬头不见星星，对面不见人影，只能借地上积雪反照出的一丝微光，辨认脚下的道路。山道狭小，一边是万丈深谷，一边是石壁触天。在海拔 2000 多米的高山上夜行军，真是困难重重，再加上当时五台山冰封雪冻，寒风刺骨，道滑难行，稍一不慎滑下山谷，就会被摔得粉身碎骨！开头，有几头骡子就因走滑了蹄，连同驮着的装备器材，一起滚下了悬崖。因此，大家互相帮助，小心翼翼地一步一步向前移动着脚步，奋力向山顶攀登。夜，静悄悄的，除了马踏雪道的"沙沙"声，就是山下传来的稀疏的枪声，那是我七连连长带领的小分队正在同敌人周旋。

后半夜，部队行进到台怀近郊，听见台怀和东台人喊马嘶，鸡鸣狗叫。我们断定，前方有敌人活动。果然，不多时，派出去的便衣侦察员回来报告说："敌人的先头部队，快接近台怀镇和东台了。""快！我们一定要甩掉敌人！"我当即命令部队以最快的速度，穿过台怀镇与东台之间的空隙地段，向着更高的主峰攀行。很快，大队人马神不知鬼不觉地冲了出去，远远地避开了敌人。在黎明的曙光中，我们登上了五台山的顶峰，即高达 3000 多米的北台岭。我们站在山巅，俯视着一望无际的雄伟峰峦，和那些隐现在青松翠柏之中的亭阁庙宇，不禁轻松地吐了一口气，我们终于跳出了敌人的包围圈。

在我们团主力突围的同时，我七连连长带领的小分队，且战且走，与敌人周旋。到了台怀附近，他们又虚张声势，东投几颗手榴弹，西打一梭子机枪，敌人以为困住了我军主力，大炮使劲开火，飞机也拼命轰炸，几路日军一起冲向台怀镇，晕头涨脑地互相对射、对打起来。大约过了不到一个小时，七连连长领着小分队钻出树林，也跑上了北台岭，向我和政委兴奋地报告说："首长，任务完成了，鬼子在台怀自个儿干起来了！"政委拍着七连连长的肩膀，亲切而又风趣地说："很好，让敌人自个儿打歼灭战去吧！我们应当休息一下了。"

北台岭的背后，有一个抗日工作区，我们部队刚一落脚，村上的男男女女便前来问寒问暖，有的送水，有的送饭，还抬来了一筐筐山药蛋。我们在地方党组织、抗日政府和群众的热情接待下，舒舒坦坦地休息了一天。次日，是5月13日。当地政府又为我们找了向导，部队沿着山背，向神堂堡方向出发。走了一天，当天夜里，我们来到繁峙县的上、下细腰涧村，便在大山的北面宿营。哪知在大山南面的山腰间，却驻着一股日军，我军与日军的宿营地，虽然只隔一道山梁，但因双方都是夜间宿营，彼此谁也没有发现谁。

5月14日拂晓，我们部队起床后正准备出发，先头部队设营的管理员刚走出村口，抬头看见山梁上一队日军正在集合，便急忙跑回来报告，我们才知道山南面有敌人。但这时，各营均在几里以外，我身边只有一个警卫连。我心里十分清楚，敌我突然遭遇，狭路相逢勇者胜。于是，我马上带着警卫连，一口气冲上了山梁左边的山头，消灭了敌人的警戒，占领了制高点。我往山下一看，山南的沟里炊烟四起，原来日军正准备做饭。我们必须抓住这个有利战机，我一边叫通信员飞报各营立即上山，一边命令警卫连向集结在鞍部的敌人进行猛烈射击。

警卫连是全团装备最好的连，机枪就有 10 挺，随着一阵猛烈的射击，战士们铺天盖地冲下鞍部。敌人遭到这意外的打击，措手不及，顿时人仰马翻，乱作一团，受惊的军马，驮着炮架、机枪、弹药到处乱窜，有些就跑到我们的阵地上来了。这时，我们从抓获的翻译口中知道，原来这股日军是由大营镇出动的南犯之敌，是日军一个大队，该敌在南进到大寨口、神堂堡等地时，曾遭到我三五九旅骑兵大队和教导营的节节阻击。这股敌人在台怀扑空之后，发现已陷入孤军深入、后援断绝的境地，企图原路北返，在青羊口地区又遭到我旅部事先部署在那里的七一八团的顽强阻击和跟踪追击，才改走山间小路。敌人深夜进至上下细腰涧时，已是疲惫不堪，便停下来休息，准备天亮后返回大营镇。

目前看来，我们争取了主动，抢占了有利地形，正是大好战机。此时不打，欲待何时？我们立即下定了打的决心。当时，二、三营已经出发上路，这边战斗突然打响，他们还不知道。于是，我们一面指挥团部就近的部队全面投入战斗，一面派政治处主任廖明和特派员袁福生赶快带人分头去追二营和三营，并让他们带领这两个营直接进入指定的山头阵地，坚决堵击敌人。同时，我给王震旅长写了信，说明我团所处的有利形势，以及我们坚决堵住敌人、力求全歼的决心。信写好以后，交给通信排排长黄念怀立即送往旅部。黄念怀接过信跑下山，正巧有敌人一匹受惊的军马驮着一门残缺不全的迫击炮跑过来，他奔上去拉过马，卸下炮筒，腾身而上，两腿一夹，向神堂堡方向飞奔而去。

山沟里的敌人被我一阵猛打，稍稍清醒过来之后，发现归路已被切断，立即组织部队向山垭口附近的一个小山包进行疯狂的反扑。敌人的山炮对我占据的这个小山包密集地轰击，山上的树木，有的被弹片削断，有的燃烧起来。接着，密密麻麻的敌人，在炮火掩护下，端着刺刀，向山垭口直扑上来。我英勇的七连，守卫在这块被烈火燃烧着的阵地上，战斗从早到晚，坚持了一整天，供给处的骡马驮的手榴弹全部运上了阵地，战士们把一颗颗手榴弹投向敌人，日军的尸体横七竖八地躺满了垭口。但是，敌人的冲锋仍没有停止，而且一次比一次更猛烈，一次比一次更密集。七连在反复的激战中，伤亡也不小，但指战员们英勇顽强，始终坚守着阵地。又一股敌人冲上来了，七连连长谭谦禄抱着一捆手榴弹冲进敌群，敌人被炸死一片，我们英勇的七连连长谭谦禄也壮烈牺牲。

我焦急地看着手表，时间一分一秒地过去了，电台和旅部还没有联系上，送信的黄念怀也没有回来。是旅部转移了位置，还是黄排长半路遭遇了不测？我心里忐忑不安。正准备再派人往旅部送信时，黄念怀突然策马奔回，他浑身汗水淋漓，脸色发白，马全身也湿透了。他跳下马，刚把王震旅长的信交给我，并简短地报告了情况，就昏过去了。王震旅长在信上表扬我们打得很好，并说他正在调动部队从敌人的后路包抄上来，只要我们坚决堵住敌人的退路，就能歼灭钻进口袋的这股敌人。果真，当天深夜，当日军刚刚向我们发起猛烈的冲锋时，在敌人后边突然响起了清晰的枪炮声，这是王震旅长亲自带着七一八团和教导营，从敌人的侧后包抄上来了。顿时，我们的部队欢腾了，战士们忘记了整日战斗的疲劳，一个个精神振奋，信心百倍地投入了新的战斗。

不多时，王震旅长来到我们七一七团的指挥所，给我们带来了更大的信心和力量。我们兴奋地迎上前，向他报告了战斗情况。王旅长对我们说，你们打得很好，七一八团也打得很漂亮，被我们缴获的步兵炮，现在正向敌人猛轰。王旅长又告诉我们，七一八团离我们很近，要我们很好地取得联系，协同作战。他还指示我们，要在右侧的山隘口做些工事，多准备些手榴弹，坚决堵住日军的退路。七一八团的指战员们越战越勇，渐渐逼近敌人。我们也乘敌人慌乱之际，指挥部队冲下山去。两支部队前后夹击，把日军打得人仰马翻、七零八散。

被打得走投无路的敌人做垂死挣扎，疯狂向我反扑，企图突围逃跑，但在我英勇顽强的指战员们的猛烈夹击下，他们哪能逃脱覆灭的命运！经我军连日来拦头、截尾地不断打击，剩下的日军最后被包围在这里，全部被歼。这次战斗，共毙伤日军700多人（含铜钱沟歼敌200余人），俘虏日军11人，缴获山炮和九二式步兵炮5门、轻重机枪22挺、步枪 300 多支、战马 200 余匹。

天亮了，我们和王震旅长又在一条山梁上会合了，他紧紧地握住我的手，向部队道贺！当他看见战士们正兴高采烈地抬着缴获的火炮往骡子上捆绑的时候，兴奋地说："敌人给咱们三五九旅装备了第一个炮兵营。"

当敌人指挥部派出大量部队赶到上下细腰涧增援时，我们早已迎着晨曦，唱着胜利的战歌，隐没在茂密的松林里。

上下细腰涧战斗的胜利，粉碎了日军向我五台地区大规模的四路围攻。晋察冀军区司令员兼政治委员聂荣臻，在战斗结束后特向我团发来电报，表扬我们在这次战斗中机动灵活，英勇顽强，不失时机地阻击了敌人，为三五九旅的整个作战行动争取了时间，为保卫边区做出了贡献，晋察冀军区还通令嘉奖了三五九旅全体指战员。晋察冀边区行政委员会也发来电报，对三五九旅取得上下细腰涧大捷，表示热烈的祝贺，同时还奖给全旅 2000 元。

陈庄战斗

张宗逊

1939 年 9 月初，我一二〇师三五八旅的四团、独一旅的二团、独立一支队及津南自卫军等部，奉命由冀中平原转到平汉路西，在群众的掩护下进行整训，准备执行新的战斗任务。

就在这时，晋察冀军区聂荣臻司令员和一二〇师关向应政委来信通知，敌人正调动兵力，有向我进犯之势，要我们在北岳区军民协助下，粉碎敌人的进攻。同时告诉我们，各地的地方武装，后方机关、学校和群众，也都做了反"扫荡"的准备。

果真像聂、关首长所料，驻守正定、无极、行唐和灵寿等地的日军步兵独立三大队和伪军守备队共 1500 余人，突然于 24 日集中于灵寿，企图袭击陈庄，捣毁我军后方机关，破坏我根据地建设。

陈庄，位于鲁柏山的西侧，慈河北岸，距离灵寿仅百余里，是我晋察冀边区比较大的集镇之一，许多机关、学校、团体都设在陈庄附近。在这以前，敌机曾四次轰炸陈庄，敌军曾一度进扰。这次陈庄又是敌军进犯的目标。从灵寿到陈庄，除几条绕行道路外，主要道路只有经慈峪镇到陈庄一条。我们按常规估计，敌人会经慈峪进攻陈庄。因此确定，除四团进至口头镇以南地区，向行唐、曲阳方向警戒以外，其余各部集结于北谭庄至岔头一线两侧的山岭上，布成一个袋形阵势，等待来犯之敌。

25日早晨，隐约的炮声自南方阵阵传来。不多会儿，我们接到报告：敌已自灵寿出动。就在这时，贺龙师长带着一二○师师部和七一六团也由冀中回到了北岳区。这就更加增强了我们战斗的力量和胜利的信心。

慈峪镇附近，我们只有四分区五团的一部警戒，对敌人本来没有多大的阻力。可是，敌人却像示威一样，几乎用出了全部火器，做正式进攻，并占领了慈峪。我们命津南自卫军逼近敌人，且战且退，诱其深入。敌人的炮火更加炽烈了，消息也不断传来："敌人进占北霍营！""敌人进到了东西五河！""……"

敌人向着我们设伏的方向来了，我们等待着，等待着……从中午等到黄昏，连敌人的影子也没等到。这是怎么回事呢？

原来敌人进至南谭庄以后，便停止前进。当夜，津南自卫军曾以白头山为依托，几次向南谭庄之敌发起攻击，诱敌出战。然而，狡猾的敌人只以火力还击，不肯前进一步。敌人不肯上钩，我们只好抑制着急切的求胜心情，把胜利推迟到明天了。不料，次日上午敌人仍按兵不动。下午 4 点钟，南谭庄、东西五河和北霍营一线的敌人却出乎意料地全部退回慈峪镇去了。傍晚，情况又有了新的变化，四分区五团转来的电话说：慈峪镇的敌人正向灵寿撤退，大炮、辎重已退去很远。

难道敌人真的会这样轻易撤走吗？经过分析各种情况，回答是否定的。日军和我们打交道已经整整两年了。两年来，他们在八路军和新四军面前吃尽了苦头。敌华北方面军司令部给其部属的一份指示说："……对付八路军必须采用一套新的战术，找准敌人的弱点，出其不意，以大胆勇敢精神和动作，进行包围、迂回、欺骗、急袭，在近距离进行很快的奇巧袭击……"看目前敌人的行动，可能正是采取"新战术"哩！突然撤退，不过是一种假象。27 日一早，军区司令部从电话里告诉我们：敌人只留下几百人控制慈峪镇，主力 1000 多人正沿小路向陈庄疾进……这完全证实了我们昨夜的判断。

敌人的花招是徒劳的，既没有达到迷惑、欺骗、暴露、调动我军的目的，也没能破坏我军后方机关。因为驻陈庄的我军机关、群众早已做好了坚壁清野的准备。正像贺龙师长对敌人"新战术"的评价："班门弄斧！"贺师长用电话指示我们：敌人是孤军深入，北无据点接应，南边接济也十分困难，因此他们在陈庄不敢久留。敌回窜时，必须抓紧战机，在运动中把他们消灭掉！

遵照贺师长的指示，我们立即做了部署：津南自卫军以一个营绕道小路尾敌前进；其余继续控制白头山、北谭庄以南阵地，严密监视慈峪镇的敌人；主力二团、七一六团、一支队等部，即刻顺大路向陈庄方向前进。

下午，我各部先后赶到陈庄外围。扰敌的部队也派出去了。但是，还有一个关键性的问题摆在我们面前：敌人会从哪条路逃跑呢？根据过去的经验，向我根据地进攻的敌人，往往是从哪条路来再由哪条路回去。我们也正是依据这条规律设伏，取得了不少胜利。但是敌人的行动开始有了变化，我们却不能不重新考虑：既然敌人来时耍了一套"花招"，那么走的时候也可能来个"新战术"——改变过去的老规律，不走来时的小路，而顺东南的大路逃跑。敌人这样做，既可避免像过去一样遭我伏击，又可与慈峪之敌相呼应。

敌变我也变！我们决定改变以往在敌来路上设伏的做法，确定以二团和七一六团在陈庄以东占领慈河两岸的高地，严密控制敌人东逃的大路。为了防备万一，另以一支队的三营进至陈庄以南的长峪，准备堵截可能由来时小路逃跑的敌人。一支队的另一部顺大路向陈庄靠拢，占领陈庄东侧的七祖院，与敌保持接触。这一方案经师部批准后，部队便开始调动。

占领陈庄的敌人，以为他们的"新战术"取得了胜利。

后来在缴获的敌人文件中发现，敌大队长田中省三郎在这天的日记里写道："……不经大的战斗而占领陈庄，这是指挥者的天才……"实际情况是怎么样呢？陈庄附近的机关、学校和群众早已转移了。800多户的村镇上看不到一个人影，找不到一粒粮食，家家户户都空空荡荡，什么也没有，而满街的墙壁上却到处涂写着大字标语："打倒日本帝国主义！""把侵略者赶出中国去！"入夜，我一支队和原驻陈庄的抗大二分校，又分别从东西两面不断向陈庄袭扰。敌人找不到一个老百姓，得不到任何情报，只是躲在村里盲目还击。

28日拂晓，陈庄上空腾起了冲霄的烟柱——敌人放火烧房子了。这是敌人逃跑的信号，我们命令部队马上准备战斗。上午约8点钟，陈庄方向传来了密集的枪声。侦察人员报告："一支队在七祖院打上了。"根据情况判断，敌寇大概要顺大路向东跑。这个消息实在令人兴奋。可是，半个钟头以后，独一旅来电话说："一个侦察参谋亲眼看见，敌人的主力已渡过慈河，正向南顺来时小路退去。"接着，一支队也报告：向七祖院进攻的敌人已经后撤，正涉渡慈河，准备南逃。好狡猾的敌人，果真又来了一个新花样。

综合各方面情况，经过缜密的分析，我们仍肯定原来的判断：敌人并没有发现我军的位置，更没有觉察我军的部署。因此，他们向来路南逃的可能性很小。但是为了慎重起见，我们还是指令二团再抽些部队赶往陈庄西南的长峪一线，防止敌人真由来路逃走。一个钟头以后，前沿侦察部队送来了报告：敌人又转换了方向，利用河边的芦苇树丛做掩护，正沿着慈河南岸鲁柏山脚下的大路向东逃跑。大家不约而同地长吁了一口气：敌人到底还是朝着给他们安排好的死路上来了！

战斗很快打响了。开始，敌人以为我们受了他们"新战术"的欺骗，主力集中在来路上，这里只不过是些小小的游击队，因而并不在意，大摇大摆地向东逃窜。但当他们进至冯沟里一带时，却遭到我七一六团的猛烈阻击，再也前进不动了。向长峪疾进的部队，听到这边的枪声，也从敌人屁股后面追来。敌人开始慌乱了。

七一六团一营据守的阵地，是伸向慈河的一个突出而又光秃的小山包，像一扇闸门一样，死死卡住敌人东逃的大路，对敌威胁极大。敌人为了夺路逃跑，以2个中队的兵力向这个小小的山包发起了连续的强攻。于是，这里展开了一场激烈的争夺战。我一营从中午一直打到下午4点，先后打退敌人的四次冲击、三次肉搏，阵地坚如磐石，始终紧紧地掌握在我们手里。敌被压在河沟里，成群地挤在一起，火力发挥不出又无处藏身。据守在北山上的我军部队，则越战越勇，以猛烈的火力射击，敌军一批接着一批倒在淤泥里。敌人丢下了数百具尸体，好容易闯过了这一关，却又落入了一个更大更紧的包围圈里。敌军向右冲，被我二团顶回；向左突，又被我七一六团另一部杀退；南面是陡峭的鲁柏山，其他三面都有我们的部队堵击。敌人被紧紧压缩在破门口一带的几个村落里。

这时，老乡们送饭的送饭，送水的送水，有的扛着担架，翻山越岭，从四面八方来到了阵地上。群众的热情，给部队很大鼓舞。战士们吃饱了饭，喝足了水，借着夜色的掩护轮番袭击敌人。鬼子又饥又渴又累，几次企图突围，都被打了回去，只得依靠村子垂死挣扎。直至最后，敌人还幻想着以出我意料的行动来逃脱被歼的命运。次日上午，他们集中全力，拼命往鲁柏山上爬去。鲁柏山又高又陡，他们趴在光秃秃的山崖上，既无掩护，又无依托，我军以各种火器猛烈射击，又给了敌军很大的杀伤。敌人爬到山顶时，辎重和重火器全部丢掉了，活着的也只剩下两三百人了。

残余的敌人满以为爬上了鲁柏山就可摆脱我军的重围，从山背后溜走。可是，四分区的五团早在山后的万寺崖堵住了敌人的逃路。民兵、游击队和群众卡住了所有的大小山沟和荒僻小道。敌人被围困在方圆不过 1 里路的山顶上，无粮无水，又缺弹药，而且不断受到我军火力杀伤，处境更加困难，只好不住地呼救。从战后缴到的敌人的电文中知道，他们垂死前曾哀鸣："现在西侧鞍部苦战中。刻下身边忧虑，望至急以飞机送弹药粮秣，并增派讨伐队。"

敌机倒是来了，在上空绕了几个圈子，丢下了几大包弹药和饼干，但大部分都落到我军阵地上了。"讨伐队"其实也早来了，慈峪镇的敌人最多时增至 800 多人，不断向津南自卫军扼守的白头山阵地攻击，但均被击退。

下午，贺师长来到我们指挥所，我们按照他的指示发起了总攻。霎时间，鲁柏山上枪炮齐鸣，杀声震天，五连战士们首先冲上山去，接着后续部队陆陆续续冲上来和敌人展开了白刃战。敌人在我军勇士们面前，死的死，伤的伤，大部就地被歼。剩下的十几个钻进了偏僻的山沟中，最后也被民兵、游击队一一捕获，无一漏网。

在我军民协同一致的行动下，敌人又一次遭到了可耻的失败！

晋绥炮兵团[*]

胡　兴

　　1938 年 3 月，八路军第一二〇师彻底粉碎日军对晋西北抗日根据地的首次围攻，取得了具有重要意义的胜利。此次反围攻作战中，在山西岢岚县三井镇缴获日军第二十六师团四一式山炮 1 门，又在宁武地区搜集到阎锡山军队撤退时丢弃的八二毫米迫击炮 2 门，我们就以这些火炮在岚县邓草沟组建了第一二〇师炮兵连。到 1938 年底，该连有山炮 2 门，编为 2 个排；机关炮 2 门，编为 1 个排；炮队镜、方向板各 1 具，编成 1 个观测班。全连有 120 余人，骡马 30 余匹。

　　1938 年 12 月，第一二〇师主力挺进冀中，执行中共中央赋予的巩固冀中、支援第三纵队和发展自己的任务。炮兵连副连长苟家盛、副指导员刘定基带领机关炮排随师部行动，连部带 2 个山炮排留晋西北归彭绍辉的新三五八旅指

---

　　* 本文原标题为《从第一二〇师炮兵营到晋绥炮兵团》，收录时做了适当修改。

挥。1940年2月，第一二〇师返回晋西北时机关炮排已扩编为机关炮连。至此，第一二〇师就有山炮、机关炮两个连了。为了统一领导，1940年7月在静乐县马家庄成立了第一二〇师炮兵营，当即拨归第三五八旅指挥，故也称第三五八旅炮兵营。当时炮兵营只有一个精干的营部，辖山炮连、机关炮连。为了军事行动的方便，营部称一连，山炮连称二连，机关炮连称三连。董兴仕任营长，薛长义任政委。山炮连由徐忠清任连长，王德润任副连长，贺英才任指导员。机关炮连由苟家盛任连长，朱世银任副连长，刘定基任指导员。

炮兵营成立不久即参加了中外闻名的百团大战。1940年8月下旬，山炮连二排配属第七一六团攻打岚县的介桥敌据点，战斗刚开始敌增援部队就赶到了，我军立即撤出战斗。稍事休整后，炮兵营又参加攻打静乐县以东的康家会和以南的丰润村敌据点。在康家会战斗中，山炮连二排配属第七一四团攻打康家会据点，一排配属第七一六团在康家会以西设伏打援。这是一次夜间偷袭战，炮兵连伴随步兵占领了阵地。战斗打响后，我步兵猛打猛攻，迅即突破敌阵地，全歼了康家会的守敌。这时，由静乐县城开来的两汽车援兵50余人也被我歼灭。第二天，山炮连二排配属第七一六团攻打丰润村敌据点。敌据点主阵地是镇东南小山上的大碉堡，我炮阵地距敌堡700米，前三发炮弹擦碉堡边穿过，第四、五发炮弹把敌碉堡摧毁，碉堡内的敌人都被压在里面，步兵发起攻击迅速解决了战斗，守敌全部被歼。

百团大战第二阶段，炮兵营山炮连、机关炮连各以一门炮配属第七一六团行动，进到宁武县西部地区。在宁武城西山上的几次战斗中，炮兵都未开炮。此后即回师打头马营敌据点，山炮打了30多发，机关炮和团迫击炮也进行了射击，虽将碉堡摧毁，并给敌人以重大杀伤，但由于敌人吸收了丰润村据点被我攻克的教训，不再以大碉堡为坚守阵地，而是在围墙和房子的要害处布设了明、暗机关枪火力点。当我火炮射击后，步兵突破其外壕或铁丝网时，敌轻重机枪又向我猛烈射击，致使我步兵伤亡较大。战斗持续了一昼夜，未能攻进敌据点，我军即撤出战斗。头马营战斗后，我们的炮弹所剩无几，即奉命撤回临县窑头休整。这时，徐忠清连长调走，王德润接任山炮连连长。

1941年春，继国民党顽固派在第二次反共高潮中制造了震惊中外的皖南事变后，陕甘宁边区周围国民党顽军也加紧制造摩擦。为了保卫陕甘宁边区，第一二〇师炮兵营奉命西渡黄河进驻葭县（今佳县）通秦寨，归第三五九旅指挥。国民党军的"游击师"进犯到葭县与榆林交界的打火店，炮兵营配合地方部队击退了敌人的进攻。在这次战斗中，机关炮连临时改为步兵连参加对打火店的攻击。山炮连二排以火力支援，打了三发炮弹，其中一发落在敌指挥部院子里，敌仓皇逃跑。此后炮兵营即进驻绥德城东60里的义和镇。这时上级把工卫旅在百团大战中缴获的一门晋造一三式山炮补给炮兵营，从此山炮连就有3门山炮了。

1941年5月，胡兴从八路军总部炮兵团学习回来接任第一二〇师炮兵营营长。在此以前，李树平调来炮兵营任政委，前任政委薛长义，营长董兴仕先后调往第三五八旅工作。与此同时，八路军总部炮兵团派来黄志鹏任教员。

1941年10月，国民党军何文鼎部准备向陕甘宁边区的三边（安边、靖边、定边）地区进犯。炮兵营山炮连（欠三排）随第三五九旅行动，到达安边县的张家板，准备打击顽军的进攻。因我军有了充分准备，顽军未敢妄动。是年底，山炮连返回义和镇归建。

1942年第三五九旅主力开赴南泥湾搞生产，5月，炮兵营山炮连移驻绥德城担任警戒任务。当年秋，炮兵营移驻瓦窑堡杨家园子。

为打退国民党顽固派掀起的第三次反共高潮，加强陕甘宁边区的防御力量，1943年6月，第三五八旅奉命由晋西北开赴陕甘宁边区，炮兵营又归该旅指挥。之后，1944年炮兵营驻甘肃合水县太白镇，一面担任保卫边区的任务，一面执行生产任务。在大生产运动中，炮兵营首先打窑洞解决住房问题。接着，开荒种地，做到了粮食基本自给。此外，还搞副业生产，自己做酱油、醋和酿酒，并开办商店和跑运输，饲养了猪、羊、牛，部队生活大为改善，真正做到了"自己动手，丰衣足食"。

日本投降前夕，国民党蒋介石集团加紧准备抢夺抗战胜利果实。为反击国民党军的进犯，1945 年 7 月，第三五八旅奉命"下山"，炮兵营到达甘泉。胡宗南的部队于 7 月 27 日侵占了我小关中铁王镇东的爷台山地区。炮兵营奉令由胡兴营长率山炮连（欠 1 个排）以急行军赶到爷台山地区。8 月 9 日由王德润连长带领二排配属新四旅第十六团攻夺爷台山主峰。主峰上守敌有 1 个加强连，配有数挺美造轻重两用机枪。主峰周围是两三丈高的人工峭壁。战斗打响后，我们炮兵连在距敌 600 米处打了四发炮弹，因天未亮看不清目标，阵地条件也不好，没有打掉敌机枪火力点，步兵数次攻击未成功。我们当即检查了原因，改善了阵地设置。这时天已大亮，第三五八旅第八团六连（就是后来的"硬骨头六连"）配合第十六团主攻。该连由第八团二营营长任世洪带领到炮兵阵地观察了地形，明确了步炮协同。再次发起攻击时，我们先以两发炮弹打掉了敌两个机枪火力点，继以四发炮弹在我步兵准备实施突击处的峭壁上打开一个斜坡。六连利用炮兵射击效果，从斜坡爬上敌阵地，迅速歼灭了敌人。

爷台山战斗之后，部队迅速回师东进，执行党中央关于向日伪军开展大反攻的任务。我们经过长途行军东渡黄河，进至山西境内。在山炮连一排配属第七一五团攻占柳林镇后，全营配属第三五八旅第八团攻打离石城。敌城南和城东山上的碉堡被我炮火摧毁后，步兵顺利地扫清了外围。在攻城战斗中，我山炮、机关炮对步兵突破口两侧火力点射击，打掉了敌机枪火力点，但敌仍固守顽抗，第一次登城受挫。

第二次转为夜间攻城，并改变了主突位置，攻击成功，全歼了守敌。

1945 年 9 月 9 日打下离石城后，部队正准备攻打中阳县城，突然接到北上参加绥包战役的命令。这时，原第七一五团迫击炮连长杨春芳从延安学习回来，任第一二○师炮兵营副营长。杨春芳和山炮连副连长唐现（即唐万兴）带领山炮连三排留在吕梁军区（以后归独四旅指挥）。炮兵营随第三五八旅北上到达左云县时，先后与延安炮校来晋绥参加作战的第十队（山炮 3 门，干部 20 余人）和第三队（山炮 3 门，干部 100 余人）会合。为便于指挥，炮兵营在那里进行了整编。以延安炮校第十队为基础补充了一部分新兵，编为第一连，黄锡铭任连长。炮兵营原山炮连仍为二连，王德润任连长，黄志鹏任副连长，李波任指导员。延安炮校第三队因当时隶属关系未变，学员又都是干部，整编时仍称炮校三队，刘德夫任队长，阎福生任副队长，王广德任指导员，直至 1946 年春，该队学员分配后改称炮兵营第三连。炮兵营机关炮连改为第四连，苟家盛任连长，靳家平任指导员。

炮兵营经初步整编后，于 1945 年 10 月参加了绥包战役。我晋绥部队首战凉城，炮兵营以炮校第三队的 2 个区队配属独一旅攻打旧凉城，以第二连配属独三旅攻打新凉城。侵占此两城的傅作义骑兵部队，被我军歼灭一部后大部西逃。我军又继续北上，发动进攻。10 月下旬，炮兵营随第三五八旅攻打卓资山。第三队和四连在卓资山车站以南小河边实施火力支援，二连配属第八团渡过小河由西向东攻击。因系夜间战斗，事先又未勘察地形，弄不清射击目标，只好将火炮推到距敌阵地前沿 200 米处进行抵近射击，将敌机枪火力点摧毁，支援步兵迅速突破了敌前沿。这时三队和四连向敌纵深射击，支援步兵攻占了卓资山镇。翌日晨，二连和三队向车站东山敌阵地射击，给敌以重大杀伤，有效地支援步兵攻占了敌阵地。卓资山一战，歼灭敌第六十七军所属新编第二十六师 5000 余人。

我军攻占卓资山后，敌人全线西撤。我晋绥、晋察冀的部队继而西进，集中兵力围攻归绥。此时，晋绥的独二旅也从商都地区撤回参加绥包战役。我军在归绥城外围打了几仗，由于城内敌人凭坚固守，我未能攻克。之后，由晋察冀军区部队围困归绥，晋绥之独一旅和第三五八旅第七一五团西进逼近包头。三队和四连协同步兵攻占了包头城外围敌人阵地，但攻城未奏效。接着，再次集中兵力，第三五八旅和炮兵营全部参加攻打包头，但仍未成功。这时天气寒冷，我军衣着单薄，不宜再战，于是撤出了对包头、归绥的包围，炮兵营撤到卓资山以南休整。此时王成永同志调来炮兵营任副政委。

1946 年 1 月，国共谈判达成停战协定。但国民党反动派背信弃义，为了抢占地盘，对解放区发动大举进攻。傅作义部骑兵袭占了我集宁、凉城等地，其主力向我卓资山进攻。我军激战一夜打退了敌人的进犯，并缴获山炮 4 门。此次战斗，黄志鹏连长带1门炮配属第七一五团作战，以有效的火力支援步兵歼灭了进至卓资山前的敌人。

为夺回集宁城，炮兵营奉命由副营长王德润、副政委王成永带领二连配属独二旅第二十七团，以强行军赶到集宁城郊，当即与晋察冀的部队互相配合，对侵占集宁之敌发起攻击。集宁城为土城墙，我炮火将城墙打开口子，步兵迅即攻入城内，但遭敌人顽抗，进展缓慢。为了有效地支援步兵，我们将火炮转移到城西山上，首先摧毁了城西门楼上的敌机枪火力点，继而向城内敌之人马集结处射击，我步兵乘机迅速向前发展。到17日上午8点左右，城内敌人大部被歼，少数骑兵逃跑，我军夺取了集宁城。此次战斗中炮兵营参谋叶身负重伤。

此后，炮兵营移驻卓资山东南的白草坝子进行整编，准备成立晋绥炮兵团。这时调来彭海斌拟任团政治处主任，他还带来晋绥军政干校的一部分干部。当时继续沿用炮兵营的番号，共编了6个炮兵连，1个野炮排，第一、二、三、五、六连是山炮，第四连是机关炮。炮兵营整编后移驻集宁以南的花村，改称晋绥炮兵营。

1946年6月，国民党军悍然向各解放区大举进攻。为迎击进犯之敌，晋绥军区和晋察冀军区的主力，先后统一组织了晋北战役和大同战役。炮兵营副营长王德润带领第二连，第五连的1个排和野炮排，配属独二旅参加晋北战役。在解放朔县、宁武、崞县等战斗中，炮兵都较好地完成了任务，是役缴获5门山炮、1门重迫击炮。之后，独二旅成立了炮兵营，王德润任营长。

7月，胡兴率炮兵营参加大同战役。就在大同战役开始时，上级正式通知，炮兵营扩编为晋绥炮兵团，胡兴任团长，李树平任政委，刘德夫任副团长。

一二〇师工兵营的建立和改编[*]

王兆相

回忆我们八路军一二〇师工兵营的建立，得从陕北红军独立师说起。这支部队，原是在中共陕北特委和神府地区党委领导下的红军游击队。后来逐步发展为陕北红三团，1936年扩编为红军独立师，1937年改称陕北红军独立第二师，下辖 3 个团，共 1300 余人。我是师长，政委是张秀山（后为王宝珊）。

七七事变后，全国抗战的新局面开始。8 月，中央军委调我到延安去学习，派孙超群同志来接替我的工作。孙超群同志是安徽人，在 1929 年参加中央红军，长征前是红都瑞金警卫师的代师长。我们见面后，我把工作向他做了交代。次日我就要去延安了，那天晚上正和师部几位老战友闲谈，孙超群同志进屋来了。他高兴地拿着一份电报说："老王，

---

　　* 本文原标题为《八路军一二〇师工兵营的建立和改编》，收录时做了适当修改。

你走不了啦！毛主席、周副主席电令，因日本帝国主义已开始大举对我华北发起进攻，王兆相不必来延受训了，仍任原职，孙超群任副师长，准备率部上前线参加抗战。"

我接过电报一看，上面还指示我师先按1个团的架子整编，把3个红军团分编为3个营，原团长任营长，政委改任副营长。这是按照当时国民党军队的统一编制改编的，到了冬天我们才重新恢复了政委制。干部对职务变动毫无怨言，整编工作非常顺利。不久，就发来了国民党军的新军服，这时问题就来了。要大家摘下五星帽，脱去红军服装，好多同志想不通，有的人说，和国民党军队穿一样的服装太丢人了。我们分别召开党员大会和干部会，进行说服教育，依然没有解决问题。随后我们耐心地做疏导工作，在大会、小会都进行动员教育，才基本上安定了情绪，统一了认识，换发了军装。

9月下旬的一天，我们又接到毛主席、周副主席电报，要我部即刻出发，过黄河到晋西北归八路军一二〇师指挥。并明确指出，我们对外称一二〇师工兵营。但是，没有让我们下属的3个营再缩编，营部还是团部的架子，还有政治处、供给处。这就形成了工兵营下面还有3个营，很特别，后人不了解情况，以为是怪事，但它确是真实情况。军委命令我们只带2个营去，留下1个营原地驻守，以保卫神府革命根据地。我的职务不是营长，叫主管，文件上又称主任。

我和师政委王宝珊、副师长孙超群、参谋长杨文谟、政治部主任王恩惠等，带着由红军团整编的一营（营长王子杰，副营长马腾宝）和二营（营长贾兰枝，副营长白兴元），共 800 多人，准备过黄河东进。三营（营长刘明山，副营长王佑）留在神府。这时，毛主席、周副主席又来电报说，彭雪枫主任已和国民党军第二战区司令长官阎锡山交涉好了我们的进军路线，要我们从黑峪口过黄河，到山西兴县、岢岚去找一二〇师联系。并说以后我部即归属一二〇师直接指挥，中央军委就不直接给我们指示了。

9 月末，我们过黄河后进到岢岚，先找到了关向应政委。关向应同志中等身材，面容消瘦，年轻而又有睿智沉着的风度。他热情地接见了我们几位负责干部，并说："我首先告诉你们一个好消息，一一五师于 25 日在平型关首战告捷，消灭了日军板桓师团千余人。"他还讲了胜利的意义与巨大影响。我们听了都特别高兴，对打败日本侵略军的胜利信心更足了。

关政委说，贺龙师长和萧克副师长都在神池县贺职村前线指挥所，通过五寨县往北即到贺职，你们休息几天再去，部队需要什么，尽管说。我们就把部队的军政素质、装备以及现实思想情况做了汇报。关政委让师部给我们补充了一些物资，并说这里已经是敌后战场，日本侵略军很嚣张，沿路需防备敌人突然袭击；我们靠游击战，不与敌人拼消耗；行军多走山路，少走大公路；现在国民党部队正往南撤退，也不要讽刺他们，要以团结为重，不要和他们发生误会；对国民党部队和广大群众，都要多做鼓舞抗战斗志，振奋民族精神的政治思想工作，多宣传我们党的抗日民族统一战线的方针政策，特别是对群众，要大力宣传抗日救亡的道理，满腔热忱地鼓励他们，爱护他们，并要切实加强部队纪律教育。关政委细致周详的工作作风，使我们第一次听他指示的几个干部都非常敬佩。

我们从岢岚出发后，沿途碰到多起退下来的国民党军队，他们那种惊恐万状的模样，真是狼狈不堪，有的倒背着枪，军容不整，队形散乱，还有骑牛的，骑毛驴的，大炮上挂着红红绿绿的衣服，使人一看就知道那是从群众家抢来的。一些村子里的群众已被他们吓跑了，我们到村里休息时，群众听说是八路军，就陆续回来了，有的痛哭，有的大骂国民党军，对阎锡山的部队骂得更凶。他们说："我们老百姓养活他们，他们不打鬼子，听到枪响就往南跑，还污辱妇女，抢劫东西，真是'遭殃军'，实在是太坏了。"

我们经五寨、三岔，找到了一二○师指挥所，见了贺龙师长、萧克副师长、周士第参谋长和甘泗淇主任。首长们都非常热情，贺老总留着小胡子，那豪爽的气概真是名不虚传。他头一句话就说："你这个王兆相，很聪明嘛！"我赶忙说："我可笨得很，连个电话也不会打。"说得大家都笑起来。萧克副师长一边让我们坐，一边说："不会的事，学习学习就会了。"我们汇报了部队的情况，贺老总听了以后，先是分析了当前的斗争形势，要我们坚定抗战到底的信心，又说："听说你们过去在神府地区打仗打得不错嘛，到敌后来，要做好部队思想工作，加强纪律教育、发扬敢打必胜的光荣传统，至于番号，现在就叫一二〇师工兵营，将来是否改变，那要听中央的指示，现在就按工兵专业进行训练，准备完成作战任务，由师参谋处给你们安排具体训练科目。"他的话给我们很大的鼓舞。

我们几个干部都表示请师首长放心，保证服从命令听从指挥，认真搞好训练，坚决完成作战任务。贺老总讲："那好，住下休息几天再说吧！"

过了几天，周士第参谋长给我们下达了任务，要我们工兵营破坏阳方口至宁武的铁路线。周参谋长说，前几天，敌人曾窜到宁武县城，被我师打跑了，敌人最近还可能来宁武。因此要你们工兵营去破坏铁路，把桥梁搞断，把铁轨搬开，把路基挖坏，总之把铁路破坏得越彻底越好，并把破路情况随时报告。工兵营营部要驻扎在半山上，以防备敌人袭击。对阳方口加强警戒，对朔县方向派出侦察哨，防备敌人大部队进攻。

我们在师部领了些破路器材工具，迅速出发，令一个连担任对阳方口的警戒，其他连队均展开于阳方口至宁武间的铁路线上，拔道钉，破枕木，把路基挖了个稀巴烂，敌人的交通立马中断了。

破路后，有一天，通信员说有位国民党军官来找我，但见面后我并不认识他。他自称是个团副，早知道我的名字，还说过去和我们红军独立师打过仗，今天国共合作了，要来看看我这个王师长。我说，那咱们是"老交情了"，我问他对时局有何"高见"。他说他们在晋北和日军交了火，接着就吹嘘："日本鬼子的坦克跑得可快啦，漫山遍野跑。"我和孙超群同志问："那么坦克也会上山啦?"他说："真是能上山坡哩!"送走了那个团副，我们几个领导干部笑了一阵子，大家说这个国民党军的团副，被敌人的坦克吓破胆了。

我们工兵营都是红军战士，谁也不怕鬼子，在连续破坏交通线过程中，说来也怪，日军大部队并没有来袭击，我们顺利完成任务后奉命去神池县。神池位于长城脚下，向西是三岔，西南是五寨，都有一条道路相连。两边是大山，敌人来时，部队可以居高临下伏击敌人。到达神池的当天，贺、肖首长还领我在县城里转了一趟，看了一座外国人设计的大教堂。到神池的第二天，萧克副师长带我们到城西八九里路远的一个小山头，亲自领导我们进行工兵专业训练，全体同志很受鼓舞，情绪特别高涨。他带了一位参谋，给我们画了一张野战工事结构图教我们构筑工事，我们立即按图展开作业。如果说破路是我们工兵营一般执行破袭任务，那这次是我当工兵营主管后，和战友们一起真正执行野战筑城的工兵专业任务了。

野战工事构筑任务尚未完成，师部命令我们工兵营去五寨。我们到五寨县城郊几个村子刚驻下来，萧克副师长也来亲自主持训练工作。师部给我们发了一份五万分之一的地图，萧副师长就亲自教我们识图、绘图和用图。

有一天，师部通知我去见贺师长，他说："已经接到了中央军委的来电，要把你们调回陕北去完成其他任务，不过军委还没有最后决定，你王兆相要有个思想准备。"接着，贺师长解释说，"因为国民党知道你们离开了神府、葭县、榆林地区，就借口防务空虚，要另派国民党部队去接管府谷到葭县沿黄河一线的防务，实际上是打我们神府根据地的算盘。中央军委当然不同意，坚决反对国民党军队进驻，所以准备把你们调回去。"

贺老总讲明了情况，我心里也有底了。回到工兵营就向干部做了传达。又过几天，贺老总告诉我们，国民党已同意不另派部队接防了。

11月间，师首长告诉我们：中央军委来电，决定把工兵营改编为十八集团军警备第六团，归总部后方留守处（12月改称留守兵团）建制，指挥仍归一二〇师。干部任命是：团长王兆相，政委张达志，副团长孙超群，政治处主任王学礼。师首长给我们下达的任务是：工兵营改编为警备六团后，即到偏关、平鲁、清水河（县名，今属内蒙古）地区开展工作，发动群众，建设抗日根据地。因这一地区战略地位重要，应教育部队提高认识，并注意统战工作，可以把老营堡还给原东北军骑兵军，并注意和他们搞好关系。

　　我们接受了新任务，即向部队传达动员，进行改编，工兵营的工作也就到此结束了。

一二〇师工兵连[*]

颜振清

八路军一二〇师师直工兵连的前身，是红二方面军总指挥部工兵连，长征时我在连里当排长，七七事变后，我从庆阳步校特科大队毕业，回到驻陕西富平庄里镇的工兵连当连长。

我清楚地记得，1937 年 9 月 2 日那天，天色微亮时，我们工兵连的同志都起了床，换上灰色新军装，去庄里镇参加红二方面军和陕北红军及军委总部直属队部分同志一同举行的改编誓师大会。整队出发时，我看一些老工兵战友都没换新发的布鞋，仍然穿着草鞋，我就问："怎么不穿新鞋？"有的答："贺老总、关政委还穿草鞋哩，连长你要不信，大会上看吧！"说着，眼圈红润了。我点点头，不再说了，心里也是热血沸腾。我知道，穿草鞋不只是我们南方劳动人民的生活

---

* 本文原标题为《忆一二〇师工兵连》，收录时做了适当修改。

习惯，它还是红军工兵不忘艰苦奋斗光荣传统的标志啊！

到了会场，贺老总、任弼时同志陪同朱总司令登上了主席台。朱总司令首先讲话。他讲述了我军历史，讲了改编意义，号召我们"一定要以大局为重，相信党中央，相信毛主席，坚决抗日，夺取最后的胜利！"

接着由任弼时同志宣布了改编命令，王兆相同志领导的陕北红军独立第二师改编为八路军一二〇师工兵营。我们红二方面军总指挥部工兵连改为一二〇师三五八旅工兵连，红六军团工兵连为三五九旅工兵连。（但不久，工兵营改为警备六团，我们2个连便改编为师工兵一、二连。）

当值星官宣布换下军帽时，全场情绪波动起来，有的难过得流下了眼泪。值星官连续宣布三遍，同志们才慢慢换下五星帽，装进衣袋。我身边一位老工兵战友哭起来，颤声对我说："连长啊，我父亲为闹翻身牺牲了，家被封了，母亲送我当红军时把父亲的红袖章交给我，说这上面有父亲的血迹，别忘了报仇，可是现在红五星帽戴不成了，我怎么对亲人说？我服从党和首长的命令，可心里不好受啊！"

战友的话，刺痛了我的心，我正要说宽慰话，贺老总讲话了，他还真的穿着草鞋哩。贺老总平时总是那么豪爽和悦，谈笑风生，这次却严肃起来了。他说："同志们，不要难过，大家的心情，我贺龙完全理解。"他接着讲了我们无产阶级战士的本色，并说国难当头，应为全民族利益着想，现在改编是为了共同抗日，绝不是向国民党投降，八路军还是共产党领导的人民军队，红五星帽要好好保存起来，国民党如果不抗日，继续反共反人民，我们不仅要打败日本侵略者，还要打倒卖国贼和反动顽固派哩。

誓师大会后，我得了感冒。清晨部队出早操，贺老总在操场问别人："为啥没见颜振清?"当得知我有病时他就来到我屋里，轻轻摸了一下我的额头，说："发烧了，给做点面条吃吧!"老首长的关怀，使我至今难以忘怀。

不久，我们工兵连开到韩城芝川镇。这时上级新派来一位指导员——宋念堂同志。司务长是东北流亡进关的学生，耿直诚恳，又有文化，兼任文化教员，搞得部队的文化生活很活跃，现在却怎么也记不起他的名字了。

1937 年 9 月，我们一二○师根据党中央、毛主席的指示，东渡黄河，开赴以管涔山脉为中心的晋西北地区，在敌后开展游击战争。我们工兵连在宁武、神池地区，一面发动群众参军参战，一面破敌交通线。

1938 年 2 月间，我们工兵连配属三五八旅，到同蒲路阳曲至忻县段参加了破袭战，还配合三五九旅七一八团主力袭击了太原市郊及飞机场之敌，破袭了平社、田庄等车站。炸毁了敌军火车 3 列、汽车十余辆，炸毁桥梁 8 座。随后，又在贺龙师长和萧克副师长率领下，参加了收复宁武、神池、五寨、岢岚、保德、河曲、偏关等 7 座县城的战斗。当时，由于部队装备很差，技术力量也弱，攻城往往不能立即奏效。但在当时条件下，工兵连发挥了应有的作用。

从第一二〇师工兵教导队到
中央党校工兵区队

张　曦

　　1940 年夏季反"扫荡"后，由于一二〇师独立第一旅伤亡较大，师部决定撤销我们第五支队番号，将部队补充到独立第一旅的第二团和第七一五团。我调到独立第一旅司令部第五科任工兵参谋，参加完百团大战之后，在 1940 年的 12 月中旬，我又由独立第一旅调到一二〇师司令部五科任工兵参谋。

　　1940 年 12 月，师部在兴县大善村召开百团大战总结大会。贺龙师长、关向应政委、周士第参谋长和甘泗淇主任都在会上讲了话。贺师长和周参谋长在讲话中都指出："参加这次大破击，提高了部队干部战士对破击的认识，懂得要击就必须破，要破又必须击，破和击是辩证的统一。没有破的配合，击就难以达到目的，没有击的掩护，破又难以实现，而破与击的巧妙结合，是反'扫荡'、反封锁、打破敌人囚笼政策、巩固与发展抗日根据地的重要作战手段。"师首长还指出，这次参加大破击的部队工兵不够用，因此遇到了不少困难。如果参加破击的部队都有工兵，那么取得的成绩肯定会大得多。通过百团大战，晋西北的部队，上上下下，特别是师、旅领导，都认识到尽快在部队中建立和扩大工兵的必要。

1941年1月，为培养工兵骨干以扩建工兵部队，师部指定决死四纵队参谋常忠、独立二旅参谋张建伦、师司令部五科科长杨伯让和我考虑开办工兵教导队的教育计划和工兵器材。在师首长的重视和关怀下，经过一个月的准备，于2月底，工兵教导队就组建起来了。3月1日工兵教导队正式开学，师参谋长周士第，直政处主任李贞，五科科长杨伯让，都参加了开学典礼。周参谋长在讲话中指出："成立工兵教导队，是为晋西北部队建立工兵解决干部问题，要求大家克服困难，学好工兵技术。"干部、教员、学员一致表示，要克服各种困难，努力学习，把工兵教导队办好，不辜负师首长对我们的教导和希望。

晋西北抗日根据地，在华北各抗日根据地中，是最贫困的地区。1940年，日军对晋西北根据地进行过春季、夏季两次"扫荡"。我军发动百团大战后，日军出于报复，12月底又对晋西北进行了规模更大的冬季大"扫荡"，实行了杀光、烧光、抢光的"三光"政策，把本来就非常贫困的晋西北，破坏得几乎十室九空，人民群众更加困苦不堪。依靠人民，取之于民的我军，遇到了极大困难，甚至吃饭问题有时都无法解决。一二〇师工兵教导队就在这种极端困难的时刻，在这个十分贫瘠的土地上诞生了。

队长刘忠坤，来工兵教导队之前，是三支队七团参谋长，福建人，参加过长征。指导员姓庞，是河北人，从师直调来的。学员共 100 人左右，分 9 个班，分别来自三五八旅、三五九旅、独立一旅、独立二旅、决死二纵队、决死四纵队、暂一师、工卫旅、师司令部及师工兵排。工兵专业教员是常忠、张建伦和我，政治教员姓刘，文化教员姓焦。

工兵教导队的驻地，是一个不足 20 户的小村子，好像叫作卫家沟，距师部驻地兴县大善村约 12 里，不通电话，只能靠通信员徒步联系。工兵教导队从成立起，各方面条件都很差，上课没有教室，不下雪不下雨时，就在露天上课。3 月的晋西北，天气很冷，露天上课寒气袭人。学员没有教材，教员没有参考资料，连学员用的铅笔纸张也难以完全保证，时有时无。教员上课没有粉笔，就用黄土块代替。许多设施都靠自己动手，土法上马。

器材是工兵科目实施的重要保证。这里器材条件极差，常常是训练计划跟着现有器材变，不能满足科目实施的需要。有些器材少得可怜，如炸药、火具，学员中 25% 的人得不到实际试验的保证，连极普通的铁锹十字镐，也只能10 个人分一把。面对这些困难，工兵教导队的干部、教员和学员没有低头，而是迎难而上，自力更生，因陋就简，勤俭办教导队。

在敌人"扫荡"频繁的情况下，生活上就更加艰苦，吃的是小米加黑豆，或高粱加小扁豆，有时完全吃黑豆或小扁豆，还常常吃不饱。最困难时期，每人每天只能吃上五两粮食加点土豆，遇上敌人"扫荡"，有时就只能吃上四两粮食。菜是自己种的，种什么就吃什么，当地也没有卖菜的。有时还发动学员挖野菜、泡黑豆芽、做黑豆腐。缺油少盐是经常现象，而且吃的盐还是自己熬的小盐。1940年下半年至1943年上半年的三年中，常常两三个星期不见油，甚至两个月不见油。因为长期营养不足，18岁以下的学员，百分之百患夜盲症。让人最头痛而又最艰苦的，还是背粮背炭，每月要背一至两次粮和一至两次炭，最近处往返要走100里，最远处往返400里，翻山越岭，道路难行，每次背粮背炭，都是用自己的裤子、被单、绑腿、背包带。粮食是软的还好背，而炭是硬的就难背多了。大家愿背400里的粮，也不愿背100里的炭。当时教员背粮背炭不超过45斤，这是优待。

每过春节，能吃上一点羊肉或白面、杂面、炒面，要是遇上敌人"扫荡"，这也要成为泡影。那时不发薪金，没有生活补贴，不仅吃饭、穿衣、穿鞋有困难，连缝补衣服的针线都不易解决。在晋西北的近三年中，我没有见过牙刷、肥皂及洗脸毛巾，解大便没有手纸，只能以小石头、土块或草来代替，老百姓喊我们穷八路，实在真穷。还有一件叫人头痛的事，是背回被敌人烧了但还没有烧透的粮食。这种粮食做出饭来，实在难吃，简直无法下咽。可是，为了生存下去、为了打日本、为了抗战胜利，这种烧过的粮食我们也吃了。

1941年7月间，师首长为加强教导队的领导，改善教学条件，减轻背粮背炭的负担，决定把教导队编入抗大七分校，校长由师参谋长周士第兼任，政委是徐文烈，副校长是俞楚杰，训练部长是方复生，政治部主任是杨尚高。教导队编入七分校后，改称第四队。上课没有教室的历史也结束了，学员用的铅笔纸张，教员用的参考资料，都有改善，吃粮及生活用品，虽无多大改变，但背粮背炭的路程比在卫家沟时近了。

学员们的学习热情，不论是在工兵教导队时期，还是编入七分校以后，一直是高涨的。因为日军在"扫荡"中杀人、放火、抢东西的情景，学员们看在眼里，恨在心中。保卫晋西北，消灭敌人，讨还血债的复仇心理十分强烈。它冲淡了学员们对当时艰苦生活的顾虑，把满腔杀敌热情和尽早重返前线的希望，都集中在学好工兵技术上。尽管条件很差，生活很艰苦，但精神上是充实的，这同当时重视政治教育和重视政治思想工作有很大关系。

自1941年3月工兵教导队成立，至1943年3月抗大七分校离开晋西北，这是晋西北抗日根据地最艰苦最困难的时期。它经历了"扫荡"与反"扫荡"，经历了各种各样的艰难困苦，使这批学员得到了很大的锻炼，学到了许多书本上学不到的东西，为后来的成长打下了坚实的基础。这些收获是来之不易的，是粉碎了敌人的"扫荡"，战胜了各种各样的困难取得的。而艰难困苦也培养了干部学员忠于党、忠于革命的赤胆忠心。

晋西北反夏季"扫荡"[*]

廖汉生

1937年9月，我们一二〇师开赴华北抗日前线后，即奔赴晋西北开展敌后游击战争，同时开辟抗日根据地。

1940年春，日军先后出动兵力5000余人，分路"扫荡"我晋西北根据地，其目的在于侦察我军情况，为尔后进行大"扫荡"做准备。我抗日军民与敌人进行了英勇的斗争，先后战斗50余次，毙伤大批日伪军，打退了敌人的进攻，并收复了被敌人侵占的3座县城和11个集镇。但是，日军在这次"扫荡"失败后，愈加穷凶极恶，不久，又向我晋西北根据地发动了规模空前的夏季大"扫荡"。

从1940年5月下旬至6月初，日军为夏季大"扫荡"进行了一系列的准备。先是在我根据地周围加修公路，增设据点，刺探情报，频繁骚扰；随后又集结重兵，从东、北、

---

* 本文原标题为《挫其锋锐，击其惰归——忆晋西北1940年夏季反"扫荡"战役》，收录时做了适当修改。

南三面对我根据地形成战役进攻态势。连同伪军，这次"扫荡"之敌的总兵力有 2.5 万余人。

面对敌人重兵压境的严峻形势，我一二〇师首长冷静地判断：日军这次"扫荡"，将首先以其主力攻占我岚县、岢岚两城，企图驱逐文水、交城西北山区的我军部队，进而以南面为重点，从东、北、南三个方面对我军进行分进合击，并占领黄河东岸几个渡口，以达到对我军的分区包围和各个歼灭之目的，从而一举摧毁我晋西北抗日根据地。然而，敌人一旦深入我根据地，必然战线拉长，间隙增大，侧翼暴露，造成协调与补给上的困难，成为我军打击敌人、消灭敌人的有利条件。

果然不出我军所料，日军这次大"扫荡"，是从攻占岚县开始的。6 月 7 日下午，驻静乐县日军分两路向岚县发起进攻，8 日上午 8 点占领该城，随即连夜赶筑工事，抢修遭我破坏的公路，运送补给，增调兵力，企图为其大规模进犯我根据地建立起第一个"桥头堡"，并不断以三五百人四处活动，向东土峪、东村等地区进犯。我独立第三支队不断袭击岚县敌军，伏击静（乐）岚（县）公路上往返之敌运输车。在我打击下，敌少数人再不敢外出。此时，我三五八旅以第四团进至东村东南地区活动，控制静乐至东村的大道，破坏道路，准备伏击静乐、岚县来往之敌，以威胁进占岚县之敌退出该城。

6 月 12 日，驻静乐之敌又派出村上大队南下，与文水、交城出动的日军共 2500 余人，分九路向双龙镇、对久地区合击，企图歼灭我特务团、工卫旅和第八分区党政机关。当时文水交城一带，敌我各占一半地盘，平原地区被敌人占据，山区则是我们的天下。敌人首先在这一地区对我进行九路合击，企图为其深入我根据地大"扫荡"建立一个后方基地。为了粉碎敌人的合击，当时我军采取了内线作战与外线作战相结合的战术，当敌人进攻时，我集中兵力给予痛击，然后我又迅速跳出包围圈，转移到敌人占领的平川地区，开展敌后游击战，使敌之九路合击扑了空，挨了打，只好又返回各自据点。

自称为日军最精锐部队的村上大队，自恃装备精良，行动敏捷，竟敢独当一面，行程百里，深入我山区根据地，烧杀劫掠，无恶不作。该敌在对久地区"扫荡"扑空后，于16 日回窜米峪镇。

当时，我三五八旅作为反"扫荡"战役的机动部队，正在静乐西南的曲井、上马铺地区待机，得悉上述情报后，立即根据"无机不恋，有机不放"的原则，旅长张宗逊和政委李井泉指挥七一五团、独立第四团和独立第二支队，于6 月16 日，火速进至大夫庄西北山区设伏，决心在米峪镇地区全歼该敌于运动之中。

6 月17 日拂晓，担任左路纵队第一梯队的四团，在米峪镇北面国练村，与行进中的敌人迎面接了火。一听枪响，我马上率全团（欠一营）跑步投入战斗。我们一上去，看到四团已插到敌人侧后，占领了南面和西面的两个山头。"他们的动作好快啊！"我说着，立即指挥全团抢占了北面几个制高点，拦住了敌人的去路。经过反复较量，到中午时分，四面的高地全部被我军占领。这时敌人才意识到他们已身陷险境，只得退据几个小山包和国练村中，固守待援。

担任右路纵队的第二支队和我团一营也都赶了上来，形成了对敌重重包围的绝对优势。为了歼灭该敌，张宗逊旅长利用战斗间隙，在一个高地上召集各团指挥员开会，研究了总攻击的方案。正在我们开会时，突然随风飘来阵阵令人恶心的臭味，我们循风望去，只见敌军阵地上升起团团黑烟，举起望远镜仔细观察，发现原来是敌人正忙着焚烧尸体。这表明，敌人要突围逃跑。根据这一情况，我军又及时调整部署，做好总攻击的各项准备，决心一举歼灭该敌。我们七一六团是这次总攻击的主力部队之一，全团经过思想动员，指战员们人人信心百倍，纷纷请求参加突击队。最后，从一营、二营各选了30名勇士，分别编入由投弹班、刺刀班组成的两支突击队。

下午3点，旅指挥所发出了总攻击的信号，我各部队一起向敌人阵地开火。顿时，我迫击炮和机枪组成的火力网撒向敌阵，在我猛烈火力的打击下，敌人连头都抬不起来。突击队趁势发起冲击，投弹手们在距敌三四十米的地方投出了颗颗手榴弹，刺杀手迎着滚滚硝烟，端着寒光凛冽的刺刀，直插敌群。

在我军沉重打击下，黄昏时分，敌人已全线崩溃。被我七一六团击溃的一股敌人退到山下以后，以骑兵为先导，企图乘夜掩护突围，却又遭到我四个团预伏部队的迎头痛击，打得逃敌在大川里乱窜，最后纷纷毙命。经过约一个小时的战斗，各处相继发出了被我军占领的信号。这时，我们又发现在国练山和国练村仍有少数残敌。为了待天明时消灭这股残敌，我们除派出小部队严密监视敌人行动外，其他部队分别在米峪镇、国练村等地宿营休息。

18 日清晨，随着太阳的升起，原来借黑夜躲藏起来的残敌偷偷摸摸地露出头来。据观察员报告：国练山上，有四五十个日本兵拖着 2 挺机枪龟缩在工事里；国练村中还有100 多名日军伤员隐藏在几孔窑洞里。根据这个情况，我军一方面继续休息，一方面向敌军喊话，劝其投降，但敌人还是负隅顽抗。黄昏，我七一六团和四团分别发起猛攻，两处残敌彻底被歼。

米峪镇一仗，我军一举全歼日军 540 多人。曾经不可一世的村上大队，做梦也没想到会落得个全军覆没的可耻下场。

正当米峪镇战斗进行时，日军已从东、北、南三面大举进犯，对我根据地纵深施行分片包围和连续合击。在这样的形势下，我军反"扫荡"战役进入了第二个阶段。在这个阶段中，我军的作战方针是：暂避锋芒，分散游击，适时转至敌之侧后，打击、消耗、疲惫敌人，使其无法立足，迫其撤退，为我军在战役后期运动歼敌创造有利条件。依据这一方针，我一二○师暨新军各部队，在晋西北广阔的区域内，向各路日军展开了积极、广泛的游击战。

东面，日军独立混成第九旅团，因其村上大队在米峪镇的覆没而恼羞成怒，急急忙忙从静乐、文水、古交等县出动2500余人，于20日合击米峪镇，扑空后立即分三路向赤坚岭、马坊、开府进犯。普明之敌400余人，大武之敌1000余人，也分别向赤坚岭和方山县开进，企图再次合击我三五八旅。我三五八旅为避敌锋芒，在赤坚岭与敌人进行激烈战斗之后，于6月21日迅速突出合击圈，到达阳坡、寨上地区；接着，在兴县康宁镇附近，与岚县出动之敌相遇，经过一场苦战，将敌军击退，随后顺利转至兴县附近同师部会合，摆脱了敌人。

北面，日军4500余人，于6月16日由偏关、五寨、宁化堡分头出动，先后侵占岢岚、河曲、旧县镇、沙泉镇和保德等城镇。我独立第二旅和暂编第二师，在岢岚至保德大道沿线，频频出击，有意吸引敌人西进，减轻了敌人对我晋西北领导机关的压力。

南面，是日军"扫荡"的重点。由大武、柳林、离石出动之敌3500余人，其主力于6月20日进占三交、碛口。面对数倍于我的敌人，我独立第一旅留下七一五团和二团各2个连队迟滞、袭扰敌人，在敌行进途中给以突然、猛烈的杀伤，而主力部队则趁机转移，当敌人从蒙头转向中清醒过来时，我袭扰敌人的小分队也已安全转移。21日，日军占领临县，并开始对我独一旅进行连续合击，22日又兵分三路向清凉寺扑来，我独一旅迅速将主力转到梁家会，同时派出4个连进行阻击。敌军与我阻击分队激战1小时，才进占了清凉寺。当晚敌军又遭我军夜袭，整夜不得安宁。次日，疲惫不堪的日军向黄河沿岸继续扑去，途中又接连遭到我军的伏击和侧击。而此刻我独一旅主力又转至侧翼的刘家塔地区集结。此外，由大武出动之敌1000余人，在6月21日侵占方山县，并对驻兴隆湾地区的决死队第二纵队追踪袭击。23日，该敌与临县之敌会合。到25日，南面之敌已陆续占领了碛口、克虎寨、罗峪口等黄河东岸的主要渡口，并隔河向我陕甘宁边区河防部队炮击。

至此，东、北、南各路日军均向我根据地中心集中，形成了合击的态势。日军自"扫荡"以来，每前进一步都付出了很大代价，但始终未达到寻歼我军主力的目的。

日军费尽心机进行的1940年夏季大"扫荡"的破产已成定局。南、北两面的日军除以少数兵力配合攻占兴县的行动外，大部于6月26日开始后撤。到6月30日，南面敌独立混成第十八旅团和第四十一师团一部，撤离至柳林地区；北面敌独立混成第三旅团和第二十六师团一部，也撤向岢岚、偏关等地；唯有东面的敌独立混成第九旅团在兴县城内纵火烧房，掠劫财物，疯狂发泄着兽性。

7月1日，我一二〇师首长命令外线各部队积极打击仓皇撤退的敌军；同时，估计在兴县的敌人已成孤立状态，必然会很快向东撤去，于是决定集中三五八旅独立第一旅、第三支队、第五支队共 6 个团的兵力，在兴县以东的二十里铺地区，选择有利地形，伏击东撤之敌，以彻底粉碎敌人的夏季大"扫荡"。

接到师部命令的当天夜里，我三五八旅和独一旅由康宁镇和清凉寺向二十里铺急速开进，经过两昼夜的强行军，分别按时到达冯家沟和明通沟以南伏击地域。

7 月 4 日上午，兴县城内的日军果然向东撤退，2000 多敌人分成三个梯队，沿着山川大道拥来。11 点，我独一旅二团一营和七一五团二营先期进入明通沟至奥家坪以南伏击位置，只见敌第一梯队 1000 余人已进入我伏击圈，正在路旁休息，后边的第二梯队也缓缓拥来。"打！"一声令下，我军立即向敌部队猛烈开火，顿时敌军中人喊马叫，队形大乱。七一五团二营乘机发起冲锋，勇猛地冲到敌人面前。但这股敌军毕竟是训练有素的部队，很快从混乱中稳住了阵脚，就地开火，顶住了我军的冲锋，并随即展开战斗队形施行反冲击。敌我双方激战冲杀数次，伤亡都很大。二营为避免更大伤亡，撤回原阵地。敌军更加疯狂，他们凭借着炮火和兵力的优势，一窝蜂地向我军阵地反扑。我军虽只有 2 个营，但不畏强敌，奋力顽强地堵击敌人东退之路。下午 1 点，我独一旅部队主力赶来，并迅速在两个营阵地的左右展开，抗击了敌人一次又一次的凶猛进攻。在激战中，七一五团团长顿星云、二营营长罗坤山皆负伤，二团一营的连排干部也伤亡不少，敌我双方形成了对峙状态。下午5点，三五八旅七一六团进到二十里铺至石槽沟一线山梁，并立即从敌侧后发起突然袭击。战至黄昏，敌人又被我杀伤一部，被迫退入阳会崖、明通沟等村落，转入防御，我军也抓紧时间进行休息和调整部署。夜晚，我军趁敌不备，冒雨发起总攻，当时我们参战的各部队分别隐蔽到山下，又悄悄摸到村边，然后突然冲进村去向敌人猛烈开火，给敌人以很大杀伤。天明前，我军又主动撤回原阵地。

5日拂晓，师前指获悉：由保德南下之敌1000余人，经兴县向二十里铺增援而来。这样，敌军总兵力已达3500余人，而我军实际参战部队未能达到原定的数量，且又经过长途行军后仓促投入战斗，不可能全歼这股敌军。为避免打消耗战，贺龙师长当机立断，命令各部队以少数兵力牵制敌人，主力迅速撤出战斗。天明时分，兴县日军1000余人携小炮数门进至二十里铺与贾家坪之间，与我七一六团接火。3架敌机也飞临战场上空，并向我七一五团正在转移的部队轰炸扫射。我军各部队交替掩护撤出了战斗。两股敌军会合后，不敢恋战，匆匆向东继续撤去。沿途又遭到我第三支队、第五支队的尾击、侧击，于6日狼狈逃回岚县普明地区。至此，我军以歼敌700余人的战绩，结束了二十里铺战斗，从而胜利结束了整个晋西北1940年夏季的反"扫荡"战役。

晋西北 1940 年夏季反"扫荡"战役，前后历时一个月，进行大小战斗 250 余次，共歼日伪军 4500 多人，收复了除岢岚、岚县以外所有被敌侵占的城镇，使晋西北抗日根据地进一步得到巩固。

把敌人挤出去

周士第

1942 年，是晋绥抗日根据地最艰苦、最困难的一年。

晋绥根据地，东与晋察冀边区相连，西与党中央所在地陕甘宁边区隔河（黄河）相依，东南面紧靠晋冀鲁豫，是陕甘宁边区的屏障，也是党中央和毛主席与敌后各抗日根据地联系的唯一交通要道。因此，日寇和蒋介石集团，对这里都极为重视。1941 年和 1942 年，日寇即对晋绥根据地大小"扫荡"30 余次，历时总计近 400 天。敌人在频繁"扫荡"的同时，又实行了残酷的"三光政策""蚕食政策"。在此期间，蒋介石暗中与日寇勾结，发动了第二次反共高潮。驻在宜川县秋林镇的阎锡山，也与日寇勾结，积极进行反共反人民的罪恶活动。在日寇和国民党的夹击下，晋绥根据地的形势日益恶化，接敌区的地主、富农，有的公开投敌，跑进敌人据点；有的或明或暗向敌人"维持"。中农阶层，也发生了动摇："维持"敌人吧，负担不起；不"维持"吧，鬼子破坏，地里的庄稼收不回来，没法生活。根据地的面积日渐缩小，最严重的时候，靠晋中平川的八分区，只剩下17个村子。敌人的疯狂掠夺和破坏，使本来就穷困的晋西北变得更加穷困了，人民衣食不得温饱，部队也常常是吃了上顿没下顿。随着根据地的缩小和敌人的破坏，不但使晋绥的军民处于很困难的境地，更为重要的是党中央和敌后各抗日根据地的联系受到了严重的阻碍，陕甘宁边区受到了威胁。

晋绥根据地的党政军民深深知道自己所处位置的意义，因此也曾做了许多努力来改变这种局面。在经济上，我们遵照毛主席的"自力更生"指示，两年来开荒30多万亩，有力地支援了战争；在军事上，也想了许多办法来对付敌人的"扫荡"和"蚕食"。但是，由于当时的主要精力集中于生产，以解决最迫切的衣、食问题，因而对敌人的"蚕食政策"注意不够，反击无力。虽然在经济上、军事上取得了不少成绩，敌人却仍在疯狂地向我进攻、"蚕食"。于是，怎样才能粉碎敌人的进攻、"蚕食"，改变这严重局面，便成了晋绥根据地党政军民的中心议题。

1942年10月，林枫同志从延安回来，一见面就高兴地说："这下可有办法了。我向主席汇报了我们晋绥地区的情况后，主席指示我们要发动群众，搞民兵，搞武装工作队，'把敌人挤出去'！"听过林枫同志的传达，我们都异常兴奋。为了使干部深刻理解毛主席的指示，并坚决贯彻到实际工作中去，中共中央晋绥分局决定召开干部会议，认真进行传达和讨论。

干部会正在筹备中，毛主席又于10月30日给我们发来了电报，指示我们检查根据地迅速缩小的原因，制定出积极开展游击战争、向敌人挤地盘的具体方案。主席教导我们：必须振奋军心、民心，向敌人采取积极政策，否则地区再缩小，前途甚坏。

11月4日，在兴县蔡家崖军区驻地，召开了分局、行署、军区、抗联以及各地委、专署、分区负责同志参加的干部会议，传达了毛主席的指示，并结合晋绥地区的实际情况进行了讨论。大家一致认为：毛主席不提把敌人"打"出去，或是"赶"出去，而偏偏提出"把敌人挤出去"！这个"挤"字大有文章。有的人为了深刻地领会这个"挤"字，互相肩膀靠肩膀，你挤我，我挤你。经过仔细的琢磨、推敲，有的人说："毛主席早就告诉我们，抗日战争是军事、政治、经济、文化各方面犬牙交错的战争，所以我们挤敌人，就要从军事上、政治上、经济上、文化上全面地去挤。"有的说："主席指示我们'把敌人挤出去'，既是方针，也带来了方法。"有人说："要把敌人'挤'出去，不仅要靠军队，尤其要充分发动群众。岚县的破击战就是很好的证明。在8月19日，全县群众曾来个总动员，一夜工夫就破路、割电线80多里，拆除13个村子的围墙，毁敌碉堡3个、桥梁4座，迫使敌人不得不放弃架设静乐通岚县的电话线。"大家一致认为：我们越研究，越了解毛主席指示的正确。只要我们坚决贯彻，晋绥抗日根据地的局面就能迅速转变。同志们越谈越兴奋，越谈心里越亮堂，有时谈得忘了吃饭，通信员再三催促也不肯散；有时一直谈到深夜，仍不肯入寝。

会议把毛主席的指示和晋绥地区的情况联系起来，反复研究讨论拟出许多挤敌人的具体办法之后，分局发出了对敌斗争指示。指示中指出："把敌人挤出去"，是今后对敌斗争的方针和任务；党的一元化领导，充分地发动群众，是把敌人挤出去的最根本的保证。必须把党政军民一切力量动员起来，在各级党委的统一领导下，密切配合，积极开展对敌斗争，从军事上、政治上、经济上、文化上全面地去挤敌人。武装工作队是军事、政治、经济、文化全面挤敌人的战术单位，是挤敌人的先锋，必须大量扩充与建立；除原有的武工队以外，主力部队抽出三分之一的兵力，游击队抽出二分之一的兵力组织武工队。队长、政委须选派政治、军事斗争经验丰富、政策水平较高的营以上干部担任。指示中一并提出了许多具体要求和规定，在军事上广泛地开展群众性的游击战争，坚决打击敌人的进攻、"扫荡"，采用各种方法，把敌人挤到交通干线上，挤到据点里，并挤掉某些据点。挤掉敌人据点的方法：一是包围孤立，造成敌人的困难，迫其撤走；二是相机乘虚袭占之；三是必要时策动伪军反正，里应外合占领之；四是形势需要，条件可能时，集中兵力袭占之。在政治上，大力开展政治攻势，瓦解日伪军和伪政权，肃清"维持会"和汉奸特务。在经济上,坚决打击敌人对我根据地资财的掠夺,破坏敌人对敌占区人民施加的沉重捐税;严禁伪币在根据地内流通,巩固与提高农币(晋绥根据地发行的纸币);贯彻"自力更生"政策,加强根据地的生产建设。在思想上肃清亡国思想、奴隶思想、苟安思想、失败思想,树立民族思想、抗战思想、斗争思想、胜利思想。指示中特别强调,要坚决贯彻党的各项政策。

这次会议开得非常成功。大家都满怀信心地带着毛主席的指示和分局的决定回到了工作岗位,各地区、各部队认真执行了中央的"九一"指示,实行了党的一元化领导,各地委书记兼任了军分区政治委员或者司令员;各游击区和接近游击区的县委,也与在该地区活动的主力团(支队),实行了一元化领导。环境比较困难的区,有的以区委的名义,也有的以区公所或者武装工作队的名义,统一领导该区的武装、政权、群众工作。这就使党政军民各种组织,在党的统一领导下,步调一致,行动一致,形成一股打击敌人的巨大力量。各地委、分区、军区直属部队,经过精心计划、充分准备、周密布置之后,便不动声色地开始挤敌人了。几十个精干的武工队,有的开到游击区,有的插入敌后,每一个敌人的据点,都有武工队来对付,他们在主力部队、游击队、民兵和广大群众的配合下,有时分散,有时集中,今天打埋伏、摸哨兵、袭击敌据点,明天撒传单、割电线、捉汉奸,把鬼子整得顾头顾不了尾,顾前顾不了后,日夜不安,坐卧不宁。

12 月，刘少奇同志从山东返回延安路经晋绥。少奇同志在晋绥了解到毛主席"把敌人挤出去"的方针和晋绥地区的情况后，特地召开了干部会，做了关于群众工作的报告。少奇同志强调指出：群众工作是一切工作的基础，群众工作搞不好，"挤敌人"也"挤"不好。同样，群众工作搞不好，政权工作、巩固党的工作、部队工作也搞不好。少奇同志详细指示了晋绥地区今后发动群众的任务之后，又介绍了华中地区发动群众的工作经验。少奇同志的报告，不但使我们对群众运动的重大意义有了进一步的认识，而且更加深了我们对毛主席指示的领会，直接地推动了"挤敌人"这一斗争的开展。

毛主席的"把敌人挤出去"的方针，是从群众的对敌斗争中总结出来的。因此，当这一方针又回到群众中的时候，不但受到了广大人民的热烈拥护和响应，而且迅速为广大群众所掌握，变成了无穷无尽的力量。广大人民群众在执行毛主席这一方针时所表现的积极性和智慧，真是令人感动，在那些热火朝天的日子里，靠近敌人据点的村庄，每到晚上都可以听到"走！挤敌人去"的呼唤声；都可以看到民兵和广大群众在敌人的据点附近，埋地雷、破路、割电线、开展政治攻势等活动。"挤敌人"成为晋绥根据地党政军民最熟悉、最活跃的口号，成了广大群众自觉的行动。广大群众想了许许多多巧妙的办法对付敌人，针对敌人的政治欺骗、军事进攻、经济掠夺、文化麻痹开展斗争，取得很多胜利。在八分区，群众为了断绝芝兰敌人的水源，先在井里放上死猫死狗。可是，敌人把死猫死狗打捞出来之后，还是照样打水吃。一位老大爷献计说："把头发剪碎放进井里，看他再怎么吃。"群众一听这办法好，立刻掀起了一个剪头发热潮：男人剃了头，妇女剪了辫子。把头发剪碎放进井里以后，任凭鬼子怎样打捞，也打捞不净。敌人断了水源，如困沙滩，再加上我武工队的不断打击，最后只得卷起铺盖，灰溜溜地跑了。六分区的忻县，有个蒲阁寨，是敌人靠近我根据地比较凶狂的大据点，自从提出"把敌人挤出去"后，附近群众想了许多办法挤敌人，敌人仍不肯撤走。1944 年，敌人据点附近一个村子的群众，提出了把家搬到根据地，不"维持"敌人。其他村子的群众也响应："对，搬，都搬，叫鬼子喝西北风，看他怎么办。"领导估计群众一搬走，敌人就会滚蛋，那时群众仍可回来，便接受了群众的要求。于是在统一安排下，主力部队和武工队、民兵，包围着敌人的炮楼，根据地的群众套上车、赶上牲口，一夜之间，便帮助蒲阁寨周围十几里以内的群众全搬到根据地，连个盆盆罐罐也没有留下。群众搬走了，蒲阁寨只剩下敌人孤零零的几座炮楼，凄凄惨惨活像几座孤坟。敌人被围在炮楼里，吃不上，喝不上，一露头就尝到我们冷枪的滋味，吓得连撒尿都不敢下炮楼。最后，敌人实在没办法，派了 400 多人，才将那些"孤魂野鬼"接出了炮楼。可是在他们回忻县的路上，又遭到我们的地雷杀伤、伏兵截击，结果死伤的比接回去的还多。

挤敌人的生动事例是说不尽的。随着斗争的深入，群众的创造更是丰富多彩，层出不穷。胜利一个紧接一个，捷报频传，真是大快人心。到1943年，挤掉了敌人据点50多个，摧毁了800多个伪村政权，建立了500多个抗日村政权，争取了100多个伪村政权为革命的"两面派"，改变了1000多个村庄的形势。这一下把敌人挤痛了。1943年，敌八十五大队孤军深入我兴县腹地，进行所谓"反挤"。我们又运用毛主席的"基本上是游击战，但不放松有利条件下的运动战"的原则，集中了六七个团，在兴县、岚县、方山、临县等处的民兵配合下，将敌层层包围。10月10日，将其歼灭在甄家庄附近。后来又挤掉了敌人据点93个，收复村庄3108个。特别是八分区，"挤"得更为出色。胜利消息很快传到毛主席那里，主席立即发来电报，指示和鼓励晋绥所有地区都要像八分区一样，打出威风来，扩大自己，挤小敌人。毛主席还特别告诫我们，在每一处打胜仗以后，要提高警惕性，防备敌人的报复。毛主席的指示与关怀，更使全体党政军民信心倍增，对敌斗争进一步地发展了。

晋绥抗日根据地挤敌人的胜利，是毛泽东军事思想的胜利。

坚持在大青山上

高克林　张达志　苏谦益　黄　厚

　　1938 年 7 月，根据中共中央和毛泽东同志的指示，八路
军第一二○师派出七一五团和师直骑兵营 1 个连，组成大青
山支队，与第二战区战动总会游击第四支队和战动总会晋绥
边工作委员会武新宇主任率领的几十名干部一起，从晋西北
开赴绥远，与杨植霖等领导的蒙汉抗日游击队一起，团结各
族人民，经过浴血奋战，很快在绥中、绥西、绥南建立起抗
日游击根据地，抗日斗争形势蓬勃发展。

　　1938 年 12 月下旬，七一五团团长王尚荣、政委朱辉照
奉命率该团主力开赴冀中，留下了相当于 1 个营的兵力，继
续坚持大青山地区的斗争。1939 年夏，经党中央和一二○
师批准，大青山支队改为骑兵支队，下编 3 个营。1940 年 5
月，又扩编为 3 个团。

　　1941 年，特别是太平洋战争爆发后，日军加紧了对我
大青山抗日游击根据地的"扫荡"，并且发动了一场以"施

政跃进运动"为中心的军事、政治、经济、文化全面进攻的"总力战"。1941年和1942年，在大青山地区的日伪军总数达数万人，而我军已由原来的3500人（包括地方党政人员）减少到2000多人。面对这种情况，我们从指导思想上来了一个转变，由过去注重较大规模的军事行动，改变为开展广泛的群众性的游击战争；由过去总想多打仗、打大仗，改变为尽可能避免与敌人正面冲突，减少无谓的牺牲和消耗。敌人上山，我军下山；敌人在山区乱转，我军在树林联欢；敌人想找我打硬仗，我偏和敌人捉迷藏；敌人集中兵力，我军化整为零。这些战术交替使用，使得敌人"扫荡"往往是乘兴而来，扫兴而归。一次，日军六七百人从武川、萨拉齐、固阳等据点出发，对驻石虎子一带的我骑兵支队教导团和绥西专署进行合击，我们得到情报后，立即上山隐蔽起来。大家在山上一边打着自制的扑克牌，一边望着山下转来转去而一无所获的敌人，禁不住开怀大笑。

敌人是非常狡猾和毒辣的。他们在"扫荡"经常扑空以后，便派出大批特务、汉奸到处侦察，一旦发现我军行踪，便马上派摩托化部队和骑兵进行突然袭击。针对这些情况，我军采取不断转移的方法对付敌人。部队经常是黄昏时出发，半夜进入宿营地。同时，加强了情报工作，采取了许多反敌侦探的措施，使敌人难以摸准我军行动的规律。群众编顺口溜夸赞说：八路军赛如神，白天不动黑夜行。不走大路走小路，看着向西走了东。

鬼子进山找不见，夹着尾巴往回窜。由于我军坚持斗争，不断消灭日伪军，大青山成了敌人的心腹大患。日军在做了长期策划和周密部署之后，于1942年7月，对大青山抗日游击根据地发动了一场规模空前的大"扫荡"。7月下旬，日伪军从大同至包头各据点突然全线出动，骑兵、步兵、炮兵、摩托化部队和空军相配合，以"闪电式"战术对我绥中游击区进行"铁壁合围"，企图将我大青山领导机关和骑兵二团一举围歼于绥中地区。敌人首先严密封锁了绥中各山沟、要道，以断绝交通；在重要村庄和山头设立了99个据点和哨所，组成交叉火力网；各据点之间有无线电联系，200余辆汽车往返运送部队、物资；骑兵队昼夜穿梭巡逻，飞机在空中盘旋侦察；在重要地带设立了炮兵阵地，随时准备向捕捉的目标轰击。

　　当时我大青山骑兵支队领导机关、直属队和骑兵二团2个连，以及绥察行署、绥中专署和地委、武川与陶林县政府的工作人员、游击队，正由骑兵支队政治部主任张达志、绥察行署副主任苏谦益等同志率领，在武川县五塔背、黄花窝铺、福生庄等地分散活动。他们事先对敌人可能进行"扫荡"虽有所预察，但并不知道"扫荡"的具体时间和规模，在敌人重兵压来形势十分危急的情况下，互相无法取得联系，只得各自带领部队巧妙地同敌人周旋。7月25日，敌人以步骑兵5000余人分五路合击五塔背一带，以后又不断向这一地区增兵。为了避免被敌人发现，骑兵支队司令部暂时关闭了电台，哨兵一律由干部担任，并规定不到万不得已的时候不准开枪，同时，武川县县长李康和陶林县县长宋克赞分别带着游击队，故意向西、向南远处方向运动，以迷惑敌人，分散敌人视线。在四五天的时间里，我军数次转移，昼伏夜行，或露宿于树林，或栖身于山崖，即使如此，也两三次和敌人遭遇。武川县第三区、四区游击队和县游击队已被敌人打散，战士们隐蔽枪马，分散活动。这时，张达志、苏谦益等同志通过伪军中的关系，摸清了敌人企图，经研究，决定尽快分散突围。只要我领导机关和主力部队能从敌人重围中跳到外线，保存有生力量，那就挫败了敌人的阴谋，就是我们的胜利。

7月30日，骑兵支队司令部、政治部及特务连、侦察排、通信排和骑兵二团2个连共700余人，由张达志率领，转至归绥（今呼和浩特）远郊的扁旦石沟，正准备从陶卜齐与白塔车站之间穿越铁路，向绥南归凉北四区转移，恰逢大批日伪军从旗下营、陶卜齐出发，把铁路封锁了。我军只好又返回北上，在沁北沟一带隐蔽。8月1日，我军转移到面铺窑子附近一个小村庄，从山上可以看见远处敌人的汽车和人马往来不断。8月2日，我军又转移到附近的一片桦树林隐蔽。那些天阴雨连绵，战士们全无雨具，任凭风吹雨淋，衣服由干到湿，又由湿到干。随身携带的炒面吃光了，大家就以生土豆、生莜麦面和野菜充饥。下午，侦察员报告：几里远的一间房子村左右数里虽都有敌重兵把守，但中间只有零星的游动哨。张达志召开干部会，决定夜晚突围，同时派人通知绥察行署领导。午夜时分，部队秘密地下山，快马加鞭，迅速冲过公路，翌日下午到达蛮汗山，突围成功了。

与此同时，绥察行署机关和游击队，几天来一直在与敌人周旋。绥中专员公署和游击队，在两天前已由专员程仲一率领，突围到蛮汗山。8月2日晚，行署接到骑兵支队在当晚突围，并要求行署也突围的信，但由于行署周围敌人众多，而且还有一些失散人员未能取得联系，行署无法立即突围，于是他们决定一面继续寻找失散的同志，一面待机突围。300多名同志冒着蒙蒙细雨，忍着给养断绝的饥饿，在高木窑子附近的一个山洼里隐蔽了两天。当地群众也为他们的处境忧心如焚，4日下午，高木窑子村的几位群众主动杀了仅有的两只羊，挑来两担羊肉汤，支援被围困的同志们，大家每人分到一小块羊肉、半碗热乎乎的肉汤，顿觉精神倍增。这时，武川、陶林两县的政府工作人员和游击队，大部分也会集起来了。黄昏的时候，根据地下党员和群众的报告，得知东罗家营子附近敌人守备薄弱，于是苏谦益决定由此突围。当夜深人静的时候，这支队伍静悄悄地开到突破口，突然打散敌人巡逻的哨兵，穿越铁路，向绥南平顶山冲去。守敌慌忙开枪射击，但已无济于事。我大队人马疾速前进，安全转移到蛮汗山，与先行转移的骑兵支队机关和骑兵二团以及绥南骑兵一团会合了。

日军得知我军转移到绥南以后，急调大批兵力尾追而来，配合原驻在绥南和雁北的主力，分七路向绥南地区"扫荡"，以图实现其在绥中"扫荡"未遂之目的。我军继续与敌周旋，并在凉城县与和林县境内与敌人战斗数次，经过连续行军作战，部队已很疲劳，并且缺乏鞋子、马掌、衣服、粮食、弹药等物资的补充，处境非常困难。为了保存革命力量，根据晋西北军区的指示，部队和地方工作人员以及绥南骑兵一团，于8月中旬至10月下旬，陆续从绥南撤至晋绥边界一带集结待命。这样，就使敌人企图在绥南消灭我领导机关和骑兵支队主力的计划又破产了。

从1942年7月起，敌人对大青山各地区大"扫荡"的时间加起来达83天之久，敌人的"三光"政策，使大青山游击区的人民遭受了巨大的损失。如武川县四合乡，在"扫荡"之前有200户人家，"扫荡"后仅剩下40多户，不少群众被迫背井离乡，到外地谋生。敌人为了彻底摧毁大青山抗日根据地，消灭我军，又增修了40多个据点，挖了许多"封锁沟"，垒砌了许多"封锁墙"，妄图隔断游击区与外线的联系；派出大批特务、汉奸四处活动，侦察我军行踪；杀害了许多基本群众和与我有联系的人员等等。大青山抗日游击根据地由原来最大时的十多个县，缩小到只有几个山区的范围，人口由50万人减少到不足20万人。

党中央时刻关心着大青山的抗日斗争。1942年10月，中共中央晋绥分局在林枫同志主持下召开会议，专门听取了张达志、苏谦益等人的汇报。会上，林枫传达了毛主席"到敌后之敌后"和"把敌人挤出去"的指示，会议分析了大青山的形势，研究了今后如何坚持大青山的斗争，恢复游击根据地局面的问题。10 月 24 日，晋绥分局和军区决定将绥远（大青山）和雁北（晋西北第五分区）合并，成立了以高克林为书记、胡全为副书记的中共塞北区工委，和以姚喆为司令员、高克林为政委、郭鹏为副司令员、张达志为副政委的塞北军分区，统一领导绥远和雁北地区的抗日斗争。1942 年 11 月 24 日和 1943 年 3 月 14 日，晋绥分局又先后给塞北工委发出指示信，对如何坚持大青山斗争做了详尽、明确的指示。

在党的坚强领导下，经过我们坚韧不拔的斗争，大青山地区的形势一步步好转了。1944 年春夏，武工队和绥西骑兵三团的活动范围更大了，人数也有增多；骑兵一团、二团经过在晋西北休整，战斗力有了新的提高，塞北工委派他们陆续返回大青山。到 1944 年底，大青山抗日游击根据地基本恢复了 1942 年秋季敌人大"扫荡"以前的局面。

田家会歼敌记

李夫克

1942 年 5 月 14 日下午，驻山西省岚县东村、寨子村日军第六十九师团第八十五大队横尾中队、稻田中队以及吉岗中队、小关中队、佐佐木中队各一部，连同伪军共 700 余人，在大队长村川率领下，离巢西犯。狡猾的敌人为了迷惑我们，两三天之前，就制造种种假象：抓民夫、抢骡马，扬言要筑路修桥，向东南方向进犯静乐县娄烦镇。14 日下午，却突然沿岚（县）兴（县）公路西进，矛头直指我三五八旅旅部和所属第七一五团驻地界河口、恶虎滩。

这时，我七一八团第二、第三营由王绍南副团长率领，到 30 公里以外的岢岚县背粮食去了，驻地只有颜金生副政委带领的第一营和团特务连留守，加上旅部特务连，总兵力不过 400 人。加之我军武器装备比敌人差，形势比较严峻。

我们一面将敌情报告军区周士第参谋长，一面布置"疑兵阵"：在敌人将要经过的山林或高地上，这里放一个班，那里放一个组，半隐半显地来回运动，虚张声势，迷惑敌人。当天黄昏，敌人进到界河口南边5公里多的吴家沟，即遭到我七一六团担任游击任务之分队的阻击。骄横的敌人，以少数兵力掩护，主力则以密集队形冲过吴家沟，沿大路继续向西疾进。敌人进到杂石沟，又遭我特务连抗击。这时，敌人觉察我们已有准备，偷袭是不可能了，加之他们不了解我方虚实，因此不敢贸然强攻，打了一阵子枪，就避开我军正面，离开大路，绕山沟小道向西运动。

第二天拂晓，敌人进到离兴县城只有20多公里的李家庄隐蔽，企图绕过我三五八旅奔袭兴县城。我们将敌情报告了周士第参谋长，他指示一定要拖住敌人，不让敌人直扑兴县城，但不要在李家庄地区进行大的战斗，主要以袭击、伏击、侧击，迟滞消耗敌人，并迅速集结兵力待命。遵照周参谋长指示，我当即派旅部特务连配合七一六团一营，加上当地游击队和民兵，对李家庄的敌人不断进行袭扰，使敌不得安宁。敌人两次进犯又都被我军打退，当时敌人困在一条狭窄的沟里，被我们整整拖了两天一夜。在这个时间里，我驻兴县的领导机关和群众得以安全转移，而且进行了空室清野，同时我七一八团外出背粮的部队也奉命急速地往回赶，准备参加战斗。

敌人在李家庄被阻后，于16日晚9点左右，乘黑夜冲出沟口，向兴县城扑去。我警戒部队和游击队给敌人以阻击，而后故意闪开大路，让他们通过，随后急速赶到兴县以东二十里铺待机。

进犯的日军在村川带领下走了半夜，于 17 日拂晓到达兴县城边，先在城外打了一阵炮，然后耀武扬威地开进城去。可是，到城里一看，却是空城一座。村川知已中计，原想奔袭兴县"创建奇功"，结果自投陷阱。村川大队扑空后，在兴县城只停留了五六个小时，便于中午 12 点慌忙退出城关。这回，敌人不走原路，而是沿兴县城南的山梁向东撤退。敌人在撤退中，连续遭到我工卫旅第二十一团和兴县游击队的袭扰，当天只走了六公里，到了白家墕便被迫停止前进。

敌人的动向表明，可能先向南经二京山，再折向东经田家会逃回老巢。据此，我们即率七一六团由二十里铺快速插到二京山地区，于 17 日晚上在离敌人驻地白家墕只有几公里路的郭家屹台、胡家墕和双胜村一带设下埋伏。这样便与在南面设伏的二十一团构成了一个伏击圈，只等敌人来钻"口袋"。这时，七一六团去背粮的三营在王绍南副团长率领下，经一天一夜急行军赶到二十里铺，没有休息，又继续赶到郭家屹台附近。由于背粮和长途急行军，部队指战员十分疲劳，但他们立即投入了战斗准备。

18 日，太阳渐渐升高，却不见敌人的动静。这时有些同志不耐烦了，有的说："我们等了一夜了，会不会白等呀！"我们针对这种情况，指示各级指挥员要做好工作，要求部队一定要耐心，并注意隐蔽。上午 10 点多钟，村川大队果然由白家塬出动，沿着山梁向二京山方向走来。敌人一进入我伏击圈，就遭到我猛烈射击，打得敌人猝不及防，蒙头转向，顿时在山梁上倒下一大片。但村川毕竟是个久经沙场的"老狐狸"，他很快从惊慌中镇静下来，迅速组织反扑，集中兵力拼命地向二京山附近我二十一团肖家洼阵地猛攻，同时又以一部兵力绕到我二十一团侧后，占领龙尾峁制高点，企图两面夹攻，打开一个缺口，冲出我们的包围圈。

龙尾峁东侧高地一时成为敌我必争之地，战斗越打越激烈。村川以为他这招得计，发疯似的指挥他的部队向我二十一团攻击。他哪里知道，我七一六团一营此时已迅速插到肖家洼西南，迂回到了他的侧面；我二营的五连、七连也趁机沿着隐蔽的山路，翻过几道山梁，犹如猛虎下山，抢先占领了龙尾峁东南面的山头。我们的这一招，恰似一把尖刀直插敌人腰背。这时村川急了，他不顾一切地指挥残兵反扑。只见敌军官挥舞战刀，拼命地号叫，逼着他们的士兵往前冲，士兵们稍有停顿或后退，就立即被砍倒。敌人强攻不成，接着又以部分兵力正面佯攻，以另一部兵力隐蔽绕到我侧后的山沟，企图偷袭。由于山后地形陡峭，加之阵地上笼罩着浓烟，我五连、七连没有发现偷袭的敌人。眼看敌人就要爬到山顶了，情况十分危急。在这关键时刻，我七一六团颜金生副政委急令团预备队六连迅速绕到五连、七连阵地后面的制高点，居高临下，对正在向山顶运动的敌人一阵猛打，打得敌人纷纷滚落山沟。

经过一天的激战，敌人死伤过半，村川本人也身负重伤。这一天，敌人在长途奔袭中、在退逃路上，处处挨打，如今陷入重围，欲逃无路，加上饥渴、疲劳，不得不放弃争夺我阵地的计划，改向西面的龙尾崮撤逃。傍晚时分，刮起了大风，满天沙土飞扬，能见度很低。我在前沿阵地，从望远镜里看见敌人抬着多名伤员，在暮色中稀稀拉拉地撤去。于是，我当即命令各部队加强警戒，并派出少数兵力袭扰敌人，破坏敌人向东逃跑所经的道路，以防敌人乘夜逃跑。其他部队原地休息，准备明天歼灭敌人。

19 日拂晓，我们得到报告："敌人跑了。"这一突如其来的消息，震动了各个阵地。"这是怎么搞的？"大家不约而同地追问。原来昨晚约定信号：不论哪个部队发现敌人逃跑，即点火为号。晚上 9 点左右，二十一团的哨兵发现敌人向东逃跑的踪迹，曾点了一把火，但由于地形障碍，加上风沙很大，其他联络哨都没有发现。山高路险，待通信员把信送到旅指挥所，已是拂晓时分了。

"还能不能追上敌人？"大家都急切地思索和询问。我们分析，虽然敌人跑了大半夜，但走的是高山狭谷的羊肠小道，且疲惫之师，又带着大批伤员，加上道路不熟，谅敌人走不了多远。再者，敌人走的是弯路，如走弓背；我们走大道是直路，如走弓弦。我们一定能追上敌人。

旅指挥所一声令下："追！一定要追上敌人！"虽然我们部队激战了一天，又露宿一夜，疲劳得很，但各部队接到命令后，人人奋勇当先，个个勇往直前，指战员们恨不得长上翅膀飞到敌人前头。我们追了几公里路，就在孔家沟附近发现了敌人的散兵。原来敌人逃跑时，心慌意乱，加上天黑风沙大，道路坎坷难行，抬着大批伤员在山沟里转来转去，到天亮才走出几公里。

追过敌人的散兵，我们又向前追赶敌人的大队。当时敌我仅相隔一条山沟，敌人沿一条山梁朝田家会方向逃跑，我们沿另一条山梁向前猛追。我们是边追边打，敌人是边逃边躲。我们的先头部队七一六团二营以一部兵力向前追，另以一部兵力突然向敌行进队形的腰部发起猛冲，顿时敌人队伍的头尾迅速向中间蜷缩，以对抗我们的冲击。敌人这么一缩、一乱，正好达到了我们进一步迟滞和杀伤敌人的目的。于是，我二营很快跑到敌人的前头，截断了敌人的退路。这时敌人只好龟缩到田家会村内和村北面一个山头的狭小地域里，在那里修筑工事，企图固守待援。不多时，我七一六团一营和三营在王绍南副团长、颜金生副政委率领下相继赶到，分别控制了田家会北山后的制高点和东、西两面的主要阵地；工卫旅第二十一团也到达田家会西南面高地占领阵地，使敌人又 次陷入我四面包围之中。

19日下午4点，我们召开参战部队营以上干部会议，决定于当天下午6点30分发起总攻，七一六团三营由西向东，工卫旅由南向北，七一六团一营、二营由北向南，逐渐缩小包围圈，并一举攻下敌据守的高地，将敌人压入田家会村，聚而歼之。

下午6点30分，总攻时间一到，我军阵地上顿时号声四起。刹那间，枪声、手榴弹爆炸声和战士们的喊杀声汇成一片，响彻山谷，突击队员们个个如猛虎下山，冲向敌人死守的田家会北山高地。由于双方接近，重武器已失去作用，主要靠刺刀、手榴弹拼杀，以致徒手扭打。经过近两个小时的浴血战斗，我军终于夺取和控制了北山高地，把残敌压缩到田家会村内。接着，我军又坚决勇猛地冲进田家会村，有的敌人死守窑洞、院落顽抗，我军指战员不给敌人以喘息机会，迅速冲上去，将一颗颗手榴弹投进窑洞，炸得敌人血肉横飞。这时，整个村子到处都可听到敌人绝望的嚎叫。激战到晚上9点，残敌除100余人乘黑夜向东潜逃外，其余全部被歼。向东逃窜的敌人于次日逃至小马坊与奥家滩之间，又遭我军区侦察连及岚县游击队截击，一部被歼，一部落荒逃走。村川本人虽然潜回东村据点，但不久也死了。

田家会战斗从岚县公路阻击开始，到田家会把敌人歼灭，历时三天三夜，共歼敌500余人，其中，毙敌中队长横尾，还重伤敌大队长村川、中队长稻田，俘日伪军40余人，缴获山炮1门、轻重机枪8挺、步枪150多支。

甄家庄歼灭战[*]

樊哲祥　韩双亭

1941年至1942年，是我们晋绥抗日根据地最困难的时期。为了改变被动局面，晋绥军民响应毛主席关于"把敌人挤出去"的号召，从军事上、政治上、经济上、文化上，同敌人展开了如火如荼的斗争。

敌人为向我"反挤"并破坏我根据地的秋收，从1943年9月初开始，向我晋西北根据地进行分区域轮番"扫荡"。9月3日，日军第六十九旅团先后出动第八十二、第八十三、第八十五大队共1500余人，分别由汾阳、离石、岚县地区出动，向我第八军分区的离东地区、第三军分区的米峪镇和临县地区"扫荡"。被我第三、第八军分区军民不断打击后，敌军千余人于16日退回离（石）岚（县）公路线的圪洞、胡堡等据点，其第八十五大队在白文镇扎下临时

---

　　* 本文原标题为《甄家庄战斗》，收录时做了适当修改。

据点。

9月26日，敌第八十五大队及部分伪军分两路奔袭我驻兴县的晋绥军区领导机关。一路400余人，从寨子村出发，经界河口西犯；另一路500余人，从白文镇出发，经康宁镇北犯。两路敌人沿途遭我军民连续袭扰，死伤数十人，27日于兴县会合。此时，我军区机关已转移到兴县西南15公里的小善村。敌扑空后，于28日北犯瓦塘，29日进占裴家川口。10月2日晨，敌军南犯黑峪口，并隔黄河炮击我盘塘镇河防阵地。我河西炮兵予以还击，敌死伤三四十人，退至兴县以西15公里的赵家川口。

这时，我晋绥军区部队的分布情况是：刚从冀中军区调来的第十七、二十六团位于兴县西南地区；第十八、二十七、二十九团位于保德地区；晋绥军区的第二十一团和三十六团（2个营）位于临县地区；特务团位于河西的盘塘地区守备河防。我军驻地虽然比较分散，但集中一定的优势兵力，打敌一路还是可能的。

为此，军区部署：第二十六团和军区警卫营在赵家川口以南小善畔地区设伏，阻击经小善、大善、康宁镇向王狮据点逃窜之敌；第十七团在赵家川口以东的北坡村地区设伏，堵住经兴县向东村据点逃窜之敌的退路；第三十六团在小善畔、北坡村之间的康家墙待机，视敌军的撤退路线，向南或向北机动；第二十一团进至康宁镇附近，为第二线阻击部队；特务团从盘塘东渡黄河，积极袭扰与疲惫驻赵家川口之敌，迫敌撤退并尾敌追击；第二十九团由保德地区调至兴县地区集结待机。同时，命令第二军分区的十八、二十七团等部队加紧围攻保德、沙泉镇之敌；第六、第八军分区部队积极袭扰敌后方据点、破坏交通、钳制敌人，配合兴县地区作战。军区为便于指挥战斗，特设立前指随部队行动。各部队均于10月4日前到达指定位置。特务团2个营于4日渡过黄河后，以2个连的兵力积极向赵家川口之敌袭击。

10月5日半夜1点左右，敌第八十五大队由赵家川口向康宁镇方向撤退，行至吕家湾后，其主力走山路向小善畔前进，仅以百余人担任侧翼警戒，沿大路向冯家庄、大善村前进。拂晓，我军区警卫营警戒分队在小善畔村北首先与敌军主力发生战斗。敌以一部兵力占领高地进行掩护，大部兵力展开向小善畔进攻，企图将我军一举击溃。经过激烈战斗，我警卫营给敌一定杀伤后撤出小善畔。敌军继续南进。这时，我第二十六团已在1280高地占领有利地形，顽强地阻住了敌军的退路。向大善方向撤退的敌之侧翼部队，也在冯家庄附近遭我三十六团猛烈阻击，被迫转向小善畔东北与其主力会合。

在我第二十六团、军区警卫营从正面阻击敌人的同时，第三十六团、第十七团各以一部兵力猛攻敌侧后，协同第二十六团和军区警卫营对敌形成四面包围。激战至中午，敌机5架飞来助战，配合其地面部队向我1280高地进攻。我军冒着敌人的陆空火力坚守阵地，连续击退敌人五次冲击。下午，我特务团赶到小善畔以北加入战斗。敌人被迫就地构筑工事，负隅顽抗。

当我军把敌人包围以后，附近的民兵和广大群众纷纷赶来参战，小善畔周围的各个山头人声鼎沸，枪炮齐鸣。敌人被吓得急电求援，但其后方兵力不足，保德、沙泉之敌与第八十五大队相距甚远，且被我军包围，自顾不暇，均无法派兵来援，使该敌陷于孤立无援的困境。

5日晚，我军不断向敌军发起夜袭，以疲惫、消耗敌人。

6日，我军区前指除命令部队继续围困敌人外，还采取沿途设伏的办法，以逐次包围和最后消灭敌人。命令地方游击队、民兵在大善村至康宁镇17公里的大道上沿途设伏，各路口均敷设大量地雷，以不断杀伤敌人；又以第二十一团埋伏在康宁镇以南的花子村，准备阻击南逃之敌；以第十七团从小善畔以北进至靠近兴县大川的木兰干、刘家梁集结，如敌向兴县方向逃跑，就地阻击，如敌向南逃跑，沿山梁追击。第十七团原来的阵地，由第三十六团接替。

6日下午，敌军阵地上冒起一股股烟火，吹来阵阵腥风，这说明敌人正在焚烧尸体，准备突围。我军立即做好了战斗准备。果然，敌派出百余人的小部队向冯家庄方向搜索前进，妄图声东击西，转移我军注意力。但是我们没有上当，敌人的阴谋没有得逞，白天没敢行动。当晚9点，敌军开始向康宁镇方向逃窜，我第二十六团、第三十六团、特务团、第十七团等部迅速尾敌追击和超越追击，敌沿途在杨塔村、曹家坡等地接连遭我游击队、民兵的地雷袭击，死伤甚重。

7日拂晓前，敌人溃退到刘家庄时又遭我赶至前面的第二十六团的伏击。敌人的尖兵沿刘家庄村北的山脚西侧大路通过，在他们头顶约两丈高的土坎上就埋伏着我们的连队，敌人毫无察觉。待敌人全部进入我伏击地域后，二连、四连、特务连、一连陆续开火，霎时间步枪、机关枪的怒吼声，手榴弹和地雷的爆炸声，震荡整个大川。敌人东奔西突难以逃脱，天明后才在飞机掩护下经康宁镇继续南逃。7日上午8点左右，当敌人逃至花子村西南高地时，又遭我二十一团和特务团的顽强阻击，被迫占领花子村背后高地与我军对峙。9点左右，我军第十七团赶到，与第二十一团、特务团一起又将敌人包围起来。这时空中飞来敌机5架助战解围，我各团指战员冒着敌机的轰炸，不断向敌发起进攻，夺取了敌人两个阵地，并占领兴庄背后的高地，切断了敌人的退路，击退了敌人的数次反攻，把敌人团团围住。

7日黄昏，敌军放弃花子村背后的高地，向东南突围。我第二十一团节节阻击，特务团和第十七团尾敌追击。敌逃至甄家庄东南，已人困马乏，再也无法逃出我之包围圈，被迫占领四个山头，负隅顽抗。这是该敌自赵家川口撤退以来第三次被围。

这时，军区前指判断残敌可能经田家会向普明逃窜，或经郑家岔向赤坚岭逃窜。因此,除命令第十七团、第二十一团和第二十六团全力包围在甄家庄的残敌外,又令第三十六团赶到田家会准备截击溃逃之敌,令特务团以一部兵力在甄家庄外围参加战斗,另一部前往甄家庄以东的郑家岔设伏,防敌东窜,并打击可能来援之敌。同时,命令第二十九团迅速赶到甄家庄参加战斗。

8日,敌机三架低空盘旋,给被围之敌空投食品、弹药,并扫射、轰炸我军阵地,企图掩护其地面部队突围。三四天来,我军连续昼夜行军作战,很少得到饮食和休息,但在胜利的鼓舞下,士气旺盛,紧紧包围住敌人,坚决不让其逃窜,只要敌人一露头就打,一整天敌人未敢挪动一步。但是,敌人仍不甘心失败,一面固守待援,一面力求改变被动挨打的局面。是夜9点,一股百余人的敌军乘我第十七团调整部署之机,绕路西窜,企图偷袭我前方指挥所,突破我军的包围。当敌进至兴庄时,遭我第十七团和指挥所人员的坚决抵抗,我第十七团在甄家庄的部队亦闻讯赶来增援。偷袭之敌被我歼灭一部,其余又龟缩到甄家庄东南阵地。

9日、10日,我军向甄家庄被围之敌发起连续攻击,敌军伤亡惨重,且外无援兵,内少弹药,只靠飞机空投一些食品充饥,但仍在拼命加修工事,做垂死挣扎。这时,我第二十九团已经赶到。军区前指为防止敌军向南突围,又于10日上午9点令第十七团进至甄家庄以南的安平村设伏,准备阻击敌人。第二十九团和第二十六团接替了第十七团在甄家庄的阵地。当晚，前指又将特务团在甄家庄的部队调往郑家岔，加强了阻击力量。

在我军连续攻击下，敌军阵地越来越小，伤亡愈来愈大，有战斗力者不足 300 人。敌人为了轻装突围，于 10 日下午再次焚烧尸体，连尉官以下的伤员一并烧掉，在我阵地上可以听到敌军伤员的哀号声，几里外就能闻到焚尸的臭味。晚上 9 点，敌军一路沿山梁，一路顺沟底，向东南的郑家岔仓皇逃窜。我军紧紧尾敌追击，另有特务团在郑家岔占据有利地形待机歼敌。当 120 多个敌人从沟底进入我伏击圈时，我北面阵地上的九连、十连以手榴弹猛炸敌人，南面阵地的四连、七连先拉响地雷打乱敌前进队形，再以手榴弹大量杀伤敌人。20 分钟后敌人大部被歼，残敌不得不与左侧山梁上的百余敌人会合，集中力量向我冲击，做困兽之斗，但是，接连五次冲击均告失败。我追击部队及时赶到，残敌腹背挨打，陷于四面楚歌之中，遂乘夜暗向山林中四散而逃。我军分路搜索追击，将敌大部消灭。11 日晨，当三架敌机再次飞来救援时，只有百余敌人三三两两地逃回王师和赤坚岭据点。

到此，战斗基本结束。是役共歼灭日军 700 余人、伪军百余人，缴获重机枪两挺、轻机枪 15 挺、长短枪 203 支、子弹 3 万多发，其他军用品甚多。

忆南征

王　震　王首道

1944 年秋，党中央制定了一个重大决策：派遣八路军三五九旅主力和抽调一些干部，挺进华南，深入敌后，宣传发动群众，建立湘鄂赣抗日根据地。并以此为依托，继续向南发展，打通南北通路，以达到北与鄂豫皖边区李先念率领的新四军第五师、南与广东曾生率领的东江抗日纵队连成一片，力求开辟湘粤赣边的五岭抗日根据地。那时，三五九旅正驻在延安东西 45 公里的南泥湾，屯垦练兵。

1944 年 7 月的一天，毛泽东同志把我们找去，交代任务。他说："三五九旅要全部南下，再加上一批地方干部，包括从广东、广西来延安学习的干部，分成两个梯队。你带领第一梯队先走，等你们与东江纵队会合了，第二梯队再继续南下。" 9 月 1 日，党中央在杨家岭召开了一次重要会议，讨论了南下支队的组建和集训干部等问题。10 月 31 日，党中央又召开了一次书记处会议，参加南征的主要领导同志也列席了会议。这次会议最后确定了南征的区域和组织机构，组成"国民革命军第十八集团军独立第一游击支队"（简称"南下支队"），全支队共 5000 人。除南下支队外，三五九旅还留下一部约 5000 人，由副旅长苏进、参谋长刘转连、政治部主任李信领导，继续担负保卫边区和从事生产建设，准备作为南征第二梯队，待机南下。

1944 年 11 月 1 日，南下支队誓师出征。11 月 10 日，南下支队告别延安，开始了南征。

11 月 20 日，部队从绥德启程东进，于次日到达黄河西岸的蝎蜊峪一带，用两天时间从这里渡过黄河，然后通过山西省离（石）临（县）公路，进入晋绥抗日根据地的吕梁山区。11 月 30 日拂晓，部队从刘家会出发，行程近 40 公里，当天在张家塔宿营。

第二天午夜继续前进，通过离（石）岚（县）公路。从前天起，天空就不停地飘着雪花，这时竟越下越大。由于山势陡斜，人和牲口不断在雪地上摔倒，有几匹马甚至滚下山沟摔死了。部队雪夜行军 32 公里，天亮时到达离石县的鸦儿崖。

12 月 4 日拂晓，部队从鸦儿崖出发。眼前漫山是雪，寒风凛冽，不能停下休息。7 日下午，部队分成左右两个纵队向东南疾进，进入平川后天已近黑。整个部队处于临战状态，随时准备同敌人厮杀。一个多小时后，便来到了同蒲路。这里，日本侵略军在铁路沿线及附近地区派重兵把守，还有装甲车日夜巡逻。大家更紧张起来，有的揭开了手榴弹盖，有的打开了枪支的保险机，准备同敌人搏斗。当陈宗尧率领的右路纵队冲上铁路时，从平遥方向突然开来一辆敌人巡逻的铁甲车，接着向我猛烈开炮，前卫部队立刻予以反击。一时间，手榴弹在敌人的铁甲车四周爆炸，步枪和机枪一起射向敌人，敌人的铁甲车很快逃走了，我们的部队顺利通过了同蒲路。在这样的条件下，跨汾河、过同蒲，一夜行军90公里，在步兵史上也是罕见的。

12月29日，我们拟从千秋镇附近过陇海路，但遭到国民党顽固派军队张荫梧所部的阻击。我们耐心向他们说明，我们是八路军，是到敌后去抗日的，希望他们以国家、民族利益为重。但这些坚决反共、反人民的顽军，蛮横无理，继续向我军射击，打死打伤我先头连十余人。我军在忍无可忍的情况下，奋起自卫反击，俘敌130余人，占领千秋镇。第二天，我们在千秋镇附近的石河、峪口一带通过了陇海路。下午，又徒涉洛河。当时洛河两岸结着薄冰，河中央漂浮着大大小小的冰块。指战员们脱掉棉裤棉袜涉水过河，顿时冻得直打寒战，但硬是徒涉了过去。

12月31日，部队进至宜阳县西南的东、西赵堡，在这里度过了1944年岁末和1945年岁初。

1945年1月6日，当我军进入鲁山县的黄沟时，早已得知我军南下的日军已在许昌、漯河一带增兵集结，他们利用其占据的铁路、公路，严密布防，层层堵截，妄图将我军消灭在这个地区。当部队从鲁山县城东、西两侧向南运动时，被敌人的一辆汽车发现，从鲁山城赶来的敌人，随即向我们开火。我前卫部队迅速占领有利地形，将敌人击溃。当我后卫部队通过时，鲁山的日军又重新组织兵力，并调动七八辆坦克和装甲车，以更猛烈的炮火向我反扑过来。第三大队张仲瀚大队长即令一营二连组织1个加强排的兵力，占领有利地形坚决抵抗，并亲自到这个排的阵地去指挥战斗，掩护其他部队通过公路。在这个排的英勇作战中，战士杨正春用手榴弹炸毁敌人3辆坦克后，光荣牺牲。全排在排长严正祥带领指挥下，打退敌人一次又一次的冲锋，紧紧钳制着敌人的七八辆坦克和装甲车，完成了掩护任务，严排长以下18名同志英勇牺牲。

1月16日早晨，部队从仪封南下。第二大队刚走出鸭口，只见前面瓦岗寨浓烟滚滚，火光冲天，从寨子里传出一片呵斥声和凄厉的哭喊声，原来是一股日军正在这里烧杀掳掠。陈宗尧大队长亲自率领三营出击，迅速展开队伍，占领了山地一处有利地形，朝山下敌人猛烈开火，打得日军人仰马翻。战斗从开始到结束不到一个小时，歼灭日军数十人，缴机枪1挺、步枪30余支，还有几大车无线电器材和军用物资。

日军在瓦岗地区遭我痛击后，企图伺机报复，在平汉路沿线集中了7个大队1300余人，加上各据点伪军2000多人，分兵三路合击我军：一路由新安店、李新店西进；一路

184

由明港北上；一路由确山、邢店、竹沟南下。

19日上午，支队司令部向各大队发出命令，决定于当天下午4点，按原定计划，全支队分两路纵队同时出发，通过平汉路。下午1点左右，第一大队的二、五连同时报告，发现日伪军共1000余人，从新安店、李新店方向径向我主阵地前进。我二、五连指战员已全部进入阵地，准备迎击敌人。陈大队长和李政委当即赶到主阵地详细了解敌情，检查工事，下令该大队一营、二营除二连和五连外，其余各连立即占领二线和纵深阵地。将近2点，五六百名日军展开战斗队形开始接近我主阵地，后面还有近千名伪军尾随跟进。由于我指战员利用积雪布置了天然伪装，使整个筑有工事的山头看上去一片雪白。日伪军直到距我数十米远时仍未发现我主阵地配置情况。这时我指挥员一声令下，二连、五连的步枪、机枪和配给他们的9挺重机枪一起开火，投弹能手们将手榴弹雨点似的投进敌军第一线战斗队形，打得敌人晕头转向，狼狈溃退，我阵地前留下了数十具敌人尸体。日军遭到这一突然打击后并不甘心，随后在猛烈的炮火掩护下，重新组织了第二次、第三次进攻，但均被我打了回去。接着，日军又命令处于第二线的伪军向我进攻，连续冲锋九次，每次都是还没有进到日军想到达的地段，就被我军打得抱头鼠窜。战斗持续9个小时，日伪军始终未能前进一步。随后，在一大队的掩护下，我军主力顺利通过了平汉路。

部队通过平汉路到胡庄的当天，我豫南游击兵团司令部领导的路东指挥部立即派人与我们取得了联系。第二天，我军在向陡沟以北地区移动时，捉到国民党顽军一名通信人员，在他身上搜出一封信，信上诬我人民抗日武装为"奸匪"，声称他们正全力"准备攻歼"。我军当即站在自卫的立场上，配合边区军民连克陡沟、老店及其附近七个村落，两天中俘顽军400人，胜利地保卫了我豫南游击根据地。

1月23日，部队徒涉淮河，25日徒涉浉河，接着向豫鄂边境进发。当部队翻过鸡公山东麓，接近鄂北礼山县（今大悟县）三里城时，新四军第五师派来迎接我们的队伍也即将到达。突然侦察员跑来报告："前面发现日伪军1个中队百余人，企图阻止我军和新四军会合。"指战员听到这个消息，都认为机不可失，坚决要求消灭这股敌人。我们当即下令："一定要把敌人全歼在豫鄂边区的大门口！"我们事先与新四军第五师取得了联系，分别沿三里城左右两侧运动过去，迅速把敌人包围起来。战斗打响后，我两军一起向日伪军冲杀，很快就把这股敌人全部歼灭。在胜利的欢呼声中，我们和新四军战友会合在一起。

1月27日，部队到达礼山县的下家河。1月29日，八路军南下支队和新四军第五师举行了会师大会。这次中原会师为我们继续南征创造了有利条件，使全体指战员增强了信心和勇气，也极大地鼓舞了豫鄂皖湘赣边区以及敌后的广大军民。随后，南下支队向边区和五师移交了随军南下的干部，取消了2个干部大队的建制。全支队在大悟山地区休整了 17 天，对南下以来各方面的工作进行了一次全面总结，并研究确定了下一步的行动计划，准备踏上新的征程。

在中原休整期间，我们南下支队军政委员会成员参加了鄂豫边区党委会议，学习和讨论了中央的指示，研究了当前的形势和我们的任务。经过充分讨论，确定中原地区今后的工作方针是：以发展为主，着重恢复与扩大鄂南根据地，同时兼顾现有解放区的巩固工作。会后，边区党委和新四军第五师领导号召全体军民节衣缩食，以最大努力支援大军南下，为解放江南人民做出贡献。

2 月 14 日，南下支队告别五师战友和边区人民，向鄂南挺进，前进方向最大的障碍就是跨越长江天险。五师为了保证我们胜利渡江，决定派十四旅旅长、第四军分区司令员张体学率领四十团和四十一团配合我们，挺进鄂南建立敌后根据地。

国民党顽军获悉我军南下，如同芒刺在背，立即和日伪军暗地勾结，调集 3 个师的兵力，严密封锁这一带渡口，妄图把我们消灭在长江北岸。

我们决定，利用日伪和顽军之间的矛盾，出敌不意，在敌防守最严的路线，从蕲春的田家镇渡江到新阳地区，并把整个部队分为三批前进。我主力进入国民党军占领区后，沿途不断遭到顽军的堵击尾追。在渡江过程中，又遭到日军的飞机轰炸和快艇巡查。但一个个的困难都被克服了，2 月 24 日拂晓，我南下支队全部踏上长江南岸，进入了鄂南。

2 月 25 日，正当部队通过阳新和大冶之间的公路时，突然 3 辆汽车疾驰而来，上面载着数十名日军，我们命令第一、第三大队留少量部队与敌人战斗，主力继续翻山，从魏家湾绕道至陈家湾。日军当即被我击毙 5 名，击伤若干，拖着尸体狼狈溃逃。

为了防止敌人报复，部队第二天提前从陈家湾出发。走到程风寺，果然得到二大队后卫报告，3 辆满载日军的汽车开到白沙铺附近，下车后即窜入我军驻地。我第二大队派出一部分部队阻击敌人，其余仍按原计划翻过大同山，进抵大田畈、团陵湾一带。

这天中午，我第一大队来到大田畈，准备进村宿营，并做了防止敌报复的战斗部署，把主阵地选择在大田畈地区的制高点上，由五连防守。进入阵地不久，五连即派四班长曾世勇率本班 4 名战士，向阳新和三溪口方向侦察敌情，他们刚走出几里，就发现敌人正从三溪口方向直奔大田畈而来：前面是五六百名日军，后面紧跟着七八百名伪军，最后还有一队日军的炮兵。这时侦察班回来报告情况已来不及了，便用鸣枪报警的办法，边向敌人射击边往后撤。前哨战就这样打响了。骄横的日军，有恃无恐地直向大田畈猛扑过来，他们根本不管对方有多少人，只顾胡乱打枪放炮。一时间，步枪、轻重机枪和大炮一起开火，各种爆炸声响成一片。我四班侦察员在曾世勇指挥下，机智勇敢地且打且走，诱使敌人如临大敌，展开战斗队形投入战斗。我第一大队二营听到从前面传来的激烈枪声，营长立即跑到五连占领的主阵地上了解敌情，指挥战斗。为了摸清敌人的具体战斗部署，也使据守主阵地的五连能争取更多时间巩固阵地，即命令二排推进到主阵地前300米的无名高地上，继续同敌人打前哨战斗。五连二排接到命令后，迅速在无名高地上摆开，用步枪和轻机枪杀伤敌人，迫使敌人较早地展开了进攻的战斗队形。曾世勇率领的四名侦察员在同敌人周旋近一个小时后，也退到了无名高地上。敌人怪声吼叫着，不断向我无名高地冲锋。我二排连续打退敌人三次冲锋，坚守了两个小时，最后从容不迫地撤回主阵地。

下午5点，日伪军占领无名高地，重新调整了战斗部署，大约过了半个小时，又在密集的炮火掩护下，开始向我主阵地发起猛烈攻击。二营营长令五连一排配合从无名高地上撤回的二排，在主阵地前山脚下早已挖好的阵地上阻击敌人。三排作为预备队，继续在主阵地上加强工事，并以火力支援前沿。日军仗着武器优良，分成两路，气势汹汹地扑向我主阵地。于是，我一大队二营全部投入战斗，日军先后向我主阵地冲锋十次，都被我一一击退，敌人的一具具尸体，横躺竖卧在我军阵地前面。天黑了，敌人的炮火继续猛烈地轰击着，到处弥漫着浓黑的硝烟。我指战员们英勇地坚守着阵地，顽强地同敌人对峙着。敌人眼看着攻不下我主阵地，马上又调一部伪军来增援，日伪军潮水般地不断向我主阵地发起冲锋。我一大队全部投入战斗，同敌人展开激烈的阵地争夺战。

午夜时分，我们得到前沿战报后，决心痛歼这股来犯之敌。我们一面派第二大队一、三连驰援第一大队，一面亲自给第一大队写信，命令他们坚决消灭敌人。第一大队二连连长朱新阳接到命令后，立即带领全连战士冲向敌人。日伪军喘息方定，原本打算重新组织力量向我发起进攻，不料突然受到我军勇猛冲击，顿时乱了阵脚，瞬间就被我军追过几个山头。最后，一部分敌人被压缩在一条小山坳里，一时杀声震天，刀光闪闪，一把把刺刀刺进敌人的胸膛。朱新阳拼弯了刺刀，只听他大叫一声："同志们，杀呀！"随即冲进敌群，从敌人手中夺下一把战刀，英勇地截住敌人的退路，他握着那把战刀，上下挥舞，左右劈刺，一连砍倒8个敌人，他身上也被敌人刺伤7处。最后，一粒子弹向他飞来，从后面穿腹而过，当他用手去捂伤口时，肠子已从肚子里滑出，他咬了咬牙，左手按住伤口，右手高举战刀，继续坚持指挥战斗。与此同时，从驻地赶来增援的第二大队一连、三连和一大队的全体指战员，也向敌人发起猛烈冲锋，打得敌人伤亡惨重，仓皇溃逃。

一部分日军退到东山上，龟缩在4座碉堡里负隅顽抗。我军一鼓作气，先后用辣椒稻草烟呛，用煤油桶装炸药爆破，用干柴枯草围烧，用挖地沟爆破碉堡等办法，解决了4个碉堡里的全部敌人。这一仗，我军共歼日伪军400多名，缴获大炮7门、轻重机枪20余挺，以及其他大批武器弹药和军用物资。在 30 多个小时的激烈战斗中，我军先后伤亡干部战士 30 名。二连连长朱新阳由于伤势太重，为党和人民流尽了最后一滴血。

大田畈战斗，是我军渡江后打的第一场大仗。这一仗，打出了我军的军威，有力地打击了日军在鄂南的力量，极大地鼓舞了鄂南人民抗战胜利的信心。

大田畈战斗以后，我军按照预定计划，继续向大幕山地区挺进。3 月 2 日至 6 日，我支队和张体学所部协同作战，给盘踞在大幕山地区的国民党地方顽固势力和日伪军以致命打击，为建立鄂南抗日根据地打下了基础。

按照党中央的指示，下一步我军即将进入湖南。为了有利于具体动员组织湖南群众的抗日活动，报请党中央、毛主席批准，取消了"国民革命军第十八集团军独立第一游击支队"的番号，改名为"国民革命军湖南人民抗日救国军"，下属各大队全部改为支队，组织领导一概不变。3 月 23 日，部队由水口坳出发，从江西进入湖北，又从湖北进入湖南，一天之中走了三省地界。当天晚上到达幕阜山西南的沙铺里。这里离平江不过 25 公里，日伪军慑于我军威势和自身兵力不足，已于 20 多天前同时撤走。国民党军进驻三眼桥一线，尚未进入县城，城内只有少数国民党警察武装。3 月 26 日，我军顺利地占领了平江县城。

我军入湘不久，蒋介石就严令国民党第九战区司令长官薛岳和副司令长官王陵基率部在平、浏地区夹击我军，他们集中了4个正规军、2个游击纵队和地方保安团队约6万兵力，妄图乘我立足未稳而一举歼灭。4月初，顽军开始向我大举进犯。我们在冷静分析了敌我态势之后，决定从各支队抽出一批副职干部，迅速组织一支武装工作队，由三支队政委曾涤领导，深入到平江西北、岳阳东南的广大地区，广泛发动各阶层群众，建立敌后抗日根据地。第四、第五、第六支队分别驻防平江、三眼桥和安定桥。我们率主力第一、第二、第三支队北进，集中兵力首先歼灭顽军独立第四纵队王剪波部，粉碎顽军围歼我军的阴谋。4月4日至6日，在清水岭至芭蕉坳一线消灭王剪波第九、第十支队各一部，俘百余人，缴枪百余支。我军乘胜追击，两天后，又在车廖家、杨戚家山一带歼其大部，残敌溃不成军落荒逃遁。4月9日，在南江桥击退顽军第七十二军的进攻，为我建立敌后根据地的工作争取了一段时间。

国民党顽军仍在疯狂地执行其"进剿"我军的罪恶计划，平江已陷入顽军第九十九军和第七十二军的重兵包围之下。为了揭露国民党顽固派破坏抗战、枪口对内的可耻罪行，我军在向广大人民群众说明事态发展的真相以后，于4月15日忍痛撤离了平江城。顽军第七十二军和第九十九军在合击平江扑空后，获悉我军在岳阳、临湘地区活动，又举兵北犯。我军给顽军以重大杀伤后，暂时向鄂南地区转移。为了打乱顽军的"围剿"计划，减轻鄂南根据地的压力，湘鄂赣边区党委和部队军政委员会共同决定：由第一、二支队楔入赣北之修水、武宁地区，直捣王陵基后方，迫使其主力东调，以解我后顾之忧。经过这一系列工作，我们很快在这一地区站稳了脚跟，得到广泛的同情和拥护。

6月下旬，我主力部队从湘北的湘阴地区第二次返回鄂南。25日晚，在通山县山口铺附近，主力部队和鄂南留守部队会合在一起。为了贯彻党中央有关南进的指示精神，7月4日，我们在咸宁县的胡家街召开了一次边区党委高级干部会议，着重讨论了今后边区的工作和部队的军事行动。决定：杨宗胜、吴光远所部继续以桃花山为中心，坚持敌后游击战争；张仲瀚、左齐率领第三支队，协同张体学所部继续巩固鄂南，发展湘北；我们率领主力继续向华南挺进。

7月7日，我主力从咸宁县的茶地铺地区出发，继续行军十天，到达平江的两开堂和金岗坪。7月21日，部队从福临铺出发，在栗桥和青山市之间通过了长沙与岳阳之间的公路，到达吴家段。7月24日晚到25日拂晓，部队在长沙以北的铜官、下洞子一线西渡湘江。又经两日行军，于27日进抵宁乡所属之新田湾。

为了执行毛主席关于"在粤北、湘南创立五岭根据地"的指示，我们在新田湾只停留一天又继续出发了。8月11日，部队沿粤汉路南下，正走到衡山附近的南湾一带时，收到中央8月11日发来的一份电报："苏军参战，日本投降，内战迫近。你们的任务仍是迅速到达湘粤边，与广东部队会合，坚决创造根据地，准备对付内战。""日本投降了，我们胜利了!"这激动人心的消息,使全体指战员欣喜若狂。同时,内战阴云顿时又压在人们心头。

我军迅速挺进华南,早被国民党视为心腹之患。蒋介石电令第七、第九战区的司令长官余汉谋和薛岳组成联军,妄图从三面包抄夹击,将我消灭在湘粤边境。

8月12日,部队到达安仁县境时,即遭顽军四十四军的袭击,使我们不断改变行军路线,忍着炎热和饥饿,进入湖南境内的八面山中。国民党顽固派又立即调动其第四军、暂二军和四十九军等部共8个团的兵力,重重包围,步步进逼,企图一举将我歼灭在八面山中。敌人占领了所有的山障、险要的通道,然后派兵前堵后追。部队进山后,随身携带的粮食早已吃光,山里又渺无人迹,指战员们饿得走不动路,只得采些菌子和野果充饥。副参谋长苏鳌看见战士们脚都抬不起来,只得忍痛把自己的马杀掉,分给每人一小块马肉。为了突出重围出山,我们在一个老人带领下,不得不走那根本无路的路,遇到陡坡,大家就手脚一起着地爬上去;看见深沟,大家就双手紧抱两腿滚下去。天黑了,队伍走进一片森林,有些战士实在走不动了,渐渐掉在后面。但在坚强的政治工作保证下,我们部队的士气没有受影响,终于取得了八面山突围的胜利,进到湖南汝城县境淇江陇。

8月21日拂晓,部队又从淇江陇出发,于次日到达崇义县的文英圩。24日,国民党顽军又从几个方向追了上来。我们也随即出发,途经梧桐港、聂都圩,最后走到沙村。一夜大雨，把尾追之敌阻隔在 15 公里以外，大家少有地睡了一夜好觉。次日拂晓出发，开始进入大庾山区，并于 8 月 26 日来到湘粤赣边境五岭山区。为了摆脱尾追的顽军，尽快地和我东江纵队会合，指战员们以极大的毅力，忍受着饥饿和疲惫，英勇地朝广东方向疾进。部队越过五岭山帽子峰，进入粤北南雄县境的北乡后，即向党中央报告了情况，并设法尽快和我东江纵队会合。8 月 27 日，我军越过五岭进入南雄所属的上磃，又遇薛岳部之追兵和余汉谋的一个军，切断了我们与东江纵队会师的道路，对我形成了又一次重兵包围，妄图在这里歼灭我们。

一年来，我们南下支队的全体指战员，已经克服了无数的各种各样的困难，如今，我们既不可能与东江纵队会合，国民党反动派又要集中力量吃掉我们，我已处于顽军的前堵后追的紧急情况之下。如何摆脱这一不利态势？经过军政委员会认真分析讨论，最后一致决定北返中原，与新四军五师会合。于是，立即起草了向中央的请示报告。8 月 29 日，我们接到中央军委的复电：你们目前处境异常艰难，在日本投降、时局变化的情况下，你们确已难以完成原有任务。同意你们即由现地自己选择路线，北上与五师靠拢。

我军挥师北返，打乱了国民党顽固派的如意算盘，他们继续围追堵截。在湘赣粤边，我们在崇山峻岭中向北疾进，冲破了国民党顽军的封锁，又回到聂都圩通往文英圩的公路上。当我们部队到达七岭时，"红军打回来了"的消息，闪电般在老区传开了，部队宿营以后，驻在附近的乡亲们除了给我们端茶送水，还连夜打出一双双草鞋送到我们手上。9月6日，我们从上七岭出发，行程35公里，进抵湘州、车坳一带宿营。由于近日天不作美，经常刮风下雨，指战员们被雨淋湿了，又无换洗衣服，加之道路泥泞难走，许多同志赤脚走路，脚被磨破，伤口经泥水一泡，大多溃烂，患疟疾的病员也日益增多，而医治伤病员的药品已缺乏到极点。尽管如此艰苦，广大指战员还是咬紧牙关，以惊人的毅力，克服重重困难，冲破敌人层层堵截，奋勇前进。

国民党顽军眼看其层层堵截均未得逞，便准备在拿山地区以重兵设防，修筑工事，设置路障，切断交通，企图在此阻击我军。我们为争取时间，打破顽军阻击，动员部队昼夜兼程，迅速前进，比顽军抢先赶到拿山一带，随后又赶在顽军之前，迅速通过了莲花之界化陇，随即又顺利通过萍乡至宜春之间的铁路，进入湘东北。9月15日，我们进至湘北浏阳通往江西铜鼓大道上的达浒，冲破顽军九十九军的封锁，翻越九岭，走了50多公里。16日渡过汨罗江，18日到达三墩。顽军九十二师又尾追而来。前进方向之梅仙、南江桥都有顽军把守。于是我们改道走山路，到茅田宿营。此时侦察队报告：湖北通城地区有顽军七十二军十五师等重兵拦阻。经研究决定，我们于20日拂晓前突破通城至桃林的公路封锁线，西越粤汉铁路，绕道至鄂南根据地的咸宁、鄂城间之大和岭和大吉堂地区，与郭鹏副司令员率领的第三支队会合，做北渡长江的准备。

部队进入鄂南后，顽军七十二军已沿九江至武汉一线，严密封锁了长江全部渡口。顽军九十九军又在尾追逼近，妄图最后把我消灭在鄂南地区。

23日，我主力在大吉堂与第三支队和四十团会合，果断地取道梁子湖小路，到达殷家店和樊湖之间的渡口，向长江边进发，穿过梁子湖。接着，于9月26日乘大帆船渡过长江，回到了民主、自由的鄂豫皖边区，与新四军五师会合。

10月中旬，部队在黄陂县所属的孙家畈进行了恢复"三五九旅"原名的整编工作，正式撤销了"湖南人民抗日救国军"的番号。同时与新四军五师以及豫西支队，共同组成中原军区，三五九旅加入了中原军区野战军第二纵队序列，保卫军区的西部和北翼。

八路军一二〇师三五九旅的南征，将永远载入抗日战争的史册。

晋绥交通线[*]

罗贵波　张永清

抗日战争时期，由于侵华日军和国民党顽固派军队对共产党领导的敌后抗日根据地不断进攻、"扫荡"以及实行封锁、包围、分割，使延安我党中央通往敌后各根据地的交通屡屡受阻，不能直达。于是，横贯在广袤的黄土高原上的晋绥交通线就出现了。在晋绥边区，这些贯穿在犬牙交错的敌占区、游击区的我们的交通线，被誉为"钢铁走廊"。

1942 年 11 月，刘少奇同志从华中回延安，经过太岳区，由洪（洞）赵（城）支队武装护送到平（遥）介（休）县。平介地区虽然是敌占区，但是我们的群众工作基础好。时值晚秋，没有青纱帐，只能夜间赶路，但一夜又走不过去，必须在敌占区停留一天。因此，改由交通队秘密护送。中共平介县委事先检查了沿途情报站、交通站和宿营地，在

＊ 本文原标题为《钢铁走廊——穿越敌占区的晋绥交通线》，收录时做了适当修改。

同蒲路和汾河渡口安排了接应人员，沿途布置了群众武装监视敌情，还组织了自行车队，以备应付突发情况。然后，在朦胧的夜色中护送少奇同志避开敌人的巡逻队，越过同蒲路，到达文水县徐家镇的汾河渡口。这里是我们的一个交通点，早已被敌人注意，一到天黑敌人就把船只拉走了。这一天，河东群众假借过河给敌人送粮，找来了船只，等候在那里。是夜，护送少奇同志顺利地渡过汾河，在河西仁庄住下。仁庄四五公里外的四周都有敌人的据点，为了麻痹敌人，天一亮，我们便派人给敌人的各个据点送去了"平安无事"的情报。同时，为防止发生意外，地方党和群众在仁庄村口、门前、屋顶等处布置了瞭望哨，有的扛上农具假装下地，有的装着在村外放羊，一发现敌情，就用铲子扬土，有的高唱山歌，在村里放哨的喊小孩，或高声吃喝，追鸡打狗，以此来报信。这天夜里，为了封锁消息，群众主动不出村，外村来串亲的也被动员在仁庄留宿，少奇同志在此平安地住了一夜。第二天傍晚，继续向文水边山进发。走到文水县苏家堡，没有见到与接应部队联系的交通员归来，于是便在一座荒凉的古庙旁停下等候。突然，侦察员报告，前方上贤村一带有敌人埋伏。护送的同志犹豫了，大家用询问的目光望着少奇同志，少奇同志沉着而又诙谐地说："我不是早已说过，完全听从你们的安排吗！既然没有与接应部队联系上，我看可以返回仁庄再住一天，那里群众基础好。"这样，大家又返回仁庄。第三天傍晚，这一行人又从仁庄出发，轻装上路，不骑骡马，不走大路，顺着靠近敌据点的田间小路步行30多公里，越过太汾公路，到达文水县崖头村，再由晋绥第三军分区的部队接送过离岚公路，然后经兴县前往延安。

1943年9月，彭德怀、刘伯承等同志一行40余人去延安，由晋绥八分区和太行二分区的交通队共同接送。在清源县长头汾河渡口，当地党组织和群众为他们准备了仅有的一条能载七八个人的小木船，除掩护首长的几名同志和彭、刘乘船外，其他人都蹚水过河。他们从清源和枣元头两据点之间的下固驿村通过太汾公路，一口气走了30多公里的夜路。拂晓，到达清源边山。正待休息，忽听西边山坳里响起了枪声，且越来越密。不多时，得到报告说，清源城四五百敌人向这边开来。这一下，护送人员确实感到紧张了，刘伯承同志却笑着说："莫来头（没关系），不要那么紧张嘛！敌人来了我们就打，打不赢就走嘛！"彭总指挥用望远镜仔细观察后说："看来敌人不是朝我们来的。"不出所料，枪声响过不久，前来接应的清（源）太（原）徐（沟）游击四大队就赶到了。

1943年11月，陈毅同志同秘书、警卫员等五人，从新四军军部出发，越过江淮平原，经晋冀豫根据地，到达八路军总部驻地——山西省左权县麻田镇。1944年初，由晋绥第八军分区负责护送去延安。原定我们派人由祁县、太谷间通过同蒲路，从文水县西社接上陈毅同志一行，经高车、保贤、东堡等地，绕过下曲敌据点，再从孝义与仁岩敌据点间通过太汾公路，经安上、霍头等地，到达汾阳兵站交口村。由于途经地区有了敌情，只得临时改变路线，绕道群众基础好的文水县云周西村，准备在该村住一天，晚上再走。不料，文水城、下曲镇、信贤、裴家会的敌人出动了，像是到这一带来活动的。这样，天黑前必须化装出发，不能在此停留。此时，陈毅同志一身绅士打扮，穿着长衫，躺在马车上装病，云周西村党支部书记化装成陈毅的儿子，随车送"父亲"到城里看病。警卫员也改装打扮，大模大样地坐在车上，好像保镖。交通队员化整为零，分散在大车前后保护。为应急，陈毅同志还学了一阵山西话，总学不像，只得装睡。一遇上敌人盘查，他就哼哼呀呀地叫痛不迭，好像病得很重。就这样，平安地过了太汾公路，从高白镇和义望村两个敌据点间穿过。到下石沙兵站时，陈毅同志诗兴大发，作了一首七律《过汾河平原》：饮马汾河蜀客忙，悠悠河水诉兴亡。霸图衰歇三分晋，块土开基一统唐。屡沦夷狄空形胜，豪夺人民腐稻粱。丘貉古今同一慨，曳兵弃甲暗投降。

公开的武装接送，规模有大有小。如接彭真、聂荣臻、程子华等领导同志去延安，和送延安中国人民抗日军事政治大学总校、陕北公学、鲁迅艺术文学院、中国女子大学的师生赴华北、华中等地，就是采用小规模的武装公开接送的。而1939年12月中旬，给当时活动在晋察冀边区的一二〇师护送弹药、物资，则是一次较大规模的武装行动。这些，都是通过忻静公路、同蒲路北段和忻州平川敌占区，从北岳区接过来，或送过北岳区去的。

武装接送规模最大的一次是接送八路军总部炮兵团。当时，蒋介石调集胡宗南 10 万大军，包围我陕甘宁边区。1941 年春，战斗在太行抗日根据地的八路军总部炮兵团奉命调回陕甘宁边区。三八六旅参谋长周希汉奉命带 2 个团负责护送；罗贵波奉命带 3 个团，由几个县的游击大队配合，负责接应。这一天，炮兵团在团长武亭带领下，从辽县（今左权县）出发，经榆次、太谷，进入晋中平川。炮兵团和护送部队当晚冒着春夜的寒风，通过同蒲路，拂晓前后涉过汾河，长长的队伍不见首尾，上百匹骡马驮拉着数十门大炮和大量辎重，宛如一条游动的巨龙，冲破敌人的封锁线，穿过了平川敌占区。长期生活在白色恐怖下的敌占区人民群众，看着这浩浩荡荡的八路军队伍，精神为之一振，他们怀着欣慰的心情热情地迎送，有的烧茶送水，有的主动充当向导。由于接送双方事先均派出了侦察部队，对行军路线及沿途敌情、地形等做了周密的侦察，派出的预伏部队，对沿线敌据点头行封锁性警戒，沿途地方常和群众积极协助和配合，部队行动秘密迅速。因此，直到天亮后，我军跨越太汾公路时，敌人才发觉。敌震惊之余，一时又摸不清我军意图，不敢轻举妄动。后虽曾数度出来企图拦截，但都被我预伏警戒部队打退，龟缩据点不敢出来。炮兵团到达清、太、徐边山后，由八路军一二〇师特务团护送，经交城、方山、临县，西渡黄河，胜利地到达陕甘宁边区。

在我们的交通线上，还活跃着一些秘密的机要交通员。延安与敌后各根据地之间来往的党的许多重要机密文件，包括密电码，主要由他们接送。他们原则上与公开交通是分开的，但常有联系，必要时协同配合，互通敌情，共同应付敌人。他们走的路线与公开交通线大致相同，依靠地方党和群众在沿线建立了许多秘密联络点和秘密交通站。机要交通员政治素质高，应变能力强，不穿军衣，不带武器，通常以单独行动为主。他们常年徒步跋涉，经常夜行晓宿，往返一次需一个月左右，每次都要通过敌人一道道封锁线，往来穿行于敌占区的据点、碉堡间。他们不辞辛劳，常常冒着生命危险，为党传递了许多重要文件。

晋绥抗日根据地的军民开辟的这条"钢铁走廊"，在抗日战争期间，平均每月完成接送任务将近 20 次，安全地接送了数以万计的干部（不包括建制部队），其中有刘少奇、彭德怀、刘伯承、邓小平、陈毅、罗荣桓、聂荣臻、彭真、杨尚昆、罗瑞卿、陈赓、陆定一、薄一波、程子华等领导同志；接送了大批抗日团体的人员和抗大、联大、陕公、鲁艺等校师生，朝鲜独立同盟、美军观察组、日本工农学校等国际友好团体和人士，还有许多民主人士；接送了大量的重要文件、枪炮弹药、医疗器械、药品、电讯器材、布匹、棉花等军需物资。敌人满以为只要加强对共产党八路军的包围、封锁、分割，加强对我交通沿线村镇的控制、统治，就可以阻止、破坏、割断我们的交通线。但是，敌人的企图最终都失败了。我晋绥军民克服种种困难，排除一切障碍，捍卫了这条"钢铁走廊"。

冬季大练兵[*]

余秋里

  1943 年 10 月，陕甘宁晋绥联防军在延安召开了高级干部会议，会议的中心议题是布置部队在完成保卫边区这一主要任务的同时，开展大生产运动和大练兵运动。毛泽东、朱德等领导同志到会讲了话，号召驻陕甘宁边区的部队在冬季进行一次很好的训练，加强部队管理，以达到一个人顶两个人用的目的。会议明确大练兵运动的目的是"提高战斗力，准备大反攻"；大练兵运动的方针是"以兵为主，人人皆兵，个个都练，士兵教育尤应以技术为主"；还提出了大练兵运动的基本方法："首长负责，亲自动手，一般号召与个别指导相结合，领导骨干与广大群众相结合。"

  会议结束后，三五八旅在旅部驻地王家角临时搭起的草棚子里，旅长张宗逊向团以上干部做了紧急传达。司令部就

---

 * 本文节选自《官教兵、兵教兵、兵教官——忆大练兵运动》，收录时做了适当修改。

全旅如何在保卫边区这个大局下搞好冬训做了具体部署。

第一个冬季大练兵运动，从1943年11月22日开始，到1944年3月5日结束，共计105天。时间虽短，获得的成绩却十分显著。步枪射击命中率，由练兵开始时的48.5%提高到90.3%，特等射击手由174名增加到433名；轻重机枪射击原来成绩最差，但至练兵结束时，重机枪命中率达84%，轻机枪命中率达68%；山炮从卸炮到发射时间由15分钟减少到2分40秒，实弹射击命中率达100%；投弹（弹重0.75公斤）由平均25米猛增到40.69米，其中60米以上的投弹标兵26名，并创造了投弹72米的高纪录；白刃格斗历来是薄弱环节，经过刻苦训练，大大缩短了完成刺杀连续动作的时间，各分队刺杀动作熟练、有力。

从1944年11月15日到1945年3月20日，我旅开展了第二个冬季练兵运动。经过这次冬训，除三大技术又有新的提高（如全旅投弹平均达到42.43米）外，单兵战术动作和班排进攻、防御、夜袭等战术动作全部达到指标；部队的野战生存能力经受了很大的锻炼；勇猛、机智、顽强、不怕牺牲、雷厉风行的战斗作风进一步得到了锤炼和发扬。部队还是这支部队，装备还是这些装备，然而战斗力却大大提高了。

部队大练兵的威力，在对日、伪、顽军的作战中充分显示了出来。

1945年7月26日，国民党顽固派胡宗南派兵北犯，强占我关中边防重地爷台山，筑碉堡，挖堑壕，架铁丝网，准备固守。我新四旅警备三团一营于8月8日子夜对这股顽军发起总攻，敌人凭借险要地势顽强抵抗。我前敌指挥部即令担任第二梯队的三五八旅八团投入战斗。9日上午10点，担任攻坚的二营八连在我炮火掩护下迅速冲了上去，我炮火间隙，战士们三人一群、五人一伙，利用地形地物隐蔽。我炮火再度射击，战士们抓住火炮压制的最佳时间，冲入敌外围阵地。战士尹玉芬第一个跃出堑壕，只身登上敌堡，往射击孔里连续投了几枚手榴弹，各排随即冲了上去，与敌人展开了手榴弹战，进而抵近射击，白刃格斗，迅速全歼了驻守山头的国民党顽军5个连。

1945年8月21日，日军一个大队600余人，携带60余辆马车自离石城向汾阳撤退。刚从陕甘宁边区赶来的三五八旅七一六团在芦家庄设伏，以速战速决的动作，将其先头部队100余人全部歼灭。该团在伏击这股敌人时，充分发挥了刺杀技术的威力。一个日本兵迈着碎步朝战士刘乃之刺来，刘乃之轻轻一拨，日本兵刺空了，不禁打了个愣，又连刺了几下，刘乃之边防边退，日本兵以为对手招架不住，号叫着扑了过来，刘乃之突然扬起一脚，飞起的沙子一下子迷住了日本兵的眼睛，他乘势用"点枪法"挑开刺刀，用枪托狠狠地朝日本兵头部击去，日本兵猝不及防，当场丧命。六班班长李海芝用刺刀先后挑了4个日本兵之后，在玉米地里又遇到一个，便提枪追了上去，交锋没有三个回合，李海芝腾空跃起，一个居高临下的劈刺，日本兵干瞪着眼成了他的第五个刀下鬼。

9月3日至4日，三五八旅（欠七一六团）从宋家川渡过黄河后，根据延安总部歼灭拒绝投降之敌的命令，以第七一五团攻击柳林镇。善于夜战的七一五团，决定对龟缩在柳林镇外6个高层碉堡里的300余名伪军实行夜间分割围歼。9月5日凌晨3点，当我发起凌厉攻势时，伪军还在梦中，我军很快就拿下了2个敌堡。天亮后，其余敌堡凭借坚固的工事组织火力反击，敌堡前是平展展的开阔地，我军组织的多批爆破组，都受到敌人的火力拦截。团指挥所将炮连改装的4门82毫米迫击炮置于步兵冲击出发阵地上，距敌堡仅有100米，炮手操炮水平射击，一发发炮弹落在敌碉堡上，火光闪处，砖石横飞，坚固的碉堡坍塌了，伪军乖乖地举手投降，无一漏网。

位于晋西北的离石，是日、伪对我抗日根据地进行特务活动的中心据点之一，该据点之敌为地主汉奸武装与伪警备队合编的"晋西北挺进队"，共1400余人。三五八旅以第八团担任主攻，八团于9月6日下午发起进攻，突击分队冲到城下，梯子刚竖起来，就被城墙左右的守敌炸断。第二梯队、第三梯队遭到了同样的阻击。天亮后，旅部调来炮团支援八团再度强攻，因我军炮火有限，仍然未能压制住城墙左右之敌，突击分队相继竖起的云梯均被敌火力截成数段，一批又一批勇士含恨倒在血泊中。团里总结了数次攻坚未成的教训，重新部署了兵力火力，把最优秀的投弹手挑出来，组成两个投弹组，在主攻点左右构筑了两个掩体工事。9日上午，随着突击分队的冲锋号角，投弹组将一排又一排手榴弹准确地掷向仅有五六米宽的城墙，霎时，组成了两道火的屏障，把左右援敌远远地隔在了两侧，保障我突击分队顺利登上城头，打开突破口，攻克了离石城。此战，毙伪团长以下300余人，俘伪官兵1100余人。

这几仗，打得确实漂亮。这些胜仗，有力地验证了大练兵的成效，把大练兵的成果变成了辉煌的战果。

三五九旅的通信工作[*]

黎东汉

1936 年红军长征到达陕北后，我从红二方面军总指挥部电台调到红二军团电台，担任队长职务。不久，西安事变爆发，红六军团从洪德城开到了西安附近的三原、富平一带。西安事变和平解决后，民族统一战线形成，全国抗日情绪高涨。红六军团改编八路军第一二〇师第三五九旅，下辖七一七团和七一八团，王震任旅长。三五九旅整编后的通信组织状况，包括无线电通信、有线电通信、简易通信等要素。无线电通信人员编制情况是：旅部配备 75 瓦手摇发电机电台一部，我任队长，报务员有贺华胜、池大昌（池龙）和陈德等；七一八团配备 7.5 瓦干电池电台一部，队长严成钦。

1937 年 9 月 2 日，三五九旅在富平县流曲镇誓师北上，

---

[*] 本文原标题为《三五九旅通信工作回忆》，收录时做了适当修改。

七一八团奉命调往绥德县宋家川口一带守卫黄河，归八路军后方总留守处指挥，同年底改称警备第八团，电台也随着到了绥德。三五九旅旅部及七一七团东渡黄河，经山西太原、忻县，开赴五台、平山地区，以游击战和运动战的方式打击日军，建立和保卫晋察冀根据地，并扩大部队。此时的通信联络以无线电为主。后来，三五九旅奉命到雁门关、左云、右玉、朔县一带活动，旅部同一二〇师，八路军总部，晋察冀军区，三五八旅，晋察冀一、二、三、四分区均有联络关系。和友军建立统一战线后，电台之间也规定了专门的呼号、频率进行联络。因七一八团电台留在绥德，所以旅部电台承担的联络任务相当艰巨。

1938 年 1 月，三五九旅留在河北平山、井陉地区的工作团组成的平山县独立团改编为七一八团；崞县独立团改编为七一九团。新组建的七一八团与晋察冀四分区在一起活动。王震旅长从师部领回 5 瓦干电池电台一部，配给七一八团，由贺华胜任队长，与四分区联络。不久，七一八团返回山西，随旅部行动，电台留给了四分区。

1938 年 2 月，师部为七一七团配备了 5 瓦干电池电台一部，队长贺瑞金，后来又增加了报务员王锦堂。同时，师部派池大昌到雁北支队骑兵大队电台队任队长。4 月，师部又为七一九团配备了 5 瓦干电池电台一部，调三五八旅七一六团电台队队长俞占鳌任队长，报务员是罗四海。那时，七一八团尚无电台，由七一九团电台担负联络任务，哪个团需要，电台就随哪个团行动，实际成了一个机动台，但多数情况下在七一九团。旅部电台增设政治指导员，由李玉全同志担任。5月，旅部设立通信股，主任（亦称股长）宗赓哲。

1939年1月，一二〇师到达冀中以后，冀中三纵队独立第四、五支队和津南自卫军共8000余人，拨归第一二〇师建制；津南自卫军同七一九团合并，仍称津南自卫军。师部为其配备了小型干电池电台一部，队长何元直。此后，俞占鳌的电台正式固定在七一八团。

在此期间，三五九旅基本上是一个独立的作战单位，经常处在被敌分割、封锁、包围的环境之中。到延安、师部和晋察冀都要经过敌人的封锁线。加之旅属各部队比较分散，机动性大，都有其独立性。因此，情况上报、命令下达、协同作战都需要有较好的通信联络来保障，无线电通信也就成为主要的联络手段，有时甚至是唯一的手段。步骑通信和电话通信只能保障部队机关内部和短距离内的通信联络。旅部当时有通信连，连长陈梦衣，指导员苟续强。下辖骑兵通信排、步兵通信排和电话排，电话排排长张功保，另外还有一个司号长。

1939年5月，三五九旅活动在晋察冀抗日根据地的北岳区。9日，日军第一〇九师团和独立混成第三旅团各一部共5000多人，分别由五台、繁峙等地出动，分四路向三五九旅扑来，扬言要消灭晋察冀，而且首先要消灭三五九旅，而消灭三五九旅又必须先消灭七一七团。旅部得到情报后，立即给七一七团发出命令，让他们向旅部靠拢，防止被敌人合围。10日拂晓前，七一七团离开五台县豆村，迅速向台怀镇转移。这时，一股1000余人的日军突然窜到旅部驻地——神堂堡，形成了对我们的包围，用机枪、大炮向正在出操的教导营打来，教导营就地抗击来势凶猛的敌人。这里的地形对我们有利，又是内线作战，于是王震旅长决定消灭这股敌人。因七一七团在转移途中与敌人周旋，电台没有工作，所以同旅部失去了联络。王震旅长命令正在下关与敌对峙的七一八团立即开赴神堂堡，歼灭来犯之敌，并请一分区杨成武司令员派1个团的兵力接替七一八团的防务，以确保晋察冀军区的安全。这个命令的报头等级是四个A，上面还写着"全军性命，立即发出"八个字。当时的值班报务员刘兴怀，深知这份电报的紧急程度，于是想方设法将它发了出去，使部队及时完成了调动任务。敌人在遭到我教导营和骑兵大队的节节阻击后，发现已陷入孤军深入、后援断绝的境地，企图原路返回。在青羊口地区遭到七一八团阻击后，敌人改走山间小路，企图从繁峙县上下细腰涧突围。这时，奉命向旅部靠拢的七一七团正好转到上下细腰涧，与敌展开了激战。王震旅长一面命令七一八团追击敌人，一面命令迅速联络七一七团，决定在上下细腰涧全歼该敌。那时，七一七团的电台在经过两天行军后也在同旅部联络，由段华夫同志值班，开机后即听到旅部电台呼叫，并告知有万万火急的电报。但因干扰太大，信号微弱，抄收十分困难。王震旅长手提马灯站在刘兴怀身边，命令他无论如何也要把电报发出去。七一七团电台后来又换上队长贺瑞金同志上机，两人轮流抄收，一组字有时重复好多次，才能听清、抄好。经过两个小时的紧张工作，电报终于发出去了。当旅长得知电报发出去了，高兴地把刘兴怀抱了起来，说："小刘干得好。"这份电报的发出，为部队完成上下细腰涧的战斗部署，创造了有利条件。这时，七一七团首长派往神堂堡送信的通信排排长黄念信也赶到旅部。王震旅长得到七一七团的报告后非常高兴，亲自到该团阵地慰勉全体指战员。

当我七一八团进入阵地后，看到敌人气焰嚣张，炮火猛烈，认为这次作战不宜强攻，只能智取。陈宗尧团长命令部队隐蔽好，避免敌人炮火杀伤。同时，命令全团司号员利用有利地形，钻入石洞吹号；又命令通信员在一定地点插上红旗，摆出进攻的架势，诱敌向假目标打炮。敌人真的以为我军要开始进攻了，就用所有的大炮向这些目标打了两天。待敌人炮弹耗光了，我七一七团也进入了阵地，骑兵大队也利用有利地形截住了敌人的增援部队，对敌人形成了包围以后，5月14日我军向敌人发起总攻，经过一昼夜的激战，消灭日军500余人，缴炮4门。这次战斗，无线电通信发挥了很好的作用，司号、旗语、步骑等通信都为战斗的胜利做出了贡献。

1939年8月7日，中央军委给八路军总部和一二〇师发电：为粉碎国民党的反共阴谋，保卫陕甘宁边区，加强河防和准备应付突然事件，三五九旅开赴绥德、米脂、葭县、吴堡、清涧地区，巩固绥德警备区；一二〇师在冀中之各部队移至恒山地区三五九旅位置，并视情再移至晋西北地区。8月8日，贺龙命令三五九旅进驻绥德警备区，留下徐国贤之一部与刘苏的察绥游击队组成雁北支队，坚持恒山地区的斗争，并调何元直任该支队电台队队长，段华夫任报务员（不久又回到七一八团电台）。

1939年9月，华北无线电台大队成立，我任一二〇师电台中队副中队长，并担任旅部电台区队长兼电台队队长。10月，三五九旅返回陕甘宁边区，归留守兵团指挥。旅通信股改称通信科，科长宗赓哲，副科长赵耀武。12月，三五九旅进驻绥德，同国民党驻绥德专员何绍南部进行了针锋相对的斗争，终于把何部赶跑，稳定了绥德警备区。到达绥德以后，我们利用国民党延安到榆林的电报线，建立了同中央军委的联系。并派代表进驻绥德伪电报局，负责监理工作。

1940年初，三五九旅以津南自卫军等部重新组成七一九团，师部调独立第四支队电台队队长龚才华任该团电台队队长。后来，四支队归建三五九旅，何元直、田正本先后任电台队队长。

在边区这段时间，三五九旅虽属一二〇师建制，但归军委和留守兵团指挥，通信业务工作由军委三局领导。旅部兼绥德警备司令部的联络任务很多，有时要用两部电台与军委三局、留守兵团、八路军总部、一二〇师师部以及下属几个团联络。后来，绥德架通了有线电话，通信情况有了改善。

1940 年 2 月 10 日，中央军委根据党中央、毛主席提出的"自己动手、丰衣足食"的方针，向全军发出指示，要求各部队依据不同的环境、条件开展生产运动，做到一面战斗、一面生产、一面学习。

三五九旅在赶走何绍南并巩固了河防之后，按照朱总司令的命令，于 1941 年 3 月至 1942 年 8 月，分三批开赴南泥湾，开始了"背枪上战场，荷锄到田庄"的新的战斗生活。

1942 年 8 月，三五九旅全部到达南泥湾开展大生产运动。此时我仍任通信科科长，张有法仍任副科长，下设通信连和电台，旅部电台队队长杜力；七一七团电台队队长贺瑞金（1944 年后为张焕鼎）；七一八团电台队队长蔡作政；七一九团电台队队长龚才华；补充团撤销。联络对象为：对上有联司、三局、一二〇师；对下有所属各团。三科负责联络组织、机器修理和器材补充，并组织整风学习和生产劳动等。当时旅部在金盆湾，由金盆湾到延安、临镇、富县等分别架通了有线电线路，所以那时的通信联络以有线电为主，报纸、文件靠骑兵或步兵通信员传递。

从 1941 年 3 月开始进入南泥湾以后，王震旅长就亲自带头，全旅机关部队 1 万余人一起动手，通信人员也不例外，各团电台人员除七一七团驻临镇外，其余都集中在旅部，一边参加大生产，一边整训。各台队队长、报务员、摇机员、运输员都分配了生产定额，开荒种地、养猪养羊、种菜；上山砍椽、伐木解板，运往延安出售，购置生产工具；组织运输队到定边、盐池贩运油、盐销售，改善电台生活；还开展自己捻毛线，集体做呢子大衣等生产运动。经过一年多的艰苦努力，度过了困难阶段，到 1942 年底和 1943 年部队就出现了丰衣足食、兵强马壮的兴旺景象。

南征北返话通信

龚才华　刘文华

　　1944 年 9 月 1 日，党中央决定：为发展湘赣粤交界山区新的根据地，加强我党在南方的一翼，派遣王震、王首道诸同志率 10 个战斗连和 4 到 6 个干部连向华南作战略跃进，建立抗日根据地。

　　这期间，三五九旅分成两个梯队，第一梯队先行，待与东江纵队会师后，第二梯队继续南下。

　　南下支队共分 7 个大队，一、二、三、四大队是三五九旅 4 个团挑出的战斗部队，五、六、七大队（不久合并为 2 个大队）是中组部选调的准备派到南方工作的干部，共5000 余人。

　　三五九旅开赴南泥湾地区开荒生产以后，由于通信任务的变化，通信人员和器材均做了相应的调整。因此，在三五九旅出发南下之前，军委三局和联司都为其补充了通信人员和器材。人员方面，共补充报务人员、电话人员、机务人员和技术工人 20 多人，其中大部分在三五九旅工作过，另外还从晋绥军区调来了 5 人。器材方面，在原有 5 部电台的基础上，又配备了 1 部 15 瓦手摇马达电台和 2 部步话机、2 部报话机以及其他零件等。

南下支队除设立通信科以外，还设置了支队和大队两级电台。通信科由黎东汉任科长兼支队电台中队队长，政委龙舒林，副科长张劲，邱均品任电台副中队长。刘玉清、王万国（均掉队）、黄宗义（掉队后复归）任通信科参谋。支队电台队队长由黎东汉兼任，报务员有龚才华、田正本、刘中汉、刘文华、彭智、常纯洁等，机务员贾涵，电话技师兼电话班班长张功保，通信员张树珍，管理员梁孝佬，司务长马云秀。支队还组建了特务连，其中通信排有 1 个骑兵班和 2 个步兵班。支队一大队电台队队长林英才，报务员刘双菊；二大队电台队队长邱正才，报务员杜修德；三大队电台队队长胡勇，报务员刘枫；四大队电台队队长周德显，报务员李茂林；五大队电台队队长彭晓萍，报务员杜力、张焕鼎、颜斌，由贺炳炎、廖汉生同志率领到洪湖地区开辟根据地；机动台队队长彭国安；新闻台负责人郭付君。

南下支队于 1944 年 11 月 9 日从延安出发，挥师南下，东渡黄河。经晋绥三分区到达晋绥八分区，在这里与晋绥军区选派来的彭国安（带队）、彭智、吴凯、常纯洁、刘文华等 5 名报务人员会合，支队电台龚才华同志对他们进行了摸底考试，然后分配到各电台工作。12 月 20 日南下支队进至沁水城及马邑一线集结休整，营以上干部听取了十八集团军前总参谋长滕代远同志《关于目前形势和华北对敌斗争经验的报告》。

1945 年新年将至，为做好渡河准备，支队派副参谋长邹毕兆同志率领各大队副参谋长及支队的部分侦察人员由沁水城出发，到黄河边侦察情况、筹集船只，计划为半个月。通信科派刘中汉、刘文华同志携带电台一部随同执行侦察任务。走了一天多到达黄河边的一个村子里。安顿好以后，立即架设电台与部队联络。当时电台马达没带架子，我们只好用绳子把马达绑在长凳上进行工作。侦察了一天以后，首长让我们分开行动，扩大侦察面，然后按指定地点会合，综合情况。我们电台随几个侦察员一起行动，在黄河边察看地形，寻找船只。由于敌人封锁，这里人烟稀少，船只就更不易找到。天黑时，忽然看到黄河南有一个国民党兵朝这边走来，我们赶紧隐蔽，待这个兵回去以后，我们马上到河边观察，原来这里结了厚厚一层冰，形成了一座天然的冰桥（据当地人传说此处 500 年前曾结过冰，有的说 160 年前结过冰。这里河面较窄，上游流下来的冰块不能顺利通过就在此积聚起来，形成一座高低不平的天然冰桥）。我们高兴极了，赶紧向副参谋长汇报，副参谋长让侦察员反复在冰桥上走了几趟，证实了冰桥坚固可以过人，命令我们立即向支队发报。支队接到情报后，于 12 月 27 日夜急行军赶到黄河边，部队连夜从河南垣曲县以东的马湾、石曲徒步通过了冰桥，仅用了两个多小时，就跨过了黄河天险，进驻洛阳西渑池至铁门一线。

跨过黄河天险以后，南下支队连续击退了敌人的数次围追堵截，渡过淮河，取得了一系列的胜利，于1945年1月27日与新四军第五师胜利会师鄂北大悟山，部队在陈家湾广场举行了会师庆祝大会，一批干部派往新四军第五师及江汉军区工作，通信人员调出的有杜力、彭晓萍等一批老报务员、电台队队长。

2月14日，南下支队在大悟山欢度春节之后，进入渡江阶段，为此支队成立了二台，由田正本任队长，刘文华、常纯洁、彭智等任报务员。同时，任命龚才华同志为一台报务主任。为做好渡江准备，将从延安出发时带来的两部报话机和步话机配备到部队。由于当地群众基础较好，在游击队及地下党的密切配合下，我们很快就征集到近千只小筏子，使部队在一夜之间顺利通过了长江天堑。

3月26日，南下支队分两路南进，我军解放了平江县及重镇三眼桥。经中央批准，撤销原"南下支队"的番号，改名为"国民革命军湖南人民抗日救国军"，司令员王震，政治委员王首道，并张贴了布告。原属南下支队领导的各大队均改为支队，同时组建五、六支队和杨支队（杨宗胜同志率领）。

4月，为了开辟根据地和部队发展的需要，决定在司令部一台举办一期报务训练班，经过挑选，于4月中旬在平江、崇阳、通山一带山区举办了三五九旅成立以来的第二期报务训练班，由报务主任龚才华同志具体负责，报务课由刘文华、刘中汉等老报务员担任，机务课由黎东汉、贾涵讲授，张劲等讲政治课。学员有向斌、吴建国、曾庆奇（班长）、曾庆骥、李桂祥、蒋炳煜、徐秋伦、罗泉源、彭志成、易志华、汤德周、杨明发、贾雀等人。这期训练班是在物质条件十分困难的情况下开办的，由于没有安定的环境，只能边行军、边打仗、边教学，只要休息在两小时以上，都要利用这些难得的机会进行学习。

4月13日，我军在汪坪召开军政委员会，决定建立湘鄂赣边区党政军统一的领导机构，以加强党的统一领导和军事上的统一指挥，更好地开展湘鄂赣边区的对敌斗争，中央批准成立了湘鄂赣边区党委、军区、行政公署及地委、专署等领导机构。以王震同志为军区司令员，王首道同志为区党委书记兼军区政治委员，张体学同志为副司令员，王恩茂同志为副政委，聂洪钧同志为行政公署主任。这时调张劲同志任军区通信科科长。

部队进入平江以后，敌情更加复杂，战斗十分频繁，我军先后缴获了敌军一部特务电台和俘虏了几名报务员及通信员，了解到敌军通信、情报系统较完善，对我军行动比较清楚，使我军活动更加困难，于是部队决定北上。但是，5月5日苏联红军攻克柏林，5月9日德国宣布投降，国际形势发生重大变化。根据毛泽东同志5月4日电示："由于形势变化，争取时机，继续南下。"边区党委在灯条曹家召开会议，决定由王震同志率领一、二支队及五、六支队一部向湘南挺进。经过两个多月在湘鄂赣边区的艰苦转战，扩大了政治影响，发动了群众，壮大了地方抗日武装力量。

7月4日，区党委在咸宁县胡家街召开高干会议，根据党中央电报指示精神，讨论今后边区工作和部队的军事行动。决定王震、王首道同志率主力沿湘江及粤（广州）汉（武昌）铁路继续南进，与东江纵队会师。

7月7日，南进部队从咸宁出发，向南开进，这时张劲同志又调归南下支队（湖南人民抗日救国军）建制，仍任三科副科长。

8月14日晚，部队进至石枧。当晚龚才华同志值班，听到国民党重庆广播电台播发日本投降的新闻，立即把电台上的报务员和黎东汉同志都叫来，黎科长当即给王震、王首道同志写了一个纸条报告这一消息。几位首长研究后，决定部队原地待命，请示中央下一步行动计划。

此时，国民党部队已分兵多路围击我军，使我军屡陷重围。首长决定部队向广东进发。8月26日，部队翻越大庾岭主峰到达广东省南雄县北乡。29日，我军处于国民党顽军前堵后追、左右夹击的紧急情况，这时召开了军政委员会分析了形势，认为敌众我寡，难以立足，与东江纵队会合创立湘鄂赣边区根据地的条件已不具备，决定报请中央批准挥师北上。王震司令员指示通信科黎东汉，电台必须随时与中央保持联系，就地处理多余通信器材，轻装行军，限定 12 天到达长江。

1945 年 8 月 30 日，部队冲破敌人重兵包围，向北突进。此时司令部一台以约定联络时间为主，如果没报且联络不上，就只好等下次联络时再说，二台则昼夜守听。由于战斗频繁，基本上部队整天都在行军打仗。为了争取时间，部队改南下时走小路、山路的行军方法，专走大路，仅用 10 天时间，就返回了长江边。

10 月 3 日，北返主力在礼山县与新四军五师再次会师。由于部队牺牲、负伤、掉队人员较多，中旬在黄坡县进行了整编，撤销"湖南人民抗日救国军"的番号，还名三五九旅，郭鹏任旅长，王恩茂任政治委员，王震调任中原军区任第一副司令员兼参谋长，王首道调军调部调处小组，一、二、三支队亦还名七一七团、七一八团、七一九团，一同加入中原军区序列，编入第二纵队。由于邱均品、常纯洁、贾涵等同志相继病故、牺牲，一部分通信人员掉队及一批老报务人员调出，各电台人员迅速减少，一般只有一个队长和几名见习报务员。因此，通信人员也做了较大调整。黎东汉同志任中原军区通信科科长，张劲同志任鄂北军区作战科科长，龚才华同志任二纵队通信科科长，孟均同志任三五九旅通信科科长，旅部两部电台合为一部，队长周德显，报务主任刘中汉，七一七团电台队队长彭国安（2 月彭随周恩来同志到谈判小组电台工作，刘文华同志接任电台队队长，邱正才亦调武汉谈判小组电台工作），七一八团电台队队长杜修德，七一九团电台队队长李茂林。

北返途中，由于敌人重重包围，电话和线料都丢失了，通信联络基本上只能依靠无线电台和骑兵、步兵通信。当时电台和器材都由骡马驮运，过江后山多路窄，在崎岖小道上只能靠人背肩抬。为了取得革命战争的胜利，通信人员以高度的革命事业心和责任感战胜了重重困难，黎东汉同志不顾自己身体虚弱，处处以身作则，激发了通信人员的工作热情。当时，我们经常还受到组织上特别是王震同志的关怀。有一次，我们到达宿营地后，正下大雨，在一棵大树底下架线。王震同志一面鼓励、慰问，一面腾出自己的住房让我们搬到室内工作，而他自己却在室外露宿。那时条件很差，支队首长也经常同战士一道徒步行军。王首道政委借助手杖走在行军路上，鼓舞着全体指战员克服困难，胜利前进。管理员梁孝佬、司务长马云秀都是40多岁的老红军，尽管环境恶劣，连续行军打仗，但他们还是想尽各种办法，关心改善电台人员生活，有时还把饭菜送到路边，保障完成通信任务。摇机班班长李二旦同志身背马达，任劳任怨，始终如一，配合电台出色地完成了通信任务。

1946年1月，国共两党达成停战协定，我中原军区主力就地停止于平汉路以东的罗山、礼山、经扶、光山地区。我三五九旅部队被困在中原军区北线。国民党军队破坏停战协定，以几十万军队对我中原军区部队进行围攻和经济封锁。

部队"为了生存、为了胜利",发扬南泥湾精神,开展"艰苦奋斗、厉行节约"运动,节约口粮,减发菜金,挖野菜、拾柴火、捞鱼虾,省吃俭用,实行生产自救,不给人民群众增加负担。同时全体指战员坚定奋起自卫,誓师战斗到底的革命意志,与中原父老共同度过了艰难岁月,粉碎了敌人围困的阴谋,为日后中原突围奠定了胜利基础。

国民党反动派为达到围歼我中原军区部队的目的,在郑州绥靖公署主任刘峙指挥下,共部署8个整编师加2个旅,约22万人,妄图对我展开全线进击。

我中原军区部队按照事先拟定的分路突围计划,于1946年6月27日夜开始行动,主力向西突围,以一纵队向大巴山区,二纵队向秦岭山区,建立新的根据地,继续牵制敌人,配合整个解放区作战;同时皮定均旅向苏皖北,张体学部向鄂东地区突围,以减轻主力的压力。三五九旅在二纵队序列为右翼纵队,包括三五九旅全部,新四军第五师十四旅,还有一个干部旅,约11万人。

此时三五九旅辖3个主力团,各团均配备了电台,孟均任旅部通信科科长,旅部电台区队队长周德显,报务主任刘中汉,七一七团电台队队长刘文华,七一八团电台队队长杜修德,七一九团电台队队长李茂林。

6月26日,为掩护突围,部队进行演习,演习结束后部队重新返回原驻地,以迷惑敌人。第二天夜,部队全部轻装,再次以演习为名实施全面突围。当时部队处于更加艰苦、更加严峻的形势之中。大部队行动，敌人集中了相当多的兵力阻击。进入河南丹江，陕西山阳、镇安、柞水一带后，人烟稀少，山路险峻，牲口只好都丢弃了，部队人多粮少，经常是饿着肚子行军打仗。在山阳一带，旅部报务主任刘中汉负重伤，不能随部队行动，只好留在老乡家里隐蔽起来，见习报务员还不能完全独立上机工作，各电台的联络任务主要落在了队长身上。

8月2日，为粉碎敌人的围追堵截，便于机动，三五九旅决定分散行动，令七一七团、七一九团各为一路，旅直和七一八团为另一路，是谓商洛分兵。后由于情况变化，又决定由徐国贤副旅长率领七一七团另路行进，集中七一八、七一九团向西南出关口。这样七一七团的情况则更为严重。部队单独行动，要时刻保持与旅部联系，白天行军，夜间通宵工作，有时一天睡不上两三个小时，只好在部队行军暂歇时躺在路旁睡一会或边行军边拉着前边的同志打盹，到宿营地后赶紧架台联络，有时还要找粮食做饭吃，电台工作非常艰苦。

8月11日，七一七团向新场前进时，遇敌八十四师堵击与一二三师尾追，经过2小时激战，才跳出夹击圈。到达鸡公岭时，前边岭口子有敌重兵据守封锁，后面尾追之敌已与后卫打响，部队陷于两面悬崖绝壁的山沟中，情势险恶。此时，电台队队长刘文华因病掉队追赶部队隐蔽前进时，见习员看到队长后大喊"队长"。因这一喊暴露了目标，敌人向这边扫射过来，刘文华同志赶紧让见习员隐蔽，自己也迅速向一块大石头后面躲去，但仍被子弹打中了右手。副旅长徐国贤立即让警卫员把自己的急救包给刘文华同志包扎上。由于紧张的行军作战，不能及时换药，手肿得五指都合不拢，使通信联络更加困难。傍晚，部队在周至县正南的山头上休息，徐副旅长主持团领导开会研究，决定趁天黑经周至向西转移。部队下平川经周至县附近，激战突围出来，在一个村子里宿营。这时电台立即架台工作，刘文华同志只好用左手呼叫、发报，抄报时用中指和无名指夹住铅笔，这时，旅团首长看见架起了天线，就向报房走来，看望大家。徐国贤副旅长亲自换下摇机员，摇起了马达，接着杨玉清副团长也帮着摇起了马达。首长的关怀大大地鼓励了全台人员，那天晚上收发了好几份电报。

8月29日，突围部队主力经过千辛万苦，连续长途跋涉，与边区出击接应的部队会师于甘肃泾川县屯子镇。然而，我七一七团因单独行军，被敌重兵包围，电台摇机班副班长背着天线，因年老体弱过渭河时掉队，致使其携带的天线丢失。到华亭和平凉之间宿营时，才搞来了一些电话线当天线。可是，当打开机器一看，由于长途行军的颠簸，机器破损严重，加之休息时间短，很难和旅部进行联络。部队休息以后，刘文华同志立即将机器拆开，找来焊锡，用了整整一夜，终于修好了机器。但由于到了出发时间，未能沟通联络，部队继续向西进军。9月5日，七一七团胜利进入陕甘宁边区，与友邻部队会师。刘文华同志背上发报机，利用友军的收报机和天线，迅速沟通了与旅部的电台联系，报告了部队胜利返回的消息。旅部收到这一喜讯欢欣鼓舞，当即启程开驻庆阳城。9 月 20 日，三五九旅从庆阳出发，27 日，南下支队全体指战员 883 人又回到党中央和毛主席的身边，完成了我军历史上的又一次壮举。

军民协力保畅通

雷 声

晋绥八分区是 1940 年 11 月 7 日正式组建的，隶属于晋西北军区。该分区地处军区南部边沿，是晋西北抗日根据地的南大门，也是党中央与敌后各个抗日根据地交通联络的主要通道，战略地位十分重要。

抗日战争时期，八分区不但要同日顽军进行斗争，而且还担负着如下任务：为毛主席、党中央与敌后抗日根据地（除陕甘宁、晋察冀、晋绥外）沟通联络，迎送干部，转送物资，传递文件等；为军区征集、采购和转运粮秣、物资、通信器材等，掩护军区生产、贸易人员；配合晋绥分局、调查局和军区二科开展城市、谍报、侦察工作，收集、传递情报文书；开展伸向阎锡山管区和大城市的内线工作。

1942 年夏秋，位于汾阳边山、文水城西的交口村遭敌"扫荡"，全被烧毁，群众大都散居在附近山沟岔里的洞穴中。我们在那里的交口电话站是八分区收集汾阳、文水和同蒲线敌人情报的传递站，又是延安和各敌后解放区联系的要道口，电话员杨汝贵是文水人，对当地的民情、地形都比较熟悉。敌人首次包抄时，他掩埋了电话机，翻过四道山沟，衣服刮破了，四肢刮伤了，藏在灌木丛中才幸免一难。事后，他在老羊倌的启发下，悟出山羊都上不了的断崖，日本兵哪能胜过山羊的道理，于是想在灌木丛中挖地道，通向断层上三分之一处（离地面约20米），开设隐蔽电话站。他的想法得到分区的同意，并加派侦察、电话员各一名，协同其完成电话站的改建任务。敌人第二次包抄后，我们又派侦察班班长张振海去实地勘察，传授边山与敌斗争的经验，四人共同选址，又挖了两个进出口，在进口埋设了地雷，挖了陷阱，修了射击、投弹孔，在隐蔽部修了驱潮火炕，使电话站的防护设施日趋完善。敌人明知交口有电话站，但多次袭击也一无所获。

为了保证毛主席、党中央同全国各解放区的联系，确保迎送过往干部通过敌封锁线的安全，以及完成转送文件、书刊、密码呼号、各种物资的任务，分区从1942年9月组建了清太交通队，抽调营级干部芦成全担任队长，王碧山担任政治指导员，从部队抽调70多名政治、军事素质优秀的连排干部担任交通员。以后又成立了第二个交通队。当时晋绥八分区的主要交通线有三条：一是北线。由兴县经岚县、静乐、阳曲，到晋察冀边区的北岳二分区。二是中线（亦称东线）。由兴县经临县、方山、交城、清源（今清徐县）、太原、徐沟、榆次（或太谷，或祁县），进入晋冀豫边区的太行二分区。三是南线。由兴县经过临县、方山、交城、汾阳、文水、平遥，进入晋冀豫边区的太行一分区。八分区交通队分中、南两线：南线经汾阳、文水、平遥、介休至太岳一分区，全线90多公里，有10条交通线要通过南同蒲铁路、太（原）汾（阳）公路和汾河封锁线，有的还要通过平汾铁路支线上的两三条封锁线，一般下午3点从边山出发，一宿急行军90公里才能到达安全地带。中线：从上石沙出发经交城、清源、徐沟、榆次、祁县、太谷到太行二分区。从边山出发过太汾公路、汾河、南同蒲铁路洪善至永康段60公里，有六条交通线，一宿约需急行军85公里。北线没有专职交通队，其任务由中线交通队兼任。当时通过交通线主要有公开、秘密和武装护送三种。公开通过：交通队员在敌伪据点附近负责警戒、掩护通过，直至送到晋冀豫边沿分区交接后才算完成任务。秘密通过：通过地下党的关系，事先联络好，过往的首长、干部化装后以合法手段通行，可利用汽车、火车等。交通队员从出发到开始接头、交接，虽不能同行，但必须在沿途两侧及后方担任警戒和掩护，以防发生意外。武装护送：大部队或重要首长通过，由分区首长率部队护送，交通队仍担任侦察、带路、架桥、联络和警戒任务。为解决零星过往干部的食宿等问题，我们还设立了几个兵站，亦分南北两线：南线——周家沟、横尖、代家庄、海岸、交口五个站；中线——周家沟、米峪镇、府会、上石沙四个站。兵站主要负责过往干部的食宿，交通队联系，过封锁线前的编组、教育等。

1942年10月，晋西北新军总指挥部与晋绥八分区合并，由罗贵波任地委书记、司令员兼政治委员，张希钦任参谋长，李曙森任政治部主任。原三科科长李虎臣调离，三科并入二科，科长负责侦察、谍报，我由新军暂一师调任副科长，负责通信、交通。这时的司令部有一部电台，队长彭国安；还有一个通信排，排长郝维华。

1943年以前，八分区除机关内部架有电话线以外，其他尚未架设野战电话线。1943年4月，我们开始架设第一条由三道川俊村到小东川东梁上的约37公里的电话线。接着架第二条从东梁上至中西川后庄的约40公里的电话线。尔后架设第三条从后庄至西葫芦川南沟的电话线。为了电话站的侧背安全，为了收集汾（阳）离（石）公路及其以南情况，我们又从俊村向西北架设了40公里的电话线。在架设中，民工缺粮，我们就和民工一起吃，半粮半菜（野菜）。"家无隔夜粮、身无御寒衣"是当时的真实写照。电话员担负多种任务，树枝把上衣刮成破缕，裤腿磨成长短不齐的布条穗，大家风趣地说："上穿花棉衣，下着罗穗裙，野味来充饥，露宿野山林。"电话员大都是从部队选拔的优秀战士，政治素质好，战斗经验多，吃苦精神强，攻克了一个又一个难关。电话班班长韩金才、副班长靳为海是架线的技术骨干，他们带领大家从加工订货到验收提货，从找原料到结账运回，从勘察选线、编订实施计划到实地作业（挖坑、放线、接线头、爬电杆、接线、固定、拉桩、设站、守机），全是"现蒸现卖"，边教边干边提高。党员、干部积极带头，以身作则，和同志们干一样的活，吃一样的饭，住一样的房，还要查铺查哨，做政治思想工作。

在架设中，我们广泛发扬民主，采取遇到难题就"七嘴八舌出主意"，遇到人手不够就"七手八脚来补充"（侦察、电话、交通三类人员一起动手），遇到工具器材不够就"七拼八凑来代替"。经过艰苦努力，到1944年全分区共架各类电话线6155公里，形成了一个比较完整的有线电通信网。分区编了电话排，有电话员70多名，在各主要方向设立了电话站，各部队均可从电话站分机接线联络，外出执行任务或侦察敌情也可到就近的电话站传递信息。当时的电话站有三种：游击电话站共设立了7个，总分机固定电话站共设立了8个，单机固定电话站共设立了6个。每个电话站一般只有一两名电话员。由于深入敌后，单独执行任务，环境比较复杂，斗争比较艰苦，同志们紧紧依靠当地群众，创造了一整套敌后游击战情况下的通信保障方法，经受住了严峻的考验。

1943年6月，根据斗争形势发展的需要，八分区重新组建三科，由我任科长，参谋有刘子先、赵玉明，见习参谋刘德明；另从晋绥军区及延安派来许万春、岳峰、陈东等四位技师，加强了技术力量。同时，司令部成立通侦连，孙猗任连长，同年底孙调离，由雷万杰接任连长，王法禹任政治指导员。下设侦察排，排长张宝才；通信排，排长郝维华，1944年郝调任三科参谋，由槐万英接任；电话排，排长岳峰。

1943年秋，我们把侦察组和电话站合组一站，既侦察警戒，又传递情报。在地委、专署和各县、区领导的重视与支持下，电话站了解或侦察员侦察到的敌情报告，通过电话站及时通报给附近的党政军机关及人民群众，充当他们的耳目，减少了损失，消灭了敌人，深受欢迎。各级机关、团体，每逢节假日都来慰问，送大肉、食品等，有些老乡走亲访友、上山砍柴也要来问问有无情况和困难，经常帮助电话站放哨、做饭、送饭、送信、传递情报等。后来我们又把交通站合进来，成为三站（侦察、电话、交通）合一组织，有的和兵站也合为一体，成为四站合一组织，进一步增强了情报的传递时效和电话站的生存能力。

1944年1月26日拂晓，大雪纷飞，积雪已有三寸厚，银盾沟电话站在汾离公路线吴城据点北七公里处，该村在群山乱沟环抱之中，只有三四户人家。电话员张根固和群众关系处得很好。那天，张根固同志正在烧饭，房东大爷发现雪地上有人穿着白衣向村中偷偷摸来，便叫电话员迅速藏到夹墙中的地窖里。来的果然是日伪军，他们在几户人家搜遍了仍毫无结果，拷问大爷也问不出什么，只好窜回镇里。没有人民群众的掩护，我们的电话站要想站稳脚跟是不可能的。

1944 年 6 月 11 日至 17 日，晋绥军区司令部在山西兴县蔡家崖召开了通信工作会议，听取了各分区两年来通信工作情况，研究了确保通信联络及时准确的问题，推广了八分区关于"四站合一""七嘴八舌""七手八脚""七拼八凑"的先进经验。

机务训练班*

蔡田夫

    1938 年 12 月 22 日，八路军第一二〇师主力在贺龙师长、关向应政治委员率领下，由山西岚县出发，越过同蒲、平汉两条铁路封锁线，于 1939 年 1 月 26 日进抵冀中河间西北的惠伯口地区，同冀中区党政军领导机关会合，执行中共中央、中央军委和毛泽东主席赋予的巩固冀中、帮助第三纵队和扩大自己的任务。由于冀中地处平汉、津浦、平津铁路及沧（州）石（家庄）公路之间，地势平坦，河流纵横，交通方便。在这一地区活动，特别是与技术装备占优势的日军作战，情况复杂、多变，行军、作战频繁，流动性很大。为了保证指挥员顺畅的通信联络，必须加强无线电通信。因此，师部、各旅（支队）和独立行动的团（队）均配属无线电台分队。师部分大电台和小电台，大电台队队长由尤静

---

　　* 本文节选自《艰苦的学年》，收录时做了适当修改。

轩担任，江文任政委，小电台队队长由龙振彪担任。

当时，各电台分队的报务人员虽然不多，但基本上还能完成收发电报的任务。但是全师机务人员仅有师部电台机务主任靳子云同志一人，难以保障全师各级电台的通信装备经常处于完好的工作状态，特别是孤悬敌后的各旅、团电台，一旦发生故障，要从远距离送到师部机务室修理，必然造成通信联络中断，影响指挥员组织指挥部队行动与作战。

为了解决机务人员极端缺乏的问题，领导决定开办机务训练班，迅速培训一批机务人员，分配到师部和各旅及支队电台分队，担负组装、维修通信器材的工作。机务主任靳子云同志负责具体计划和组织实施教学。除学习军事、政治外，主要学习电学理论、收发报机性能、构造、原理及常见的故障修理等专业技术。学习期限为一年。由尤静轩（后成立电台大队，任大队长）、靳子云兼任教员，根据情况需要，请从前方回来的电台领导同志介绍机器运转情况和经验。学员主要从冀中区第三纵队，独立第四、五支队（后改称独立第一、二旅）和津南自卫军中选调政治可靠、思想进步、有一定文化水平、身体健康的青年党员干部或优秀战士。当时选调的人数不多，只有我和白景文、邵有才、邢尧洪、袁树声、纪俊舟、赵银根、魏扭棒等八人，白景文为班长，我为副班长和党小组长，负责日常的生活管理和党的生活。1939年秋，从延安军委三局分配到一二〇师电台的张树林、王明德、吴银奎、李世祥等人也加入训练班学习。

机务训练班正式成立后，便开始了紧张的学习生活。学习中我们在"世上无难事，只怕有心人"的精神鼓舞下，克服了种种困难，坚持不懈，向着学习的目标攀登。

1939 年初，日军加紧了对冀中抗日根据地的围攻，妄图消灭我军主力，扩大其占领区。我军则实行外线速决的进攻战，与敌人周旋，创造战机，歼其一部，粉碎敌人的围攻。因此，部队经常处在行军、作战之中，很少久驻一地，给学习带来了很大困难。

部队一般都是夜间行军，白天宿营。根据这一情况，我们在夜间行军时，则白天上午睡觉，下午上课或实习；当白天行军时，就利用大休息时间上理论课或开讨论会。学习时间不固定，只能抓住一切可以利用的点滴时间学习。同时，由于没有安定的学习环境，教室、桌椅等都很难找到，我们就以群众的晒场或草棚当教室，把砖头瓦块垒起来，上面再架一块木板当课桌，用石头、砖头当课椅。在敌人经济封锁和大肆抢掠的情况下，纸张、笔墨等学习用品极端缺乏。虽然发一点马莲纸和铅笔等，但远远不够用。我们就把小树枝削尖当钢笔，把群众的烟筒灰溶化当墨水，用群众的白石灰当粉笔，收集旧破报刊纸片当笔记本，等等。尽管条件这样艰苦，但是没有一个人叫苦叫累，学习情绪始终十分高涨。

当时在吃穿和医药等方面也极为困难。规定每人每天小米一斤半、菜金三分。可是恰巧那年闹大水，淹了许多良田，粮食大幅度减产，公粮筹不上了，实际上吃不到规定的那么多，大部分人吃不饱。于是，我们就经常到地里挖野菜，摘槐树花、榆树花，勉强填饱肚子。那时，几个月难得吃上一块肉，油也很少吃到。长期没有条件洗澡，有的同志生了疥疮，患上了疟疾。没有药品，我们就把硫黄和石灰混在一起煮沸，给生疥疮的人擦洗；自己动手采草药，给患疟疾的人服用。那时，每人每月发两元边币的津贴费，除交党费以外，只能买牙刷、牙粉和针线。记得有位同志没钱买烟，就把辣椒叶弄回来晒干，搓成末当烟抽。由于长期过度疲劳，营养不良，体力明显下降。但上下之间、同志之间，互相关心，互相鼓励，团结得像一个人一样。

学习无线电专业技术，需要有相当的文化知识。对于我们这些只读过初中或小学的人，在短期内要把无线电机务技术学到手，确实是一件不容易的事。一天下午，靳子云主任讲哈特莱发报机的构造与原理。开始讲构造时，大家感到全是些新名词，处处新鲜，样样稀奇，听得津津有味，基本上能够听懂；讲到发报原理时，就感到太复杂了，你看看我，我看看你，十分着急。有的同志发牢骚说："咱们喝的墨水太少了，学不了这东西。"大家为了弄懂弄通，放弃晚上的休息时间继续学习。因为晚上点的是麻油灯，灯光暗，而且几个人围在一盏灯下，看书报不方便，只好开讨论会，大家提出了许多不懂的理论问题。这时，靳子云主任急促地走来说："今晚有情况，11点集合出发，大家赶紧做准备。"经过多半夜的行军，次日凌晨到达了一个很大的村庄宿营。上午抓紧时间休息睡觉，下午复习上次讲的发报机原理。靳主任说：你们昨天晚上讨论得很好，提出了许多疑难问题，这说明大家用了脑子，已经钻进去了。他摊开已经画好的图表和做好的模型，并结合发报机实物，耐心地对照各个部件讲了一个下午，一一解答了学员们提出的问题。这时，大家才有点开了窍。

我们能够比较好地完成学习任务，这与靳子云教员的辛勤耕耘是分不开的。他是最忙的一个人，除担负着繁重的组装和修理从前方送来的无线电机器以外，还包揽了我们的全部专业技术课，并组织指导实习。我们经常见他一有空，就忙着看资料、备课、绘图、制模型，很少有休息时间。有一次，上收报机的构造课，他连续备课4个多小时，饭都顾不上吃，当同志们催他吃饭时，他总是说："等一会儿，等一会儿。"直到把教案、实物完全准备好才吃饭。有人劝他："你这样连轴转会把身体搞垮的。"他笑着回答："课准备不完，吃饭不香、睡觉不甜，不是更损伤身体吗?"由于他备课认真细致，再加上有丰富的经验，讲起课来，有条有理，深入浅出，通俗易懂，很受大家的欢迎。

我们在实习组装机器中，有时会发生一些不应该发生的事故，他从不指责、训斥，而是耐心帮助查找原因，总结教训。记得有一次，一位同学在实习组装自差式收报机时，装完后未经检查就接上电源，结果把三个三极管烧掉了。那位同志抱头大哭，不知如何是好，我们也焦急万分，感到可惜。因为那时真空管来之不易，是地下党的同志冒着生命危险，从敌占区买来的，视同命根子。我们迅速将这一情况报告了靳子云教员，他随即同我们一起来到实习室。他不但没有对那位同志发火、训斥（当时我们思想准备挨骂或给处分），而且还安慰大家："你们的技术没学到家，也没有经验，实习过程中发生事故是难免的，不要泄气，要好好找找原因，认真吸取教训，避免重犯。"并教育大家爱护通信器材，爱护手中武器。同时，针对有的同志想早点结业回到部队工作的情绪，他指出机务是一门科学技术，一朝一夕不可能真正学到手，要踏踏实实一步一个脚印地走才行，不能急于求成。

靳子云教员对我们的生活同样照顾得无微不至。每次行军到达宿营地，他总是到班里督促我们烧水烫脚，甚至亲自帮助脚上打泡的同志挑泡。我记得最清楚的是有一次行军途中，一位同学突然肚子疼痛难忍，靳教员亲自去卫生队请来医生诊治，并把自己的马让给这位患病的同志骑，自己则步行了数十里，使大家深受感动。

我们在电台大队党总支和首长的关怀下，于1940年3月中旬结业，肩负着党的希望，分赴各自的战斗岗位。当时，除个别人留在师部电台大队机务室工作外，大部分同志分别派到各旅（第三五八旅，独立第一、二旅等）无线电台分队从事机务工作。同志们感到自己肩上的担子加重了，在极其残酷艰苦的战争环境中，始终保持高昂的士气，用自己学到的技能，保证了各电台设备完好，顺利地进行通信联络。

无线电报务训练班[*]

褚国华

  我已年近古稀，一生只进过一次学校，就是 1940 年八路军一二〇师司令部组织的无线电报务训练班。

  这一年，是抗日战争进入相持阶段的一年，是国民党掀起反共高潮的一年，是日本帝国主义开始对我敌后根据地轮番"扫荡"的一年，也是晋西北军民在取得反顽斗争胜利后，一二〇师主力返回晋西北开始创建根据地的一年。就是在这种形势下，我离开战斗三年多的山西工人武装自卫旅二十一团七连，被党选派去学习无线电报务技术。

  这是一二〇师司令部电台大队举办的第三期训练班，学员有 30 多人，大都来自一二〇师和晋西北新军（1940 年成立）各旅，另外还有原晋西北区党委报训班的人插班学习。我们这些学员年龄大的二十五六岁，小的十四五岁。文化程

---

 * 本文节选自《艰苦的学年》，收录时做了适当修改。

度普遍不高，少数人刚刚脱盲，对无线电通信技术一无所知。经过一年的艰苦学习，大部分人掌握了这门技术，熟悉了电学原理和一般的英语通报会话，后来很多人成为我党我军通信工作的骨干。我虽搞报务时间不长，中途改行，但后来能胜任党分配的新工作，与这次学习有极大关系，所受益处，终生难忘。

这个训练班是随军而设，没有固定的校址。学习一年，先后搬家五次：1940 年 2 月初，训练班在山西临县窑头村开学；月底，随司令部迁移晋西北腹地兴县；夏季，敌人"扫荡"，又西渡黄河，在一个小山村上课；反"扫荡"胜利后，迁回原址教学；冬季，敌人"扫荡"，又西渡黄河，在陕北神木县贺家川口驻了一个多月，后返回兴县黑峪口大善村。五次搬迁，仍完成了原定教学计划，而且质量很好，上机后都很快胜任工作，并受到贺龙等首长的好评。

训练班的教学，完全是在令人难以想象的困难条件下进行的。首先是吃饭问题。因上年晋西北遇上了旱灾，加上国民党反动派和日军的破坏，粮食奇缺。开始时还能吃上一些霉变了的小米，以后就只能用谷子皮磨成粉蒸窝头加野菜充饥。将近夏季，为了解决吃饭问题，不得不停止教学，往返近千里，到根据地边沿区背粮。冬季"扫荡"时，每人每天只有旧秤 14 两黑豆下肚。每当开饭时，全班十几个人围着一小桶黑豆糊糊，班长掌勺，一人一勺，吃不饱，饿得心里发慌。其次是冬季取暖问题。每天上午要上山打柴取暖，天气冷了还穿着夏天发的单衣，直到降雪，才发来里面絮羊毛的棉衣。棉鞋棉袜靠发的一斤羊毛自己解决。手巧的还可抽空拧些毛线，织成毛袜御寒；手笨的只好将羊毛撕碎垫在鞋中取暖。因为只穿单袜，很多人冻得脚裂了口子。再就是既无书本，也无讲义，全靠教员口授，学员笔记。所以每天相互对笔记，就要花费很多时间。上收报课的"振荡器"，全班只有一个，除上大课供教员用外，课后各小班依次轮流练习。以后虽然每班配了一个，但十几个人轮换，每人每天也只有一个小时的练习，其余时间就靠在土地上练抄报，膝盖上练发报。抄电报和记笔记的本子，全是马莲纸（以当地一种马莲草作为原料造的），又厚又黄，铅笔写字，很难辨认。即使是这种纸，也要自己割马莲草去换。铅笔每月发一支，不够用，只好利用业余时间到附近电台找剩下的铅笔头，再用铁皮卷个管子套上使用。教学桌凳全靠找老乡借，或者席地而坐，膝盖当"桌"，抄报、记笔记两用。照明设备更加困难，每班一个小煤油灯。尽管这样，我们晚上仍坚持自学，相互口念，练习抄报和英文会话，睡在床上也还要在肚皮上默写英语单词。每天早晨一起床，就书声琅琅，键声嘀嘀，感动得一些老乡都教育他们的孩子向我们学习。有的还说："三更灯火五更鸡，正是男儿发奋时，你们要向这些小八路学习。"

我们在学习中遇到的最大问题，是学习无线电技术课和文化水平低的矛盾。怎样解决这一矛盾呢？唯一的办法是提高认识，树立为革命而学的观念，充分发挥个人主观能动性和集体智慧，攻下技术难关。具体办法：一是"死记硬背"，充分发挥大脑的作用。要将各种电信符号、26个英文字母、10个阿拉伯数字的电码符号全部输入大脑，并运用自如，没有"死记硬背"是不行的。我们采取笔不离手，电码不离口的办法，一天到晚地反复念，反复写。即使在行军背粮、打柴生产、睡觉之前都不轻易放过，直到对答如流。二是"顺藤摸瓜"。如学习英文单词，就采取小孩"一去二三里，烟村四五家"的识字办法，先易后难，先简后繁，边读边写，边学边用，做到记清弄通为止。三是"对称记忆"。如英语会话，就采取相互对话、中西结合的方法，弄清每个单词的发音、含义。如"好"就加上"固的"的中文音，附上英文good字母；"不好"就加上"败的"的汉语，附上bad的英文。凡是能对称的，如长和短、是和不、走与在，都用这个办法，加快了理解和记忆。四是"连续灌输"。如电报二字，先记英文简写msg，再记电码符号哒哒嘀嘀嘀哒哒嘀。通过反复背诵，就将电报这个单词的英文字母、电码符号、中文意义全部输入了大脑，而且永记不忘。无线电通信联络有几百个英文单词，我们采用这种办法记忆，反应敏捷，如同讲话一样，只不过这种讲话用的是电键。五是"形象思维"。主要用于学习电学原理。如摩擦生电，就用水笔帽金属部分在头发上摩擦后去吸纸片来理解。再如"欧姆定律"等，都是通过这种"形象比喻"学懂的。总之，政治加技术，苦干加巧干，通过一年的拼搏，我们这些工农子弟，硬是攻下了掌握无线电技术的"难关"。毕业时，一般每人每分钟可抄收英文150多字，阿拉伯数字120多个。当时我们抄收的通讯社中，抄收国民党中央社最难，因为它不仅发得快，且花腔怪调多。但我们上机后很快就能够胜任了。所以这批学员受到了各旅、团电台的欢迎。

训练班主任何基，是位老党员，长期做通信工作，政治和技术都很好。支部书记高跃东，从抗大毕业回来后，用抗大的校风严格要求我们。电学教员霍伟征，是华侨，为人正直，教书热情。英语老师杨佑，也是一位精通无线电的老报务员。收发报教员刘振中，手法既快又准，后来调延安新华社电台。中国古语说道："师者，传道、授业、解惑。"这个班子就是这样，他们首先传马列主义之道，传"红军不怕远征难"之道，传为人民服务、愚公移山、组织纪律之道。在政治思想上一点也不含糊，对我们树立正确的人生观和世界观起了很大的作用。他们呕心沥血，将当时还算尖端的无线电通信技术、电学原理等科学知识，编成通俗易懂的讲义，向我们这些粗通文字的人进行灌输。一次不懂讲两次，正面难解侧面引，并尽可能使用实物教学，帮助我们加深理解。对于学习中的疑点、难点，尤其是一些理解能力差的学员，另开"小灶"，使这些同志跟上了教学进度。这种不厌其烦的谆谆诱导，我至今记忆犹新。每天除学习外，业余时间安排得很紧，不是教唱歌曲，就是篮球比赛，或者是学习讨论和生活检讨。每晚还要点名。总之，我们报训班也贯彻落实了抗大团结、紧张、严肃、活泼的校风。

花多大代价也要把电台人员找回来

谭绍松

1937年8月，红二方面军改编为第一二〇师，原红二军团改编为第三五八旅，六师改编为七一六团。整编以后，我调到七一六团通信队电话排总机班当守机员。

由于长征，部队减员很大，通信人员也减少了，团部仅有参谋两人，司号长一人，没有电台。原通信连改编为通信队，人员进行了补充，队长王光顺，指导员吴志富，辖通信排和电话排。有线器材有：20门总机1部，西门子磁石单机14部，皮机4部，重型被覆线30余公里。这些机器和线料都是在1935年的几次战斗中缴获的，经过长期使用，有的机器严重失修，尤其是被覆线已破烂不堪。我们每个电话员，像爱护眼睛一样爱护通信器材。哪怕是一米破线也都舍不得扔掉，一公里被覆线破损的地方有时竟达几十处，我们用布条一一包扎，再用烧开的洋蜡水浸泡，然后继续使用。另外，我们还采取了步骑和简易通信等多种手段，保障首长、机关和部队的作战指挥。

1937年9月初，一二〇师开赴抗日前线，我们从陕西富平县出发过黄河到山西侯马，坐火车到宁武。这时日军已侵占了大同，并向太原进犯。为了阻止敌人的进攻，我们七一六团在雁门关伏击日军200多辆开往太原的汽车，同日军展开了激战，迟滞了日军进攻太原的速度。战斗打得非常激烈，双方都有很大伤亡，我们团长贺炳炎同志也负了伤，后来我军撤出了战斗。这次战斗，通信保障主要是步兵通信、骑兵通信和司号通信。因部队在战斗中机动性很大，有线电通信只能起辅助作用。

抗日战争初期，我军单独执行任务的团（队）已配备了无线电台。1939年以后，部队迅速扩大，无线电通信也得到较大发展。这时三五八旅已有3部电台：旅部1部，组成电台区队，区队队长彭洪志，报务主任齐振兴；七一六团1部，队长刘玉山；八团1部，队长胡嘉。收发报机大都是军委三局延安材料厂组装的：发信机是用2个10型电子管组装的哈特莱式，用手摇发电机；收报机是用3个30型电子管组装的自差式，用两组干电池为电源，A电3伏，B电45伏。收发报机所用元件，除了电子管、部分电阻、电容外，都是延安材料厂自己生产的。

随着当时形势的不断发展，部队逐渐扩编，通信人员就显得越来越缺乏了。为此，除军委三局通信学校和一二〇师师部举办报务训练班外，各旅也组织了无线电报务训练。

1940年2月上旬，三五八旅从冀中返回晋西北临县后，为解决报务人员短缺的当务之急，经请示首长同意，决定由电台采取带徒弟的办法开办一期无线电报务训练班。当时从下属各团及旅直属队抽调了12名政治条件好的战士集中到旅部电台训练。负责人彭洪志，朱恒章是英文教员，同时也负责业务学习，其他报务员只要有空就来上课。学员有樊士俊（班长）、何国修、宋德兴、李丰年、阎桂山、郭玉连和我（副班长）等人。由于日军经常"扫荡"，学习条件非常艰苦，我们只好边行军边打仗边学习。当时物质生活条件困难，但大家情绪很高。为了学习方便，每人背上一块小木板，当抄报桌子用；铅笔和抄报纸紧张，大家就收集一些旧书刊，铅笔用到剩下一寸长了还舍不得扔掉，用纸卷起来继续使用。为节约抄报纸，抄报速度慢时就用树枝在地上画。背包当凳子，小木板放在膝盖上就可以抄报。开始练发报时全班只有一个电键轮流使用，轮不上的同志就相互口念电码练抄报。由于整天东奔西跑，每次一到宿营地或行军途中大休息，我们马上投入训练，利用点滴时间练空键和用口语互念互抄。在训练中除了采取边行军边训练外，还边训练边上机实习，在工作机上当副班，练收听、回答，还主动利用工作之余抄收野报，使基础技术和实际工作能力得到了很大提高。

1940年8月结业后，我先在旅部电台当见习报务员。当时部队在敌后开展游击战争，发展抗日根据地，"扫荡"和反"扫荡"的斗争十分激烈，团一级战斗部队远离指挥机关，通信联络主要依靠无线电台。因此，各级军政首长对电台和报务人员都很重视，军事首长直接抓电台，政治委员抓机要。1940年9月17日，八团和旅直大部由旅参谋长李夫克同志率领，在山西岚县两河岔驻防时，突然被几千日军包围。突围中，八团电台背马达的同志在村背后深山里没有跑出来，同时旅部电台驮电池和真空管的骡子也翻到山沟里。跟随骡子的阎桂山、郭玉连和我，不顾敌人的枪弹射击，立即返回沟里，找到骡子和器材，正准备返回时，敌人冲了过来，离我们只有30多米。在这危急时刻，八团九连冲了下来，同敌人展开了肉搏战。在他们的掩护下，我们才带上器材安全脱险。事后才知道，我们返回山沟时被参谋长得知了，他立即命令九连，花多大代价也要把机器和电台人员找回来。可见军政首长对无线电台和报务人员多么重视与关怀。

1944年12月，我从陕甘宁晋绥联防军司令部通信训练队干训班学习结业，分配到警三旅旅部电台任报务员。旅部电台区队长朱仕朴，报务主任赵永一。报务员有解超、周文彩和我。见习员有岳宗泽、赵万财、吕书云。八团电台队队长刘兴怀，九团电台队队长穆图，旅部三科科长郭凤鸣。旅部还有警通连，内有通信排1个，辖步骑、司号和电话3个班，总机1部。

1945年10月，国民党军十一旅准备起义，警三旅决定派我和报务员岳宗泽以及三边地委译电员张风潜入十一旅，准备掌握敌人电台。警三旅旅长贺晋年同志亲自交代任务，指定电台工作由我负责。并一再嘱咐任务非常重要，情况很复杂，要机智灵活，起义后控制敌电台，并立即同地委电台沟通联络。受领任务后，我们三人当夜就出发，隐蔽在十一旅一团四连。当时十一旅内部情况复杂，二团还控制在国民党特务的手中。十一旅旅直机关和特务营3个连及一团2个营加团部的大部分军政人员都是我地下共产党员，基础比较好。10月25日凌晨4点，十一旅旅直机关和特务营及一团，在我地下党组织的领导下，由该旅共产党员、副旅长牛化东等同志率领宣布起义。我们立即带四连一个班占领和控制了旅部电台，立即打开收发报机，调试收发报机的工作性能，然后校准好我们和三边地委台的工作频率，开始呼叫和守听。不久，起义指挥部送来两份万万火急电报，要求立即发给地委。我们知道这两份电报事关起义部队安危，时间不能拖，可是电报发不出去，我们都很着急。傍晚6点，我改用警三旅八团电台的波长（105米），对准警三旅旅部的收信频率不停地呼叫旅部电台，当时旅部在机上工作的报务主任赵永一同志听到我们呼叫后，立即沟通了联络，我将两份电报迅速发了出去，大家才松了一口气。不久，警三旅贺晋年旅长率领七、八团迅速赶到安边与起义部队会师，然后急行军于28日到达宁条梁包围了二团，于11月1日中午攻克敌占城镇，将敌全部歼灭，敌团长史钫城被击毙。

宁条梁战斗结束后，十一旅 2000 多人奉命进行了整编，又编成一、二团和特务营，改称新十一旅，旅长曹又参，政委杨林，副旅长牛化东。我任警三旅旅部电台队队长，岳宗泽为报务员。

抗大第七分校第二大队在豹子川

黄荣忠

　　抗大第七分校是 1941 年 7 月 26 日以第一二○师教导团为基础，在山西省兴县的李家湾成立的。分校成立后，参加了 1942 年的反"扫荡"斗争。1943 年 1 月下旬，第七分校及附属陆军中学由俞楚杰副校长率领，从晋西北兴县出发，西渡黄河，经葭县、米脂到达绥德，分校的营连干部队与总校合并。校本部和陆军中学的 9 个学员队则由俞楚杰率领继续南下，在延安稍事休整后，于 3 月间到达合水县城，编为第七分校第一大队。我们原第二分校附属中学的男生编为第二大队，女生编为 2 个队归校部领导。9 月，原留在河北浆水镇的总校太行陆军中学与太岳陆军中学亦奉命到合水县，并入第七分校，编为第三大队。此时，学员达 3000 多人。中央军委任命彭绍辉为总校副校长兼第七分校校长，张启龙为政治委员，杨尚高为副政治委员，俞楚杰为副校长，康永和为政治部主任。

我们第二大队起初缺领导人，党、政由政治处主任江峰、总支书记赵卓云负责。大队机关有政治处、教导处（后改为训练处）、供给处、卫生队，另有管理股长、管理员、队列干事、司务长各一人，包括勤杂人员在内共70多人。下辖9个学员队，各队有队长、政治指导员、教员，每队编3个排、9个班，每班9至12人。全大队共有1200多人。

1943年五六月间，第二大队驻合水时，就投入了开荒生产。但因国民党反动派掀起第三次反共高潮，6月底分校根据上级指示命第二大队移驻豹子川，同时调我任副大队长。我到职的第二天就赴豹子川选校址。

豹子川在甘肃省华池县东100多里处。北与陕西相邻，南行40里是东华池，土地革命战争时期属陕甘革命根据地，刘志丹同志曾在豹子川张家岔办过党校。在豹子川创业困难是相当大的。当时最大的问题是喝水。正值旱季，小河沟里的又少又脏，泉水又非常小。山上和山沟里到处长满梢林、荆棘和野草。据调查，豹子川40里地只散住着42户人家，190余人。我们所在的张家岔只有两户五口人，另外还有三四孔破烂窑洞。我们在这里建校，吃的、住的一切都要靠自己动手解决。

1943年7月底，大队开进了豹子川。吃的粮食需自己用裤子、被单作为工具，到六七十里甚至百里外去背。没有蔬菜就挖野菜吃，附近野菜吃光了，就派人到几十里外买土豆，油类、肉类极少。住的更困难，只有少数人能住上破烂窑洞，大多数人住的是用树枝搭的棚子，下大雨时无处躲，只好挤在石崖下或站在泥水里。分校首长非常关心第二大队。为解决安家必需的工具和经费，在经济十分困难的情况下，发给了500把铁镐、锄头和10万元陕甘宁边币（买一条毛巾或一块肥皂需边币六七元）。我们就以这些工具和经费创家立业。大队令各队抽调少数人抢种秋菜，大部分人在老乡指导下，集中力量打窑洞，另抽调学员组成大队木工组，制作门窗桌凳。供给处派人到外地协助当地政府筹集、运输公粮，采购副食品，收买废铁打镐头、锄头等。

1943年8月6日开始打窑洞。学员们劳动热情很高。新编的"娃娃队"（第八队）原来没有分配任务，但他们多次申请参加劳动。劳动中，由于大家肯学、肯钻，仅一个多星期就学会了切窑面、开窑口等技术，而且还有所创造。大家齐心协力，艰苦奋战，跪着、爬着挖土，汗流浃背，全身滚得像个泥人；工具少，轮班干，晚上点着小麻油灯一直干到半夜。有的班因刮土板少，运土有困难，同学们就用自己的身体当"推土机"，坐在松土上叉开两腿，两个人各扯着他一条腿向外拉。

经过50多天突击，于9月底基本完成了打窑洞的任务。大队共打出2丈5至3丈深、9尺高、8尺5宽的窑洞137孔（大队部20孔，每队13孔）。一排排崭新的窑洞，整齐地排列在豹子川张家岔周围的山坡上，同志们高高兴兴地搬入了新居。此外，还修建了一个大操场。另外抽调学员组成突击队，到东华池帮助校部打窑洞。第五队的 5 个同学，仅用 17 个小时就打了一孔 3 丈深、9 尺高、8 尺 5 宽的窑洞（不含切窑面），受到了校部表扬。

1943 年秋末，校部调各队队长集训，为冬季练兵做准备。10 月底，队以上干部到校部参加整风学习，队干由学员暂代。大队机关只留我、管理股长、政治处组织干事及供给处几个干部坚持工作，常常忙到半夜才能休息。冬季来了，学员们除继续完成窑外未完的工程外，还抓紧时间背柴和烧运木炭，解决防寒问题。

1943 年冬至 1944 年春，联防军所属各部队普遍开展了大练兵。第二大队因建校任务重，练兵开始较晚。因为学员从未受过军事训练，一切需从头学起。主要科目是单兵至班制式教练（含徒手和持枪）、投弹、基本瞄准、刺杀、双杠、单杠、木马和《内务条例》《纪律条令》等。

1943 年初冬，大队政委匡唐伟到职。同时从抗大总校调来一批军政干部任队长、政指，分校从第一大队调了一批同志任副队长、排长，从而大大加强了大队练兵的领导和教学力量。

在练兵活动中，同学们士气高昂，精神饱满，虽是初学军事，但都很刻苦。不少学员不顾冬季的寒冷，常常起床号未响，就起来跑步，练习所学的科目；熄灯号早已吹过，还在翻杠子。有个小同学上山放羊也随身带着教练手榴弹，在山坡上练习投掷。练兵结束时，第二队投手榴弹人平均达

35 米以上；第三队基本瞄准（瞄三角）人平均误差在 3 毫米以内。有一部分同学单杠能做七八个动作，有三分之一的同学能并腿跳过木马。1944 年春节，分校召开了生产、练兵总结大会，对第二大队辛勤劳动建设豹子川和参加练兵奖给锦旗一面，对一部分练兵成绩好的同学发了奖品。第一队班长赵剑、第四队班长邱殿琮，学习单杠、木马成绩突出，不但得到大队的表扬，还参加了 1944 年秋联防军在延安召开的生产、练兵总结代表大会。

1944 年，边区部队响应毛主席"自己动手，丰衣足食"的号召，开展了轰轰烈烈的大生产运动。在分校统一部署下，第二大队积极响应号召，大搞生产。上级要求是：第一年照常供应公粮，第二年达到半自给，第三年全部自给。

1944 年 3 月，大练兵还在总结阶段，各队就积极行动起来，勘察土地，拜访老乡学习生产经验，修理农具，调配劳力。大队供给处积极收买废铁制作农具，调拨种子等。4 月初，大地还未完全解冻，各队就上了山。学员们每天早出晚归，常常两头不见太阳，有的队从驻地到开荒点往返六七里，大家嫌走路浪费时间又影响休息，索性搬到山上去住。5 月，全大队展开"大战红五月"竞赛，班、排互相挑战，司务长、炊事员也想方设法改善伙食，将饭菜开水送上山。许多学员手上打满了血泡，累得腰酸臂痛也不叫苦。开荒数字一天比一天增长，质量一天比一天好。

1944 年 5 月，何远平到大队任大队长。同时，总校又调来一批政工干部任各队政指，参加整风的江峰主任和大部分干部也重返第二大队，从延安的"鲁艺""延大"等单位选调来大批文化教员。此外，联防军司令部还派来了少数军事教员。领导、教学力量的增强，给开展文化学习创造了良好条件。冬季全大队开始了文化学习。军、政、文教育时间的比例是：军、政各占10%，文化占80%。后来，为了集中时间学文化，10%的军事课，除早操外全部停止。文化课以语文、数学为主。为了统一教学思想，提高教学质量，训练处经常召开教员会议。教员一面学习，一面备课，写出教案进行试讲。军事课除学习一般原则外，还到野外进行演习。

教员教课认真负责，对不易理解的内容，自己动手制作模型，开展直观教学。还经常深入各班了解学习情况，帮助学员建立互助组，给同学补课。学员刻苦钻研，学习用具不足，自力更生解决。纸张缺少用桦树皮代替，墨水不够就用一种野果熬制，灯油不足就借着月光。大家珍惜一分一秒，想方设法多学一点文化科学知识。经过一年多的文化教育，学员文化水平有较大的提高，语文和数学程度普遍达到初中毕业水平。

抗大第七分校第二大队在豹子川的四年中，用自己的双手改造了自然，创建了校业，度过了艰苦的岁月，赢得了安定的学习机会，取得了很大成绩。

晋绥军区卫生学校[*]

张汝光

1937 年 9 月中旬，第一二〇师从陕西富平经韩城渡黄河开赴晋西北抗日前线。10 月初到雁门关、宁武、神池和朔县一带，发动群众，扩大抗日武装，阻抗日军南进，开始建立晋西北抗日根据地。为了粉碎日军的疯狂进攻，部队积极作战，在忻口战役、雁门关战斗、原平战斗中，部队伤亡较大，卫生人员伤亡也不少，加上部队分散进行游击作战，卫生人员缺少，技术水平也低，对作战医疗救护工作影响很大。

1938 年秋，军医处随同师部住在岚县，当时军医处长曾育生、政委刘运生和我，将部队扩大和卫生人员缺少的情况，向贺龙师长、关向应政委、周士第参谋长做了汇报。师首长听后，非常关心部队的卫生建设，一再指示说："你们

---

* 本文原标题为《回顾晋绥军区卫生学校》，收录时做了适当修改。

不能等待从后方派人来，要克服困难，一定要想办法自己动手培养。"根据师首长的指示，我们进行了研究，在医务人员不多又无教员的情况下，只好缺什么人员训练什么人员。因为是战时，训练时间不能长，内容也不宜过多，加上没有经验，一次不可能招生过多。当时部队从9000多人已扩大到2万多人，于是我们就从部队最需要的药剂人员开始培训。从部队有些文化的青年人中招收了12人，开办了第一期药剂人员训练班，时间为三个月，学习内容有药物学、调剂处方学和拉丁语（药名）。教员除了军医处的医生、司药长兼任外，又从医院抽调了几个人担任教学。教材由教员自编。上课时由教员写在黑板上，边讲解，边让学生抄写。学习是很紧张的，学员们从早到晚都在埋头学习。学员学习期满后，分配到部队各团卫生队管理药品、器材。

1938年底，贺师长、关政委率第一二〇师一部，开赴冀中根据地。1939年春，部队打了几仗后，开创了新局面，这时部队又由几千人扩大到2万多人。军医处根据部队迅速发展的情况，利用战斗间隙开办了第二期药剂班，招生12人，训练后也分配到各部队去了。以后部队在冀中不断战斗和扩大，不少医生改任了卫生队长、所长，医生非常缺少，于是又从部队老的卫生人员中选调11名，开办了医助训练班。学习时间为半年，学习内容主要是部队常见的多发病、感冒、气管炎、消化不良、关节炎、传染病（痢疾、伤寒等）的防治，以及战伤外科急救（包扎、止血、骨折固定和搬运后送等）。学习期满后回到部队，担任营、团一级的医疗救护工作。

1940年1月，第一二〇师从冀中返回晋西北，保卫陕甘宁。军医处为了提高部队医务卫生人员的战救治疗技术水平，立即开办了一期在职医生训练班，时间三个月，同样也学习了战伤急救治疗一系列的规定和常见病、多发病的防治，提高了医务卫生人员的业务能力。除了他们本人保障部队人员健康，提高战伤救护治疗水平外，对部队来学习过的医务人员，也起了一个很好的带头作用，对战斗伤员救护治疗收到明显的效果。部队人员受伤后及时得到自救、互救，反映很好。

1940年夏天，军医处从临县随师部搬到兴县，军医处驻兴县西不远的高家村、赵家川口、碧村一带，有了比较稳定的环境。这时，军医处长是贺彪，我们又根据部队缺少医务卫生人员的情况，向师长报告，经批准正式在碧村办起了卫生部医训队。抽调师教导团卫生队长谭道先为学生队队长，军医处政治指导员郑如乾为学生队指导员，并抽调10多人为医训队的工作人员。医训队的学员是从部队中招收没有学习过医助的21人为医训队军医班第一期，学习时间为一年。不久，又从部队招收第三期药剂训练班10人，学习时间为半年。教员除军医处医生兼任外，又从延安八路军卫校第11期毕业来的医生中选出刘鲁、田荣彬等人，担任了军医班的基础课（人体生理解剖等）教学。当时教学设备很少，学生住的房子，上课用的桌凳都是借群众的。医训队因陋就简，克服困难进行教学。

1940年11月，晋西北军区成立，第一二〇师兼军区，师军医处改称军区卫生部，贺彪任部长。这时，部队对日军除了进行反"扫荡"外，环境比较稳定，部队也能进行短期休整和训练。加上军区对晋西北地区新军统一领导，医务卫生人员需要量更大了，光靠医训队训练也满足不了部队的需要。因此，卫生部再次请示军区，经贺龙司令员、关向应政委批准，扩大对医务人员的培训。12月中旬，军委卫生部从延安派戴正华（原红六军团卫生部长）来卫生部任政委（后为戴文彬），祁开仁、汪石坚、李沛文、许若韦、陈智贞等七八位医生来加强晋西北的卫生工作。这时，卫生部根据军区首长的指示，正式把医训队扩大，于1941年春，改称军区卫生学校（简称"卫校"）。由于黄河以东敌人不断来进行"扫荡"，环境不稳定，于是将卫校搬过黄河以西10多里处的神木县地区贺家川。

贺家川当时是解放区神木县政府所在地，该地是山区，在神木河边，有三四十户人家，为了办好卫生学校，县政府将住的大部分地主的房子让给学校用。

卫校成立后，军区决定祁开仁为校长，刘运生为政委（原卫生部政委，后由刘珊山接任）。校部下设教育科（负责管教学）、医务科（负责医院治疗）、管理科（负责行政生活）、供给处（负责物资经营供给）和政治处（负责政治思想工作），共编设工作人员 30 多名。学校校部兼手术医院院部。医院由原后方医院的一个所重新改建组成，下设七八个临床科室（主要是外科、内科、妇科、小儿、五官科）和药房、供应消毒室、手术室与门诊室。全院有 200 多名工作人员（含男女医护人员）。军区为了把这个医院建设好，作为全军区的后方医疗教学中心，在极困难的情况下，专门拨万余元银洋建设了新病房作为医院。

医训队改成卫校后，将原医训队招收的军医第一期，药剂班第二期，按计划学习期满后，以原医训队名义毕业分配回单位工作。将原医训队刚招收的军医第二期 19 人，改为卫校军医第一期，同时又从部队招收军医第二期 44 人；护士班（男女兼有）74 人（多为地方、部队中学生），学制都是 1 年。1941 年部队进行整编，卫校又成立了第一期高级班 18 人（有处长 7 人、老医生 11 人），经一年学习期满于 1942 年 7 月毕业分配回到部队、医院各休养所，大部分担任了卫生领导工作，对加强部队医院休养所工作起了重要作用。

1941 年 9 月中央军委命令晋西北军区改称晋绥军区，卫生学校也改名为晋绥军区卫生学校。学校改名后，在原地继续招收军医班第三期 35 人，高级班第二期 14 人，看护护士 74 人。这时学校比较正规，建立了各种学习制度，教学设备也增加了，有了图书室、各种教学挂图、实验室。教员也增加了，除祁开仁带来的人员外，又陆续从延安卫校（医大）毕业分配来侯友桐、华君（女）、晋希哲、李尉文（女）等，此后还从部队调来医学院毕业的张鹤、徐化之和李英等人。他们的到来，使卫校的教学质量有了显著提高。但是学员的文化程度除少数有高初中程度外，大部分是从部队的战士中选调的，如当时对 254 名学员进行调查分析：有高中文化程度的 11 人，高小文化程度的 51 人，初小程度的 122 人，能阅读报纸的 69 人。可是，他们年轻好学上进，对教员讲的课程基本上都能理解。

教员和学员生活虽然艰苦，但当时都是供给制，加上军区和后勤部领导的关心，仍然保证了学员们在校的生活。在学习期间，每人每天能吃到 1 斤半粮食（小米、黑豆，过节时才有少量的白面和大米），油盐各 6 钱，蔬菜 1 斤半，供应煤炭 1 斤半，猪肉每人每月 3 斤。生活用品方面同部队一样，每人每年棉衣 1 套，单衣 2 套，衬衣 1 套，布鞋 6 双，其中棉鞋 1 双，毛巾 2 条，袜子 2 双，手套 1 双和肥皂 2 条。

第一二〇师在抗日战争的艰苦条件下，边战斗边办学校，从一般训练到正规训练，总共为部队培养了 400 多名卫生干部和许多看护技术人员，为抗日战争做出了贡献。

南泥湾大生产[*]

王恩茂

　　中央军委根据党中央、毛主席提出的"自己动手，生产自给"的方针，于 1940 年 2 月 10 日向全军发出指示，要求各部队依据不同的环境、条件开展生产运动，做到一面战斗、一面生产、一面学习。朱德总司令根据党中央、毛主席的指示精神，于 1940 年初，在延安提出了"屯田"政策。

　　我当时在第一二〇师三五九旅任副政治委员，我们旅在 1939 年秋奉命从华北调回陕北绥德一带，担负守卫河防，保卫边区，保卫党中央的光荣任务。按照朱总司令的命令，于 1941 年 3 月至 1942 年 8 月，分三批开赴南泥湾，开始了"背枪上战场，荷锄到田庄"的新的战斗生活。

　　1941 年部队到南泥湾地区以后，当时部队的分布是：

---

　　* 本文原标题为《忆南泥湾大生产》，收录时做了适当修改。

旅直属队及特务团驻金盆湾，七一七团驻临真镇，七一八团驻马坊，七一九团驻九龙泉、史家盆，补充团驻南泥湾。

　　南泥湾一带的荒山上，到处是很深的蒿子草和大堆的羊胡子草以及很大的山桃树，还有"咬人"的狼牙刺、蝎子草、黑葛兰，它们都成了开荒的"拦路虎"。羊胡子草一棵一大堆，软绵绵的，一镢头下去见不到土又弹回来，镢好多下才能挖掉一棵，狼牙刺和黑葛兰是一种多年生的灌木，根又粗又多，枝上黑刺长、尖、硬，还有毒，一不小心就挂破衣服刺伤皮肉，火辣辣地痛。然而生长这些树草的地方，往往都是土质肥沃的好地，同志们舍不得放弃，宁肯多花些力气，也要"攻坚"。由于有这样一些"拦路虎"，战士们刚上来又缺乏开荒经验，就是最强的劳动力干上一天，也只能开出四五分地，与计划中的开荒指标差距很大。后来通过实践，办法越来越多。刨树时，先把根扒出地面，大家把这叫作"侦察"敌情；然后砍断支根，这叫"扫清外围"；最后看准主根，使劲把它砍断刨出来，叫作"发动总攻"。这样干，开荒效率明显提高。同时，由于每天测量开荒效率，公布成绩，更加激发了大家的劳动积极性，班与班、排与排、连与连之间展开了挑战应战，竞赛热潮一浪高过一浪。旅的《战声报》和各团的生产快报，定期报道生产情况，公布各单位开荒成绩和日开荒的最高纪录，各部队你追我赶，捷报频传，开荒纪录不断刷新。七一七团劳动英雄、班长李黑旦，1942 年首创纪录，一人日开荒 2.5 亩，随后这个纪录又不断被人刷新。七一八团组织了一次有 170 多个劳动英雄参加的开荒大比赛，有 6 人创造了日开荒地 3 亩以上的新纪录。其中李位、赵占奎分别达到了 3.67 亩和 4.7 亩，被边区评为特级劳动英雄。赵占奎是五连六班班长，1943年，他响应王震旅长"每人开 30 亩荒地"的号召，带头报名担任该连十人开荒组组长，结果共开荒地 380 亩，每人平均达到了 38 亩。

当时，我们旅从旅长到排长都战斗在开荒第一线，担负和战士一样的生产任务。所不同的是，凡出现困难的地方，干部总是冲在前面。旅长兼政委王震同志，经常挤出时间参加劳动，曾被选为边区大生产运动中的劳动英雄，毛主席亲笔题词"有创造精神"表扬他。一位到边区采访的外国记者不禁赞叹道："他的双手也像他的部下一样由于劳动而生满了老茧。"苏进副旅长和我常和战士们在山上同吃同住同开荒。七一八团的英雄团长陈宗尧，每年开荒，都是带着团司令部的人员，住在荒地，和战士开荒在一起。他组织了一个开荒小组，由参谋长、警卫员、司号员等八人组成，陈团长担任组长，每天天不亮就起床，背着镢头带领小组和战士们一起开荒，白天他还要到各连检查布置工作，晚上还得忙着开会，就这样他的开荒小组每人平均开荒 1.4 亩，他自己也达到了平均日开生荒地 1 亩。在战斗中失掉右臂的该团政委左齐，拿镢头开荒有困难，就给战士们做饭，并挑桶上山给战士们送饭送水。曾在战斗中负过 15 次伤的补充团团长苏鳌也经常参加劳动。至于营连干部，更是与战士们一同劳动、生产和学习。如七一八团九连连长白银雪，一次参加开荒比赛，他连续劳动 15 个小时，挖了 5.46 亩地，获得了全旅第一名。各级干部以身作则参加劳动，使战士们很受鼓舞，也受到了毛主席的称赞。1943 年初西北局高干会议上，毛主席亲笔题词表彰了 22 名生产英雄，其中三五九旅的团以上干部就有 4 名。

开荒告一段落，为了不误农时，部队及时地进行了春播和夏耘。沉睡了百年的土地翻了身，大片的荒地变成了良田。看着满山遍野长出了一片片郁郁葱葱的谷子、豆子、玉米和土豆，十分喜人。1942 年我们又开始在河沟两旁平整土地，引水灌溉，种上了稻子。辛勤的劳动换来了连年的丰收，耕地面积和产量逐年增加，自给自足程度逐年提高。1941 年，开荒种地 1.12 万亩，收细粮 1200 余石，粮食自给79.5%，经费自给 78.5%。1942 年，开荒种地 2.68 万亩，收细粮 3050 余石，粮食自给率达到 96.3%，经费自给率达到 90.2%。1943 年，开荒种地原计划 3.9 万亩，由于劳动效率不断提高，开荒后半个月内即被突破，在改订计划 6 万亩之后，又被突破，最后达到了种地 10 万亩，全年收细粮1.2 万石，加上南瓜、土豆折粮（3 斤折粮食 1 斤），共为1.5 万石，粮食自给有余，并且上交公粮约万石，群众称赞说："尔格（你们）真是共产党和毛主席领导的好队伍啊！能打仗，能生产。过去反动军队是吃粮的，尔格军队还生产交公粮，军队不打扰老百姓，还减轻了人民的负担，真是天下大变样，人民坐天下了。"这一年，全旅养猪4200多口、牛820多头、羊7800多只，达到了王震旅长提出的"两人一猪，一人一羊，十人一牛"的要求，1944年播种面积26万多亩，农业生产获得了更大的丰收，主副食经费全部自给有余，粮食平均每人生产细粮6石多。在开荒种地的同时，全旅指战员还打了1000多孔窑洞，建起了600多间平房，置了1万多件家具和农具，实现了"自己动手，丰衣足食"的目标。

部队新到垦区，食油、照明用的油和医疗用的酒也很困难。1941年秋后，我们在金盆湾东头开办了一个油酒综合厂，修建了简易的厂房，雇请了两个老师傅，抽调了30多个战士当徒工，用部队收获的豆子、麻子榨油，用玉米、高粱酿酒，并将豆饼、酒糟作为部队养猪的饲料，综合厂生产的油酒，不但保证了部队的供应，多余的还向附近村镇出售，并通过关系把酒外销国民党统治区的宜川、韩城，换回药品、棉花等等。

纸张是学习、办公的必需品，当时有钱也难买到。因为缺纸，部队用桦树皮代替。为了解决部队用纸问题，1942年我们在油酒厂增建了造纸设施，从延安请来技术工人自己造纸。开始是从部队、机关中收集破麻袋、烂绳头、碎布片做原料，曾生产出300多刀黑粗纸和厚草纸，不久原料就供应不上了。经过调查，试用当地野生的繁殖快、纤维长的马兰草当原料，生产出了质量较好、可印书报的马兰纸，部队用纸问题得到了解决。

此外，我们还创办了纺织厂、鞋厂、肥皂厂，有自己的盐井、煤井、磨坊、骡马店。旅供给部办的大光纺织厂能够织出闪光布、斜纹布、华达呢……远销葭县、清涧、吴堡等地。

我们在南泥湾地区屯垦过程中，平时在地里劳动，把枪架在地头上，一有情况就拿起武器迅速投入战斗。正像贺龙同志说的："敌人来了，拿起枪战斗，敌人没来，拿起锄种地。"1941年至1943年，我们旅曾数次击退国民党顽固派对边区的进攻袭扰。例如：离延安只有六七十公里的鄜县城，是西安通往陕北途中的一座重镇，我七一八团在这一带驻防，国民党顽固派视为眼中钉、肉中刺，时时蠢蠢欲动，经常派兵进攻袭扰。1943年五六月份，顽军派1个营进占我陈家孤、峪口等村。对群众枪杀抢劫。我驻防部队迅速赶到，奋起反击，打退了顽军的进攻，毙伤顽军80多名。部队每年还利用农闲的冬季进行四个月的大练兵。在各团、营驻地，都修建了训练场地，自制木枪、单双杠、木马、山羊和平台、天桥等多种训练器材。军事训练除队列操作外，以演练刺杀、投弹、射击三大技术为主。实行"官教兵、兵教官、兵教兵"的群众练兵运动。同志们在练兵场上，个个勤学苦练，人人争当先进，做到了风雨无阻，假期不休，涌现出了许多"贺龙投弹手"和"神枪手"。

我们部队经过几年的大生产运动，不仅获得了丰硕的物质成果，而且通过大练兵，使部队军事素质和人员体质也都有了显著的提高和增强，真正达到了兵强马壮，进一步密切了官兵关系和军政、军民关系。

从几把老虎钳起家

杨开林

1937 年秋，我们经过长征保存下来的十来个工人，带着几把老虎钳子组成修械所，随一二〇师深入敌后，在晋西北一带开展游击战。9 月，我部配合兄弟部队，在平型关一战重创日寇，缴获了大批武器。紧接着又出其不意，袭击了日寇的阳明堡飞机场，给鬼子以重大创伤，炸毁了敌机 22 架，缴获了大批武器和几台机床，那里的工人也弃暗投明。

根据贺龙师长的指示，将投奔我军的工人大部分送到了延安。我们修械所只补充了几十人。这些从大工厂来的新战友，是产业工人，各有专长，而我们这里的设备却只有几把老虎钳子。看得出来，他们的心情同我们刚参加红军时的想法完全一样："这能干活吗？还叫修机关枪呢，我看修步枪也不行。"面对这种情况，如何将我们红军艰苦奋斗、自力更生的优良传统传给他们，则是头等重要的大事。

修械所的特点是适应游击战争形势的，没有什么设备，基本靠手工。我先把用手工制作的工件给大家看，和机制的没有什么两样，这就给新同志开了眼界。我们几位红军老战士用手工做出来的枪械零部件，件件合格，修理枪械也快速顶用，而且许多人都是多面手。正是我们这种实干、巧干、样样都干的精神，给新战友以很大的鼓励和启发，很快消除了他们思想上的疑虑。

经过一段时间的培养锻炼，这批修械队伍成长起来了。1938 年冬，一二〇师奉命开赴冀中平原打游击的时候，我们修械所除老的、小的由刘希敏带领继续留在晋西北修械外，大部分人员随军远征。冀中是一望无际的平原，后勤人员多了容易暴露目标。贺龙师长决定将大部分工人撤出平原游击区。除留副所长陈亚藩带领三四个骨干随司令部担任修械、扩大队伍、寻找设备和原材料外，其他由我带领随后勤部队转移到晋察冀边区的阜平、灵丘地带坚持修械。

阜平、灵丘一带，高山与河谷交错。这里有八路军的正规部队，有抗日民众，在这里训练抗日兵马是再好不过了。我们修械所和被服连合编在一起，由我任连长，孟子厚任副连长。由供给部陈希云部长统率。经常活动在陈庄附近的刘家沟，插箭岭周围的镇平石、梨园，以及灵丘的下关一线，与敌周旋。

由于远离主力部队，我们的修械任务减少了，正是锻炼和提高技术的好时机。我提议制造机关枪，战友们一听都很兴奋，于是围绕制造什么样的机关枪问题，七嘴八舌地讨论开了。我们拿出日本造的歪把子，美国造的勃朗宁，捷克造的捷克式和法国造的哈其开斯四种机关枪做比较，一致认为哈其开斯的零件最过硬，决定以哈其开斯为样本。

依照实样绘出图纸后，用什么原材料？怎么个搞法？在我们这样的修械所里，最不缺的就是我们的革命意志和勤劳的双手。要钢，就去搞铁道轨；要设备，有一台从冀中缴获来的老掉牙的四尺车床。刘保善负责锻工，田佩敏、刘维臣负责车铣工，郝继唐、温承鼎负责钳工。一伙人就这样锤锤打打地干开了。

在我们前进的道路上，每前进一步都必须同时逾越两方面的障碍：一是克服因设备不足而带来的技术困难；二是要经常对付日军的"扫荡"。就说锻工用的大平铁砧吧，在这山沟里怎么也找不到，只好改造铁匠用的铁砧。这玩意中心突起不平整，只好将它放在炉火里加热，然后用大粗齿锉刀将它锉平才能使用。还有，要把铁道轨按机枪的零部件尺寸下料，全靠锻工们运用炉火和大锤的功夫。当一件件毛坯送到车铣工手里的时候，不知费了多少心血，熬过了多少个不眠之夜。最使我们费心费力的还是用人工钻枪管和拉来复线这两道工序，每个动作，都不能有半点差错，我们的钳工真正是一粒铁屑一滴汗啊！

陈庄一战，我主力部队把鬼子痛打一顿，敌人经常像疯狗一样寻找我们的主力部队，寻找我们的后勤基地。而且拼命推行惨无人道的"三光"政策。一次，敌人调动了四路兵马，妄图对我们搞突然袭击，部队提醒我们要认真对待。为了争取时间，我们曾请部队和民兵设法牵制一下敌人前进的速度，分头将机器和器材埋藏起来。只留少数人就地上山监视敌人动向。我们刚刚转移，发现敌人从前后左右向我们包抄，在这非常危急的时候，乡亲们给我们寻找了安全转移的路线，让我们顺利登上了插箭岭的高峰。鬼子倾巢出动，也没有达到他们预想的目的，于是兽性发作，把附近老乡的房子烧得精光。房子烧了再修，有啥了不起的呢？而我们这些修枪造枪的人更简便，搭个棚棚照样干起来。没有什么困难能够动摇我们抗日救国的决心。经过一次又一次试射，两挺哈其开斯式机关枪完全合格，这是军民合作的结晶，是意志和艺术的花朵。发给三支队一挺，经过战斗检验，获得了贺龙师长的好评。

1939年冬，蒋介石发动第一次反共高潮，派军队包围了陕甘宁边区。一二〇师主力再次奉命回师晋西北，重创阎顽一部，粉碎了蒋阎围困陕甘宁和晋西北的阴谋诡计。

在这个时候，贺、关首长指示说：我们要在这里扎根，要建设人民政权，要发展军工生产，支持抗日战争。我们于1940年开始筹建第一个修械厂，这个厂由三部分组成，有邓吉兴、陈亚藩接收的新军修械所，我和郝继唐、温承鼎带领的修械所和刘希敏带领的随军修械所，合计有200来人，五六台旧机床。当时能有这点家当，已经是很鼓舞人心的了。

厂址选择在黄河西的葭县地区。我们的同志热情很高，干劲很大。每天只有半斤黑豆，喝些稀饭，有些人在数九寒天的晚上也只能在老乡的猪羊圈里打盹。一天劳累之后，还要利用早晚时间顶着风雪去十多里外背石头、抬木料。一些懂得石、木技能的群众，也自动前来参战，有的老乡自愿让出窑洞作为我们过渡时期的机器房。在没有发动机的时候，就做个手摇架，在轴杆上套个木轮，用人力摇动运转。机器转动后，才把那些不配套的破旧柴油机修好。就这样，我们为工厂的正常生产，迈开了胜利的一步。

贺龙师长是最关心军事工业的，他差不多每次去延安，都要绕道牛沟来看望我们，工人们都很尊敬这位善战而又慈祥的指挥员。他每次来厂，先到食堂、宿舍、工房视察，不拘形式地向工人们询问着，交谈着，而且发现了问题就地解决。他看到刚从前线转下来的小青年的垫褥太单薄，就叫我们从后勤部门领来添补；看到大家嚼黑豆子，他深为同情地说："这样做法吃了会不消化的，怎么拉得出呀！"他要我们请教老乡做黑豆子的方法。这些无微不至的关怀给人以温暖和力量。同志们干劲倍增，手磨破了皮，肩膀抬肿了，两眼布满血丝，也不叫苦不叫累。我几次试图说服大家稍事休息，同志们却回答说："前方在流血，后方还能不流汗吗？"当我们的第一座厂房在荒地里建起来的时候，当我们费尽千辛万苦将一些破旧机器修复运转的时候，人人兴高采烈，连附近的乡亲们也来祝贺，和我们一道庆祝建厂胜利。

1942 年以后，我们的敌后游击战，已拖住了日寇在华一半兵力，日寇已经不再那么神气了。可是国民党反动派贼心不死，不惜牺牲民族利益，再一次发动反共高潮。党中央为挫败反动派的阴谋诡计，调整了军事部署，以贺龙组成联防司令部，以加强陕甘宁、晋绥边区的军事统一指挥。由于贺龙司令员经常往返于河东河西指挥战斗，有很多机会直接关照我们的军工事业了。他指示我们要筹建晋绥工业部。要统一规划，重新调整机构和设备。根据这些指示，我们研究决定：把李家坪分厂、王家沟修械所的人员和设备统一调整，分别建立化学厂、掷弹筒和迫击炮弹、掷弹筒弹厂、地雷和手榴弹厂、武器修配和机器制造厂，并扩大了皮革股。

军事工业的规模扩大了，我们面临的困难也多了，主要是动力和原材料的来源问题。显然，我们原有的一台柴油机，一台锅炉蒸汽机，无法应付生产的需要。经过大家多次计议，终于想出了一个办法：只要鬼子肯出来"扫荡"，我们就有本事砍掉它的四条腿（指汽车的车轮），卸下引擎，这不就是很好的动力吗。果然我们的理想实现了，机床开始运转了。而且这东西还有一个妙用，用它来发电，既避免了柴油灯的烟熏之苦，又添了无限的光彩！经过同志们的一番调整装配，道道光芒划破了山区的夜幕，山区人民眼界大开。

柴油机加上一点电气化，我们觉得炒土铁已经不适应军工生产的需要了。人们一讨论，不禁又想起当年穿越冀中平原的平汉路和就近的同蒲路，那些铁轨不就是好材料吗！大约在 1944 年末的时候，我们把这些想法同刚到任的工业部部长王逢原商量。他极力赞同，并说，贺龙同志也曾讲过，若不砍掉敌人的"千里马"，根据地的建设，人民的安全就没有保证。对于这样一举两得的好事，怎能不干呢？为了搞铁轨，军民工干一条心，顶住日寇的"扫荡"，回击阎顽的骚扰。通过一个兵站转到另一个兵站，源源不断地把铁轨运到了后方兵工厂。这玩意不同于土方法炼的毛铁，它可以制造枪炮，可以制造各种机器和弹尾弹翅，又可制造钻子、锉子、铣刀以至丝杆螺母之类。所以工人们非常高兴地给铁轨加了一个代号，叫作"万能"。

喜讯一个接着一个。听说前方部队要打宁武的轩岗，那里有个大煤矿，煤矿里有发电机和其他设备，工具材料很多。后勤首长要我们派人跟随后勤部刘中副部长去取这块"肥肉"。部队在神速前进，后勤人员和民工带着骡马、大车等运输工具紧紧跟随。一场恶战开始了，在我军的猛烈冲击下，压得敌人抬不起头来，我们冒着枪弹，乘势拆卸装运。敌人越是反扑，同志们越是干得起劲。机床和原料运出去了，那笨重的发电机，是用发明的二牛抬杠车给运走啦。最后在仓库里发现了几大盘钢丝绳，每盘的分量很重，人们看着它发呆。好东西呀，一个牲口驮不起一盘，又不能切断。敌人又反扑过来了，该怎么办呢？最后，我们把钢丝绳捆在连接起来的几个驮鞍上，用多头毛驴串联起来驮，像长龙样的把它驮走了。

这些战利品，尤其是钢丝绳，像宝贝一样在新建的各个工厂发挥了应有的作用。用那台发电机，在晋西北的中心——兴县城关附近，新建了一个发电厂，张威任厂长。这个厂在后勤首长的直接领导和大力支持下，工人们经过几个月的日夜奋战，机组即开始运转了。它不仅为兴县的两个兵工厂提供了动力，还为我们党政机关的照明和轻工业工厂提供了电力。

培育我成长的革命摇篮

李　光（真岛茂树）

　　我的父亲在中华民国成立的前后从日本到上海，从教于日本在上海开办的一所学校，叫东亚同文书院，是给日本人讲授中国语言的老师，叫真岛次郎。他主张日本与中国之间必须在文化、文明上保持和发展两千多年来的一衣带水的友好关系，尤其是以同文（同一个汉字）、同种（同为黄种人）为共同点，并以相互理解和相互促进为宗旨，东亚同文书院的名称即来源于此。他还是强调中日两国必须友好的提倡者。

　　1944 年初，我离开在日本工作过七八年的东帮电力公司，到中国山西省大同的日伪蒙疆电业公司平旺发电厂做电气技术工作。

　　我是在平旺发电厂的 15000 千瓦的主机组接近安装完毕时到达的。由于受父亲的影响，我对中国工人的关系就与其他日本人对中国工人的态度有所不同。我在配电盘前值班时，愿意教当班的中国工人技术。同时在业余时间还多和中国工人交朋友，多学习中国话，有时还到中国工人家串门做客。为此，我受到中国工人们的尊敬和爱护，但另一方面也受到一些日本人对我的藐视，甚至遭到一些军国主义思想严重的日本人的挖苦和讽刺，尽管如此，我始终保持了和中国工人的友好关系。

1945 年 8 月 15 日上午，有关方面通知，今天正午有一个极为重要的广播，要我们一定要去听。当时，我正在总控制室里值班，便打开了收音机，喇叭中传来了我有生以来第一次听到的"御声"，听起来好像有些哆嗦。天皇宣布："全体日本国民，朕决定，放下武器无条件地全面投降。"在场的很多日本人听到"御声"之后，瞬时发了呆似的站在那里。但过了一会就有人自言自语地说："战争终于结束了！"我们的内心是矛盾的，又是非常空虚和惊恐的。

日本政府决定，全部在华日本人要迅速回国。这个命令一下，电厂里的日本人什么都不要了，带上衣服、干粮争先恐后地爬上平板货车，踏上回国的路途。正在此时，发电厂的工人选派了机、电、炉的老工人为代表到我的寝室。他们恳切地说："我们代表全体工人，负责保证真岛先生的生命安全和生活上的一切，您能否留在发电厂不回日本去，帮助我们一块保护和运行这个发电厂。"他们的话使我很受感动。我想发电厂里掌握运行技术的都是日本人，他们现在都走了，在中国方面还来不及派人接管电厂前的这个"真空"

时期，只有中国工人继续发电是有困难的。电厂不发电，不管怎么说，对作为一个电气工程技术人员的职业道德来说是不允许的。我也知道，年迈的老母亲在日本的老家里日夜盼望着我这个唯一的男孩子回到她的身边去，但我也相信，我的母亲一定会知道父亲的遗训，一定会谅解我的。想到这里，我就接受了中国工人代表的要求，留在电厂干下去。

电厂在全厂工人们的共同努力下，仍照常发电，提供了这一非常时期大同市人民、煤矿、工厂的生产和生活用电。

那些走了的日本技术人员到了太原被阎锡山留下，又让他们回到大同，有的分到了包头，有的到了丰镇。不久，包头解放了，接管包头发电厂的八路军根据这些由大同派去的日本技术人员的意愿，有的又被送回大同，这些人又被分配到了平旺电厂，后来和我一起参加晋绥兵工厂的山口吉行（即林志明）就是其中之一。闲聊中有的日本人悄悄地告诉我说："这是秘密，千万不要外传，我们在包头接触了八路军，他们真好，很讲道理，特别重用工程技术人员，但你可不要给别人说，不然会被抓起来的。"这是我第一次听到对八路军的内心话。

1946 年初夏，我已开始听到八路军在口泉、平旺一带夜间开展活动的消息。一些家在附近农村的工人告诉我："八路军在衣袖上佩有'八路'的袖章，他们和我们完全一样，晚上出来活动，白天则看不见。"这是八路军给我的第二个印象。看样子这些工人并不怕八路军，这样在我的脑海里产生了八路军并不可怕的念头。

我不怕八路军的另一个因素，说起来可笑，它完全是一种误会。当时阎锡山部队里流传着一个谣言，说："土八路打仗那样勇敢，是因为八路军里编有日本兵。"我也亲眼看到，在国民党的军队里确实雇有日本兵保卫大同，我将信将疑，心目中也无形地得到了一点安慰。

1946年7月，为了打击国民党军不断向解放区进犯，中共中央军委指示晋绥军区和晋察冀军区各一部发起晋北战役，以切断太原和大同间国民党军的联系。8月2日，八路军对发电厂的包围圈越来越小了，只留下一个向大同方向的缺口，从控制室的玻璃窗可以望见，装着国民党兵的火车从口泉不断地向大同开去。发电厂的职工仍然严守着各自的工作岗位，发电机的隆隆声同周围的枪炮声相比，显得格外低弱。到了下午，守卫发电厂的国民党兵也开始把枪支弹药、粮食装上马车，向大同方向撤退。工人们问我："真岛先生，他们跑了，我们怎么办？"我没有马上回答，此时我的心情同工人们一样。我考虑了一会儿，和老工人们商定：死守发电厂，在厂工人坚守工作岗位，发电机照常工作，不管谁来都有饭吃，我们发出的电谁也离不开它。并通知全体职工及其家属带上自己最重要的东西统统进入发电厂地下室水处理间，这样不仅能保证职工的生命财产安全，而且工人们也能安心地严守自己的岗位。

天快黑了，包围电厂的八路军还不知道国民党兵已经跑掉，机枪、迫击炮弹在工厂上空及周围不时爆炸。当时，我心中的恐惧并不是怕八路军，而是怕炮弹打坏了发电设备。我和老工人们研究主动欢迎八路军进厂，如果八路军里有日本人，由我出面和他们说话，说明我们都是发电厂的工人，都是好人，我们都是搞电吃饭的；如果八路军里没有日本人，你们给八路军说，这个厂现有两个日本人，都是好人，和我们一起搞发电的。就这样商定后，用锅炉的点火棒，缠上浸了重油的棉纱点起来，一边挥动，一边大声地喊道："欢迎、欢迎、欢迎八路军。"不久，八路军的枪声停止了。

夜更黑了，八路军派出一个五人小组来发电厂。尽管我们表示了欢迎，但八路军总觉得不放心，他们从底下喊："你们下来！"工人代表们一听立刻就跑到下面与八路军会面。我和山口吉行在配电盘前仍然监视仪表运行。

过了一会儿，工人代表陪同八路军代表来到总控制室。我一看惊愕了，他们手持步枪，上着明晃晃的刺刀，睁着机警的大眼睛，表情异常严肃。我心中也有些紧张，但我知道，他们不是警惕我们，而是怕有隐藏的敌人突然出现。因此，我告诉工人代表给他们引路，请他们检查，并说明在地下室有被保护的全体职工家属，免得引起误解。

八路军的代表经过一个多小时的检查，又回到了总控制室。这时，他们脸上的表情已经和刚来时完全不同了。他们那满面笑容、和和气气的样子，使我不安的心情一下缓和下来。

工人们把我和山口介绍给领队的营长，他紧握住我的手说，你们辛苦了。语言不通，我们就用汉字笔谈，时而夹杂些简单英语，以增加彼此了解。可惜我已经记不得这位营长的名字。他对我讲，他们是中国共产党领导的队伍，全世界无产阶级是一家。他赞扬了我们完整地把电厂保护下来，并在发电机运行的情况下还组织全厂职工欢迎八路军，以及对职工家属所采取的保护措施等等。

　　经过交往，使我深受感动。八路军信科学、讲道理，善于理解工人和工程技术人员的心情比我原来听说的还要好。

　　迎接了八路军后，我就和大同城内的变电站通了电话，告诉他们我们已经欢迎八路军进厂，限他们在 15 分钟内做好准备，我们要对大同停止供电。之后，我亲手切断了供大同变电站的电源，从总控制室可以望见，霎时，大同市的上空变得一团漆黑。

　　9 月中旬，傅作义的部队突然南下，为大同解围。为了战略的需要，八路军主动撤离大同周围的地区。驻厂八路军负责人问我和山口："你们愿意留在大同呢，还是和八路军一道暂时撤退？"并说，"一切由你们自己决定，我们撤退后，国民党就要来了，那时你们的安全我们无法保证。如果你们愿意留在这里，在我们离开电厂之前，你们的安全由我们负责，也一定把你们安全地留在这里。"我听了之后，觉得八路军如此之好，既讲道理，又尊重个人的意志，这样好的军队我打心眼里佩服。便产生了去根据地看一看的想法。

因此，我决定和八路军一道转移到后方去。当时，我只有一个要求，就是允许我把一些主要技术书籍带去，负责电厂工作的张威答应了。就这样，我们和十几位电厂工人在张威的带领下转移到晋绥根据地。

我是第一次离开大城市，来到山西省北部贫困的左云、平鲁一带的小村庄，那里的红泥土山上连草都不多长，地里十年九旱，路过小村庄时看到老乡穿的是那样破烂，甚至十七八岁的大姑娘没有衣穿，腰里围着旧麻袋。我们坐在二牛抬杠的牛车上，在山区的小路上摇摇晃晃地走着，憧憬着未来，心情始终是快乐而兴奋的。尤其是在行军途中，工人们对我很照顾，有说有笑，根本不存在日本人和中国人的界限，真有点世界大同的意思。天黑了，我们住在半边垮了的土窑洞内过夜，挖野草当菜，吃炒莜麦面充饥。这时，我想的不是行军如何艰难，而是想到日本军国主义者侵略中国，给中国人民带来了灾难、悲惨和贫穷，犯下了滔天大罪。我开始明白了，为什么八路军具有热爱人民、严格纪律、英勇果敢、相信科学的高尚品质，不由得暗自庆幸自己选择参加八路军的路是对的。

不久，我们到了兴县，开始了晋绥工业部六厂的建设。六厂主要任务是发电。工厂什么基础也没有，一切从零开始。我们一方面在六厂安装 50kW（62.5kVA）1 号机及 66kW（82.5kVA）2 号机，一方面向兵工一厂、兵工五厂、被服厂、军区政治部、分局、司令部、专署、书店、邮局、纸厂、后勤部、公安局、电台、新华社、行署、烟厂等架设配电线以及工厂的动力、照明等线路。当时没有配电线就将几股电话线拧起来代用，没有变压器油就用蓖麻油代替。工厂还号召全体职工提合理化建议，想办法克服各种困难。我和山口是六厂仅有的两名技术员，虽然我们的中国话说得不好，但每项工作开始之前，我们都向工人讲其然，并讲其所以然。我们在实际施工中尽量多倾听有经验老工人的意见，采用他们的建议等，经过六厂全体职工的努力，终于在1947年8月1日发电成功，工厂开动了马达，各单位有了电灯。我们的工作受到了贺龙将军的好评，还派军区评剧团到厂连续演出三天，以示庆贺。

在六厂，有两件事对我教育很深，使我终生难忘。一次，我们在向五厂拉高压输电线时，我不小心从电杆上掉下一把钢丝钳，丢在地上忘记捡回来。钢丝钳是我们搞电的"武器"，离了它一切工作都很难进行，相当于战士手中的枪，根据地很难买到。回厂时天已黑，我向厂领导汇报这件事，准备马上返回现场去找，厂领导劝我说，今天时间已不早了，山上会有狼出来，如果老乡们发现了你的钳子会给你送回来的，等明天再说吧！当时我有点半信半疑。第二天，果然不出厂领导所料，我们还没有出工，有位老乡手中拿了一把钳子来厂说："我在电杆附近地里干活时，捡到这个，这一定是你们电厂同志的，我就送来了。"这件事使我内心深受感动，不由得联想起那些日本侵略者，跑到这样偏僻的山沟来"扫荡"，到处杀人放火，作为一个日本人总觉得有良心上的谴责，并为那些无辜的群众感到难过。还有一次，厂领导为发电厂储水池的安全着想，将储水池的周围用电网围起来。有一天，贺龙将军发现了电网，向厂领导提出严厉的批评："你们万一用电打死了老乡的狗，怎样交代？"又说："国民党军摸了进来，如果老乡们不给你们报信，你们如何对付？"他要我们马上把电网拆除。贺龙将军告诫我们，要我们时时处处依靠和爱护老百姓，使我们受到了一次深刻的革命传统教育。

六厂发电之后，山口被留在六厂，我则接受任务去宁武馒头山工业部三厂建设该厂的动力车间。

1948年4月，全国解放战争的序幕已经拉开，为了给前线战士提供充分的弹药，工业部所属各兵工厂的任务加重了。为了满足前线的需要，三厂的动力工房须安装发电设备。它的锅炉是一个火车头，由于不能把火车头拉到馒头山上，只好拆开运送。因此，要自己配制紧管子的胀管器，没有电焊机，靠烘炉烧熔焊接，所有这一切都是靠三厂的工人们想办法解决的。

汽机为立式双缸，可惜最关键的零件——曲轴是坏的，厂长郝继唐决定自己修复。我们以火车的车轴为材料，没有大型锻压设备，就把两根车轴用绳子横吊在屋梁上，用人力拉开了放，放了又拉开，利用它的冲击力锻压，终于配制成曲轴。

发电机的励磁线圈在搬运过程中被磨坏了绝缘部分。如果全部卸下重新绕制，首先是时间来不及，其次是绝缘材料很难找到。于是，我们用锉刀精心细致地把磨损的短路部位锉掉，然后涂漆做表面绝缘。在全厂上下的共同努力下，经过日夜奋战，终于将一台损坏了的170kW（200kVA）发电机修复完毕。

三厂在架设线路及动力、照明电源的安装过程中，还注意培养年轻的工人，并在当时条件很困难的情况下，经过集思广益，齐心协力，于1948年冬天顺利地完成了三厂供电的整套工程。

为了完成上级交给的各项任务，三厂党的领导经常召开党的骨干分子会议，讨论和研究问题。我的身份和条件有所不同，经常和厂长郝继唐一起生活和工作，尽管没有参加党的会议，也听不很懂中国话，但在厂部的小院子里经常看到召开党的骨干会议，开展严肃的批评与自我批评，对厂领导的批评和建议，我对中国共产党的严肃而认真的组织生活颇为感动并由衷地羡慕。八路军好，这是我早已认识到的千真万确的事实，但为什么八路军好，自从旁听了党的组织生活会才得到了正确的答案。会上每一个党员认真负责地发言、检讨，尤其是厂长郝继唐的一举一动对我的教育和影响是很深的。我认为八路军、共产党好就好在这里。从此，我有了想参加中国共产党的愿望，但一个外国人能否加入中国共产党却是一个问号。我听到贺龙将军说："如果真岛入党了，他回日本时我可以给冈野进（指从延安回到日本的日本共产党负责人野坂参三）写介绍信让他带回去。"使我很受感动，我终于下决心要求参加中国共产党，就在晋绥军区后勤工业部职工大队准备南下的前夕，上级党组织正式批准我加入中国共产党，成为一名光荣的中国共产党党员。

作战部队在前方打仗，后勤部队也很紧张，不仅送弹药、送粮食，还要去接管国民党所留下的一切。为此兵工系统的职工组成了接管大队，上级为了我们两个日本人的安全，也为了接管工作方便，要我们改成中国人的姓名。我在"张王李赵遍地刘"中选择了李姓，由于我是搞电的，我去哪里，哪里就发光，从而取名为光，就这样我在入党南下时把日本名字的真岛茂树改为中国名字李光，我的原籍也由日本佐贺县改为中国广东省九龙的中国籍日本人。山口吉行改名为林志明。

胡宗南的部队从西安撤退时，炸坏了西安市西京电力公司东门外发电厂的美制快装式 2000kW 发电机组，它严重地影响了新中国成立后西安市的供电。西安市军管会派我去协助解决。我去后检查并听取这台机组的试启动情况，根据各种现象分析，我判断故障是由发电机转子励磁线圈有短路现象引起的。有的人对此判断有些不同意见，因为当时没有能精密测试低阻抗的电桥。因此，我与工人共同商量，说明对此分析的原因。工人们听了之后认为有道理，对我说："我们曾在上海修理过发电机转子，你一定配合把它修好。"就这样，我们决心解体修理转子电极。工人们细心地把励磁线圈一圈一圈地取下来，没有发现短路处，工人们有些担心，是否判断错了。在这种情况下，我叫他们坚持继续拆下去。当线圈快要拆完时，工人们高兴得跳了起来说："有了，有了，终于找到毛病了。"原来是一小块铸铁。原因找到了，发电机很快修复。这在西京电厂传为佳话。

一天晚上，水泵房发生工人触电事故，当值班工人把触电者放在门板上抬出来时，触电者已呈假死状态，一名赶来急救的女医生，由于不懂如何对触电假死状态采取急救措施，准备注射强心针时，幸好我及时赶到，告诉她这种情况不允许打强心针，由我亲自为触电者做了半个多小时的人工呼吸，工人被救活了。这两件事在厂里的工人中影响较深。

不久，我另有任务离开了西安。后来有人告诉我，八路军文工团把我的这些事迹编成了话剧。其中有一句工人们说的台词："啊！这就是我们的工程师。"我听了这个传话很受感动。解放了的工人们把我们这些八路军中的技术员、知识分子称为"我们的工程师"，这是多么亲切的称呼，也是多么光荣的称呼啊！

续范亭同志[*]

武新宇　段云　饶兴　穆青　穆欣

　　山西新军陆军暂编第一师（以下简称"暂一师"），是抗日战争时期战斗在晋察绥地区的一支劲旅。它是继牺牲救国同盟会之后，在山西建立起来的又一个统一战线组织——第二战区民族革命战争战地总动员委员会（以下简称"战动总会"）创建的人民武装。这支人民武装是由各游击支队发展组编，在不断地挫败阎锡山限制、破坏新军的阴谋的斗争中巩固和壮大起来的，由续范亭任师长。

　　续范亭是著名的爱国将领，1893 年 11 月 27 日出生于山西省崞县西社村（今属定襄县），早年加入同盟会，他拥护孙中山先生的三民主义，积极进行民主革命活动，曾参加过辛亥革命和反军阀的征战。

　　1937 年 9 月，中国共产党中央代表周恩来提出建议，经

---

　　* 本文原标题为《续范亭和山西新军暂一师》，收录时做了适当修改。

阎锡山同意，在太原成立了战动总会，主要任务是实施抗战的全面动员和在敌占区组织游击战。战动总会的工作条例是周恩来主持制定的。阎锡山对战动总会由共产党、八路军公开参加领导这一条很不满意，但迫于当时形势，只能无可奈何地接受下来。1937年11月初，阎锡山在撤离太原时，一起撤走了他指派的人员，拆战动总会的台，将它孤立起来，企图使它失掉统一战线的合法名义。续范亭在这样的重要关头，态度坚决，坚持到敌后开展游击战，决心把战动总会的工作坚持下去。太原沦陷前夕，战动总会撤到汾阳，又辗转到达离石、岚县等地，最后转到晋西北的岢岚县，密切配合八路军第一二〇师和山西牺牲救国同盟会的部分武装，建立了晋西北抗日根据地。

阎锡山畏惧战动总会的武装迅速发展壮大，经常对它进行阻挠、限制、分化和破坏，力求加以控制、瓦解和消灭。阎锡山虽然异常忌恨续范亭和战动总会，但是为了稳定这支部队，仍不得不任命续范亭兼任山西保安二区司令；同时又派亲信朱跃武任司令部参谋长、郝梦九任政治部主任，企图掌握司政机关，篡夺军政大权，架空续范亭，并从内部进行分裂破坏活动。但是，改编后的保安二区司政机关和各支队，基本上是由战动总会的骨干组成的，进步势力占绝对优势，有的连队共产党员占到总人数的20%，所以阎锡山派来的那些亲信们的阴谋活动遭到坚决抵制，朱跃武无计可施，只得自动溜走了。司令部的日常工作即由共产党员、参谋处主任张希钦主持。

1939年3月5日，日军第二次占领静乐县城。同年秋季，日军又重占五寨县城。阎锡山命令保安一支队回师五寨，骑一军则附我侧后在岢岚宁家岔、王家岔布防。敌人几次向我阵地进攻，我军在续范亭直接指挥下奋起痛击，给敌以严重杀伤，使敌不敢轻易向我驻区进犯。以后续范亭一直指挥第三十六团、第三十七团在神池、五寨地区开展游击战争，而骑一军却不战而逃。

1938年8月，阎锡山通过战动总会副主任委员、山西省第二行政区专员杨集贤和第四行政区专员张隽轩，向我党和续范亭试探，提出取消或改组战动总会的建议，但未得逞。1939年3月下旬，阎锡山在陕西宜川的秋林镇召开晋绥军政民高级干部会议，续范亭和薄一波等参加了会议。会议期间，续范亭始终同其他新派代表站在一边，与阎锡山一伙展开了尖锐的斗争。阎锡山有次在会上讲话时说："一切为了存在，存在就是真理。"续范亭严正驳斥说："国家灭亡了，存在的是什么呢？是亡国奴的生活。中国人要有良心，就应该坚决抗日到底，只有打倒日本帝国主义，中华民族才能生存。"续范亭在会上还提出：抗日是全中国人民的大事，应该采取民主集中制的办法，由到会的人表明态度，一致做出决定。他甚至站在会场上，含泪朗诵了孙中山先生的遗嘱，极力劝谏阎锡山，许多人深为感动，他慷慨激昂的言辞，使得阎锡山十分尴尬。

秋林会议结束，续范亭在返回晋西北途中，特地转道延安，面见毛泽东主席，向毛主席详细汇报了秋林会议上阎锡山的表现及阎的亲信们所表露的种种迹象。毛主席和他亲切长谈，使他受到极大的鼓舞。这是他第一次会见毛主席，从延安回到晋西北，他曾写了这样几句话："畅谈之后，衷心敬佩。""有了革命总方向，有了革命好武装，有了革命的舵手，从此不怕风和浪。"他那颗不断追求进步和真理的心，更紧密地靠拢了中国共产党，进一步增强了对革命的前途信心。

秋林会议后不久，阎锡山撕毁协议，下达强制取消战动总会的命令。

1939 年 6 月，阎锡山在强行解散战动总会的同时，下令将山西保安二区的部队缩编为山西陆军暂编第一师，任命暂一师师长为续范亭、参谋长为张希钦、政治部主任为郝梦九，辖 4 个团：第三十六团（团长罗克桂）；第三十七团（团长孙兴华，政治部主任武人瞑）；第四十四团（团长冀聘之，政治部主任严尚林）；决死队第十三团。保安二区原有的 8 个支队（四支队已开往大青山坚持敌后游击战争），合编为 4 个团。部队缩编后阎又下令，将已编入暂一师的决死队十三团（由六、七支队合编）调拨给第二行政专区杨集贤指挥。随着部队的改编，阎锡山进一步对暂一师进行削弱和破坏。续范亭协同党组织领导部队进行了坚决抵制和斗争，迫使阎锡山瓦解暂一师、破坏抗战的一切阴谋均无法得逞。

1939 年 7 月至 11 月，围绕着四十四团团长、反动的旧军官冀聘之阴谋率部叛离暂一师的事件，展开了一场分化与反分化的严重斗争。7 月 31 日夜晚，四十四团二营营长王化南（进步的旧军官），因气恼冀聘之打击排挤他，擅自把部队带往宁武、崞县地区，要求接受八路军第三五八旅毛少先支队的领导和指挥（旅部曾指示毛少先支队规劝王化南应顾全大局，以团结为重，赶快把部队带回归建。其后二营由各连连长、政治指导员带队归队，王化南因害怕回去后更为冀聘之所不容，而留在了毛少先支队）。冀聘之借此进行反共宣传，极力歪曲这一事件的真相，诬蔑共产党和八路军"破坏抗战""破坏统一战线"。他借口所谓"二营哗变"，乘机逮捕了从八路军调任该部的红军干部、团政治部主任严尚林和共产党员、二营教导员张桂等八人。

8 月 2 日，四十四团的共产党员靳崇智赶回师部，向续范亭和党组织报告了事实真相，揭露了冀聘之的反共活动。续范亭果断做出决定，一面再三命令冀聘之释放严尚林等，并派师政治部干部向赵承绶当面交涉共同解决二营归建问题；一面拒不执行阎锡山的电令。同时派师参谋长张希钦和政治部代表、组织科科长贾炽民去四十四团，当面向冀聘之传达他"立即释放非法逮捕人员"的命令，并亲自写信对冀进行规劝。冀聘之不但不理睬续范亭的命令和对他的教育争取，反而暗中草拟"反共"的宣传书，准备杀害已逮捕的人员和扣押张希钦等人。

这时，延安新华社在广播中向全国揭露了山西顽固派掀起的反共投降逆流，其中提到了四十四团的顽固分子逮捕共产党人严尚林等人的事件。我晋西北区党委坚决支持续范亭等领导的这场斗争，并在党、政、军、民中发起揭露冀聘之反共罪行，营救共产党员严尚林等的宣传活动，造成强大的社会舆论。冀聘之知道第二营部队靠近八路军活动的地区，严尚林等立场坚定地与他进行激烈的斗争，特别是续范亭的严正立场和果断的决定，这种种因素使他感到处境不妙，迫不得已于8月20日以"礼送"为名，派了1个班将严尚林等全部押送师部。被捕的同志回到师部，续范亭立即接见，宣布无罪，并亲自主持召开师直属队的干部大会，由严尚林等同志向大会报告了"二营哗变"真相及其斗争的过程。

冀聘之将被捕的我8名同志押送师部后，便擅自放弃抗日防地，带领部队离开原驻地宁武县东寨镇，向宁化堡赵承绶部骑第一军靠拢，于11月间率部叛离暂第一师，把部队带进骑第一军防区内。为了粉碎阎锡山的阴谋，营救第四十四团，并应付突然事变，经过和晋西北区党委副书记罗贵波研究商定，续范亭亲自指挥暂第一师第三十六团、第三十七团，于11月23日，冒着严寒，越过积雪两尺的荷叶坪山，潜入赵承绶部队防区内，突然包围了第四十四团驻地，展开政治攻势，揭穿冀聘之的反共分裂罪行。由于第四十四团有党领导下形成的深厚政治基础，有续范亭在官兵中的威望，最后冀聘之只得带着几个亲信逃跑了，第四十四团于 25 日胜利回归暂一师建制。事后，续范亭发布命令，任命严尚林为第四十四团政治部主任兼代理团长。他还以暂第一师师长的名义，就第四十四团事件的经过，向全国发表声明，揭露冀聘之等人叛变的真相。

1939 年 12 月 16 日，阎锡山令赵承绶在兴县召开高级军事会议。续范亭接到开会通知，冒险前去参加了这次会议。当他在会上听到阎锡山顽固派军队进攻晋西北地区新军的作战部署时，心急如焚，立即机智地中途退席，星夜赶到我晋西北区党委和彭八旅驻地岚县史家庄，将在兴县军事会议上所了解到的全部情况做了汇报，并共同研究了对策。当时贺龙率领一二〇师主力尚在晋察冀边区，留在晋西北的彭八旅与新军部队分散活动尚未集结起来，七一四团主力护送弹药去晋察冀边区也未返回，区党委与旅部只掌握着 1 个营的兵力。为了防止万一，续范亭果敢地决定，"先把暂一师顶上去打！"区党委同意续范亭的意见。他立即返回防地，迅速将暂一师开进顽军与八路军的中间地带普明、王狮、赤坚岭一线，抢先占领了岚县、临县间军事战略要地赤坚岭，首当顽军进攻的要冲，以便掩护八路军集结部队。正巧阎军派遣的先头部队骑一师师长续靖夫是续范亭的族侄，叔侄感情很好，当续靖夫遇到阻路的续范亭的部队时，便说："我们是接受命令打八路军，不是打暂一师。"然后未开一枪就主动撤退了。这样延续和争取了几天的时间，彭八旅主力七一四团就星夜赶回了岚县地区。接着，续范亭又受晋西北区党委的委托，派暂一师三十七团协助工卫旅（二〇七旅）扣捕了该旅旅长、阎锡山的侦探郭挺一，清除了新军内部的又一大隐患。

12月23日，中共中央军委电示晋西北区党委和一二〇师：阎锡山已令第七集团军总司令赵承绶向决死队第四纵队进攻，晋西北武装冲突不可避免，应立即准备作战。

12月27日，中共中央电令一二〇师主力日夜兼程赶回晋西北，并令彭八旅接应决死队二纵队和八路军一一五师晋西支队北上。决死队二纵队和晋西支队与顽军苦战兼程，突破离军公路日军封锁线，进抵临县以南的招贤镇地区。这一行动，震动了晋西北的顽军，赵承绶根据阎锡山的命令，立即将其部队集结临县，阻止决死队二纵队、晋西支队同晋西北新军会合，以白儒卿骑兵第一军8个团在白文镇、寨上村、开府及方山一线，阻拦晋西北区党委和彭八旅领导机关；以郭宗汾第三十三军6个团在临县以南阻击决死队二纵队等部继续北上。

根据中共中央指示，晋西北区党委于12月30日在史家庄召开军政干部紧急会议，决定了反击顽军进攻的行动计划和作战部署，成立了"晋西北拥阎抗日讨逆总指挥部"，续范亭任总指挥，罗贵波任政治委员，雷任民任副总指挥。续范亭非常痛心地说："我们太客气了，明知秋林会议以后，顽固分子活动猖獗，要对我们下毒手。""赵承绶破坏暂一师，破坏决死队四纵队，而我们始终为了团结，为了统一战线，没有主动采取任何行动对付他们。我们做到仁至义尽了，为了自卫，战斗吧!"

总指挥部当即部署了反击顽军进攻的军事行动：以决死队四纵队4个团及暂一师第三十六团分编为左右两个纵队，在彭绍辉指挥下分别向方山、临县白文镇方向出击，冲破顽军的阻截，打开通路，接应决死队二纵队与晋西支队北上；以七一四团等部为预备队集结岚县地区，并对静乐县日军实行警戒；对其他各部也都分别下达了战斗命令。1940年1月1日起，续范亭强忍着严重的病痛，亲自指挥各部开始反击顽军。1月2日，三十六团协同决死队四纵队三十五团，在临县阳坡、寨上痛击骑一军主力步兵第三团，毙顽军200余人，俘团长以下近千人，缴获武器弹药甚多。其余顽军仓皇向临县城靠拢。这时决死队二纵队和晋西支队已北进至方山、静乐地区。

1月10日，在中共中央军委参谋长滕代远统一指挥下，我军决心集中兵力，围歼顽军赵承绶、郭宗汾两军于临县地区。我军当即将晋西北各部编为右集团，自白文镇沿大川直趋临县；决死队二纵队等部编为左集团，由方山、屹桐向临县进攻。同时，中共中央军委命令三五九旅七一七团东渡黄河到碛口地区配合作战。

11日，右集团攻占窑头。12日，左集团攻占蔚峰村。13日，右集团击溃叛军杨集贤部的第二〇〇旅，攻占吴家湾、南庄阵地；左集团攻占指火圪塔逼近临县城。此役，先后生俘顽军副师长郭如嵩以下2000多人。13日夜，临县顽军弃城越过汾离公路向晋西南逃窜。

2月初，贺龙、关向应率一二〇师主力5个团，由晋察冀返回晋西北，统一指挥晋西北八路军和新军。根据中央军委指示，集结14个团的兵力，准备在阎锡山发动新的进攻时，相机反击晋西南。同时派出部队北进，肃清盘踞在河曲、保德、岢岚等地的杨集贤、白志沂部顽军及游击第三师侯光远部。至此，在我党的领导下，彻底粉碎了国民党顽固派发动的晋西事变，晋西北地区的顽固势力全部被我清除，进一步巩固了晋西北抗日根据地。

根据中共中央军委和一二〇师的部署，暂一师在反顽斗争取得胜利后，又进行了三个多月频繁的作战，随后第一次直接在中共中央军委的领导下进行了具有重大历史意义的整军。经过这次整军，部队在政治上、思想上得到飞跃式的进步，党的活动在部队中进一步公开了，军政各方面的工作突飞猛进，从此暂一师的建设进入了一个新的历史阶段，在新军总指挥部和晋西北军区第二军分区双重领导下转战岢岚、五寨、神池、宁武一带，继续进行艰苦的抗日征战，曾粉碎敌人多次围攻"扫荡"，直至1942年底新军总指挥部撤销，完全划归八路军建制。

1947年9月12日，续范亭因病逝世，9月13日中共中央在接受续范亭入党要求，在追认他为中国共产党党员的电报中说："续范亭同志于早年参加同盟会，即献身民族民主的革命事业，百折不挠，在抗日民族战争期间，领导山西新军为坚持山西抗战与山西民主化而斗争，功在国家。"毛泽东为悼念续范亭写的挽联是："为民族解放，为阶级翻身，事业垂成，公胡遽死！有云水襟怀，有松柏气节，典型顿失，人尽含悲！"续范亭追求进步、寻求真理、热爱人民、热爱共产党的革命精神和顽强意志，他那无私无畏、献身祖国和人民的高贵品质，是永远值得人们崇敬和学习的。

抗日民族女英雄李林[*]

李登瀛　刘华香　屈健谷　奇峰　石磊

　　李林原名李秀若，1916 年出生在福建省龙溪县一个贫苦农民家庭。她出生刚 40 天，即被该县石码镇侨眷陈茶收为养女，三岁时随养母远渡重洋，到印度尼西亚爪哇岛上的泗水找到养父李瑞奇。李在当地经商，经济比较富裕。

　　1929 年，李林在华侨学校毕业后，随养母回国，进入了爱国华侨陈嘉庚先生创办的厦门集美学校。1934 年冬，李林在集美学校初中毕业后，到上海爱国女中就读。那时，爱国女中附近就是日军兵营，军事演习的炮声常常使学校上课中断，学生们非常气愤，同时也激发着学生们的爱国情绪。有一次学生们正在自习，日军的炮声又起，李林实在气愤不过，拍案而起，大声吼道："这还成什么国家！"她紧握拳头说："总有一天要把这些强盗赶出中国！"在这种激

---

　　* 本文原标题为《忆抗日女英雄李林》，收录时做了适当修改。

愤情绪下，她挥笔写了一篇《读木兰词有感》的作文，抒发了她的爱国情怀，展示了她"甘愿征战血染衣，不平倭寇誓不休"的决心和英雄气概。这篇作文被语文教师破格打了105分，在学校墙报上公布后，轰动了全校。

1935年12月20日，李林在上海参加了声援北平一二·九学生抗日救亡运动的大游行。1936年春，她在上海参加了党的外围组织"抗日救亡青年团"。李林投入抗日救亡的洪流，尤其是她参加上海学生宣传团到松江县宣传抗日，挺身而出与国民党警察斗争，被强行送回学校，学校当局是不能容忍的，声明要开除她和贾唯英，不得已，她俩下定决心到五四运动和一二·九运动的策源地北平去。就在此时，她改名为李林，取"列宁"二字的中文谐音，表示她要追随列宁，努力争取做一名无产阶级的先锋战士。

1936年暑期，李林和贾唯英到北平。随即，经贾唯英哥哥的朋友秦仲方介绍，她俩参加了"民族解放先锋队"，李林还考进了民国大学政治经济系。

1936年12月，为抗议国民党当局扣押上海七名爱国领袖的暴行，北平学生举行大游行，李林担任民国大学游行队伍的旗手，被反动警察打得头破血流，仍忍着剧痛，高擎红旗，引导游行队伍前进，又一次显示出她勇敢无畏的气概。大游行后，经吕光介绍，李林加入了中国共产党。

七七事变后，山西工委指定阎秀峰、侯富山、李林组成中共雁北工委，由李林担任宣传委员，赴雁北开展工作。接着牺盟总会又决定在大同建立中心区，由吕调元任秘书（主要负责人），阎秀峰负责组织工作，李林负责宣传工作。

正当阎锡山的军队从雁门关溃败下来的时候，中国共产党领导的八路军正在向前线开进。这时，由中共晋绥边工委书记赵仲池和梁雷同志率领刘华香、柏玉生等30多名干部，配备一部分步枪，携带一部电台，从太原向雁北挺进，准备在雁北地区开展抗日游击战争，创建敌后抗日游击根据地。李林在雁门关内的阳明堡与赵、梁等相遇，感到非常高兴。由于她再三要求去大同，赵仲池答应了，并配给她一支步枪一同北上。

晋绥边工委在部署雁北工作时，分配李林筹办党员训练班和偏关县妇救会的工作。李林一再提出还是愿意搞武装工作，工委根据组织抗日游击队的需要，同意了李林的请求，让她在偏关组建抗日游击第八支队。

这支队伍从1937年10月中旬起开始组织。李林同偏关县的妇女救国会、工人救国会的同志一起，到农村发动青年农民，到煤窑发动青年工人，在城内挑选外地逃来的青年，还由刘华香、柏玉生到偏关、清水河交界处，发展游击队员，这样逐步组织起了一支几十人的游击队伍。队伍组织起来后，李林亲自物色干部，找住房，筹办伙食单位，编写军事、政治教材。后来党组织又将北伐战争时期入党的老党员王零余同志从东北军何柱国骑兵部队中商调出来，到八支队负责军事行政工作，使第八支队逐步健全起来。随后即任命李林为支队政治主任，王零余为支队参谋长。由于他们合作得很好，这支队伍迅速发展，到 12 月扩大到 200 多人。经过严格的军事、政治训练和打击小股土匪的锻炼，支队战斗力得到了较大的提高。

八支队在平鲁西山经过一段整训，随即开赴右玉、左云以北、转战长城内外。一天下午，支队人员行至凉城县天成村附近，得知麦胡图村一股伪军骑兵在一村中驻扎，每天午后有少数士兵带领马匹到村南河边饮马。王零余和李林商定，立即抽出 30 多个精悍的战斗骨干，换上便衣武装，潜伏在河边，待马群出现时，以猛烈的行动将敌人歼灭，夺得 50 多匹马、十余支枪。于是，他们将一中队改为骑兵中队，使八支队成为步骑兵混合支队。

鉴于雁北地区在斗争中发展了几个游击支队，一二〇师首长指示，把这些游击支队改编为一二〇师独立第六支队。八支队和右玉县组建的五支队、平鲁县组建的七支队的骑兵，合编为独立第六支队骑兵营。贺龙、关向应等领导同志非常关心李林，考虑一个女同志在部队长期行军打仗不方便，准备调她到地方去工作。李林很感谢首长的关怀，一再诚恳表示，愿意留在部队直接和日本侵略者作战。经过晋绥边特委研究，嘉许了她的壮心，答应她的要求，分配她担任骑兵营教导员，王零余任骑兵营副营长（不久任营长）。

1937 年 7 月，由于一二〇师贺、关首长的关心和工作上的需要，李林被调到新建立的牺盟会晋绥边工作委员会（简称边委会）任宣传委员，并兼管地方武装。9月16日，李林到边委会报到后，感到地方上的民运工作，远比部队工作复杂。全区所辖十多个县，有上千个村子，可是边委会只有七八个人，敌情又紧张，工作确实难以开展。由李林提出，经边委会仔细研究，决定马上举办干部训练班，就地解决干部问题，并任命李林为干部训练班的主要负责人。从1938年8月到1940年初，共办训练班六期，从青年农民、学生和煤炭工人中，先后培训干部260多人。

1939年初，组成晋绥边牺盟游击支队，夏天改编为决死队第四纵队十八团二营，柏玉生先后任支队长和营长。李林代表边委会不断指挥这支部队打击敌人。

1939年10月25日，日伪军2000多人，从各据点出动，向我洪涛山抗日游击根据地进行第七次围攻。日伪军集结到我根据地边沿的岱岳、神头、井坪、曾子房、吴家窑，然后采取分进的办法，于25日晚上向我根据地中心地区赵山、孟山一带前进。边委会的李林和屈健、柏玉生带十八团二营主力连（边委会政卫连），直奔敌同蒲线上的重要据点岱岳。26日凌晨到达岱岳后，一部分袭击岱岳车站，一部分袭击伪镇政府。李林带机枪排摸到敌兵营门口，并亲自操作机枪，和战士们一起向敌兵营射击，当场打死敌哨兵一人，打伤数人，缴获战马两匹。由于我军乘敌之虚，出其不意地进行攻击，使为数不多的敌人龟缩在据点内还击，并向大同日军师团部求援。大同敌酋立即派铁甲车支援岱岳，还从大同派出两架飞机前来助战，并调回围攻我根据地之日伪军来追击我们的部队。这时，李林等早已率领部队朝东北方向疾进20多公里，转到怀仁山上的陆家窑头，远远地甩开了敌人，胜利地粉碎了敌人的围攻。李林写了《突破敌人的第七次"围剿"》一文刊登在晋绥边区的《抗战日报》上，文章总结了反"围剿"的经验后写道："敌人企图是要来歼灭我们抗日游击根据地的全部抗日力量，但结果我们不但没有受到损失，而且袭击了敌人的后方，使敌人不仅扑了空，而且惊慌地逃回去了。""总之，我们相信，只要我们坚持下去，我们定会取得最后的胜利。"

1938年冬天，国民党顽固派掀起了全国规模的第一次反共高潮，阎锡山大打出手，充当反共急先锋，发动十二月事变，命令山西旧军进攻新军。晋绥边境地区的顽固派也打死打伤我方人员多人。面对这股反动逆流，中共晋绥边特委根据晋西北区党委的指示，决定对雁北地区的顽固派进行坚决反击，由李林统一指挥十八团二营、政卫连和边特委指派前来支援的六支队骑兵营、二营二连等武装力量，首先铲除右玉南山附近4个顽固的县、区政府和保安队。李林把以上两部分武装分别编为4个分队，并做了统一部署和深入动员，于12月28日晚上统一行动。李林亲自带一个分队，突袭设在陆家窑的怀仁县顽固政府，仅用3个小时便结束了战斗。其他三个分队也都按计划完成了反击左云、右玉、朔县五区等县区顽固政府的任务，共缴获枪支100多支和一部分弹药，抓获顽固政府人员 200 人，经审理，大部分教育释放，对少数比较进步的分子给安排了工作。对极少数罪恶严重民愤大的，于 1940 年 1 月中旬召开反顽斗争胜利大会时，予以镇压。自此，抗日民主政府成立，雁北抗战工作在我党领导下，各方面团结一致地开展起来。

1940 年 1 月，李林参加了晋西北军民代表大会，被选为晋西北行政公署委员。在召开委员会议前，贺龙师长接见了李林，贺龙说："一个女同志，来自大城市的大学生，能带领骑兵，在长城内外大战日本鬼子。打出了威风，很不简单！"在行署委员会开会时，贺龙特别向全体委员介绍李林，他说："这是我们的抗日女英雄，一个华侨大学生能在敌后领兵打仗，值得大家赞扬！"

1940 年 2 月上旬，根据晋西北行署的部署，雁北专门召开了各界人民代表会议，选举并宣布成立第十一专员公署，牺盟边委会全体人员和武装力量都转入专员公署建制。屈健、武养民分任正副专员，李林被任命为秘书主任，开始了新的战斗生活。

我反顽斗争胜利后，日军更加残酷地向我游击区的中心地带进攻，并进行政治渗透和经济封锁。从 1940 年 2 月 19 日起，日伪军在进行第八次"扫荡"中，曾施放毒气，残害我抗日军民。紧接着又调集日伪军数千人，于 4 月 25 日，进行第九次"扫荡"。

这时，雁北地区党政军机关和人民团体，分驻在洪涛山西侧的一些村子里休整。25 日得到敌人向我游击根据地"扫荡"的准确情报，晋绥边特委赵仲池、姜胜同专员、公署李林等立即分析敌情，决定各机关、团体迅速向我第六支队三营靠拢，商量反"扫荡"的对策。晚饭后，集合起来500 多人，由吴辛寨出发，于当晚 10 点到达三营驻地乱道沟村。赵仲池、姜胜、李林和三营营长李登瀛以及武养民、康庄等领导同志紧急商定，向敌薄弱地带平鲁县老城方向突围，而后与六支队主力会合，以优势兵力打敌一路，粉碎敌人的"扫荡"。具体部署是：三营 3 个步兵连为前卫开路，姜胜、李林率警卫排、政卫连和三营骑兵连做后卫，带领机关、训练班和人民团体，紧随三营之后突围。队伍行动前，李林做了战前动员，要求服从命令听指挥，不准掉队拉距离。

三营行动迅速，很快经过平太村南山。当接近张小峰山时，发现左前方山坡上有股敌人爬上来，该营便立即发动攻击，迅速占领有利地形，一阵机关枪、手榴弹，把敌人压了下去，并几次派出武装力量与后续队伍联系，但没有结果。

姜胜、李林带的队伍，非战斗人员多，没能跟上三营。当大家爬上张小峰山坡时，山头已被敌人抢占，并向我军开枪射击，这时队伍乱了。姜胜和李林商定，趁天还未亮，由政卫连边退边掩护整个队伍退到山下平太村，待机再向北突围。队伍撤到平太村，发现南、北山上也有了敌人，枪声四起，人们更为慌乱，形势万分危急。当赵仲池、姜胜和李林商讨对策时，姜胜提出："只有让骑兵连向相反的方向东面冲去，才能调动敌人，掩护其他人员向北或向西突围。现在是需要有领导同志去指挥骑兵连。"李林听到这个方案后，立即表态说："我带过骑兵，我去指挥！"她一边说着，一边提起她的驳壳枪，跨上她的菊花青战马，走到骑兵连面前，大声说："同志们，跟我来！"骑兵连战士们纷纷勒过马头，喊着杀声，向平太村沟东口冲去。一阵尘土飞扬，敌人误以为被围的八路军都向东突围了，也随之从两边山岭上东窜尾追而去。这时，姜胜所带的大队人马便向西突围。一部分走不了的男女同志，有些被平太村群众掩护，有些跑入沟内坎坎洼洼处隐藏起来。

李林率领的骑兵连边打边冲，战斗十分艰苦，人马伤亡严重。她的警卫员王二和子的马中弹倒地，他仍要跟随李林杀敌，李林强令他带上文件，到村中找群众掩护。李林带着为数不多的骑兵连战士，冲到西断川村边，这里地形开阔，已经快冲出包围圈了。可是，西南方向枪声仍紧，她怕大队还未突围出去，又掉转马头，向西南方向冲去。李林脚踏马镫，伏在马背上，用她的驳壳枪连续对敌射击。在冲到小郭家窑村后的羚羊山时，菊花青马不幸中弹，李林被摔下马来。跟随她的两名战士也牺牲了，她的腿部和胸部也都负了伤，她挣扎着爬行，选择一个地坎，躺着不动。待敌人冲上来，她又连连射击，先后毙伤六个敌人，迫使敌人停下来。这时她已多处负伤，所带的驳壳枪子弹也打光了，小手枪也只有一发子弹。敌人越来越近，她自知已无力冲出去，最后毅然以小手枪内最后一颗子弹，打进自己的喉部，壮烈牺牲！

为了怀念李林，晋绥边特委和专署根据广大干部和群众的建议，在平鲁西山创办李林高小。

1952年，雁北平鲁县在县领导机关所在地井坪建立的烈士陵园内，专修了墓道，将李林和其他烈士的遗骨安放其间，每年清明节都举行仪式悼念烈士英灵。

后来，根据周恩来总理的指示，出版了《民族女英雄李林》等多本描述李林英雄事迹的丛书和小册子。

李林烈士的光辉形象，将永远活在人们心中！